〖中华诗词存稿·军旅专辑〗
中华诗词学会 编

军旅诗词汇编

红叶诗词点评集

徐 红 主编

中国书籍出版社
China Book Press

图书在版编目（ＣＩＰ）数据

军旅诗词汇编：红叶诗词点评集 / 徐红 主编. -- 北京：
中国书籍出版社，2019.12
（中华诗词存稿）
ISBN 978-7-5068-7793-0

Ⅰ．①中… Ⅱ．①徐… Ⅲ．①诗词研究－中国－当代
Ⅳ．①I22

中国版本图书馆CIP数据核字(2019)第295090号

军旅诗词汇编：红叶诗词点评集

徐　红　主编

责任编辑	毕　磊
责任印制	孙马飞　马　芝
封面设计	采薇阁
出版发行	中国书籍出版社
地　　址	北京市丰台区三路居路 97 号（邮编：100073）
电　　话	（010）52257143（总编室）　（010）52257140（发行部）
电子邮箱	eo@chinabp.com.cn
经　　销	全国新华书店
印　　刷	北京虎彩文化传播有限公司
开　　本	710毫米×1000毫米　1/16
字　　数	204千字
印　　张	16.25
版　　次	2019 年 12 月第 1 版　2019 年 12 月第 1 次印刷
书　　号	ISBN 978-7-5068-7793-0
定　　价	1098.00 元（全4册）

《中华诗词存稿》
编委会名单

编 委 会

总　序

　　我们这个诗歌大国有一个很好的传统，历来注重"采诗"、搜集整理诗歌材料。作为唯一的全国性诗词组织的中华诗词学会，自1987年5月成立以来，就十分重视这项工作。学会每年的学术研讨会和历届"华夏诗词奖"，都出版论文集和获奖作品集。纪念学会成立二十年、三十年时，还专门编辑出版了《大事记》《论文选集》《诗词选集》。《中华诗词》创刊以来，每年都制作年度合订本。2007年5月，在北京天识东方文化艺术传播有限公司的资助下，以近代以来诗词创作、诗词理论、诗词运动重要文献汇编，当代名家个人作品专集等为主要内容，出版了《中华诗词文库》。经过十来年的编辑整理，已经出了近百卷。这些诗集、文集的出版，记录了近百年来尤其是改革开放四十多年来，中华诗词从起步、复苏走向复兴的砥砺前行的历程，为近、当代诗歌史的撰写准备了丰富的资料。

　　党的十八大以来，中华民族优秀传统文化重新受到应有的重视。习近平总书记《念奴娇·追思焦裕禄》词和《军民情》七律的相继发表，引领中华大地诗潮滚滚而来。《中共中央关于繁荣发展社会主义文艺的意见》和中办、国办《关于实施中华优秀传统文化传承发展工程的意见》，都明确提出"加强对中华诗词、音乐舞蹈、书法绘画、曲艺杂技和历史文化纪录片、动画片、出版物等的扶持。"国家教育部组织制定由中华诗词学会起草的新中国语言体系中的新韵书《中华通韵》已经通过国家语言文字工作委员会语言文字规范标准审定委员会审定，即将颁布全国试行。这些都使我们真切地感受到，中华诗词的春天真的到来了。诗人们乘着骀荡春风，正以高昂的激情，书写着中华民族伟大复兴的新时代、新史诗，国家富强、民族振兴、人民幸福的中国梦；正以与人民同呼吸、共命运的诗人之心，对人民的欢乐、人民的忧患、人民的情怀给以诗意的表达；正以"美"或"刺"的诗人之笔，对市场经济大潮中人民对幸福生活的期待，对美好未来的希望，对假丑恶的深恶痛绝，或给以方向，或给以赞美，或给以鞭挞。正如习近平总书记所指出的："好的文艺作品就应该像蓝天上的阳光、春季里的清风一样，能够启迪思想、温润心灵、陶冶人生，能够扫除颓废萎靡之风。"

　　当前，传统诗词创作者和诗词爱好者队伍发展迅速，已超过三百万。每天创作的诗词作品超过唐诗、宋词、元曲的总和。诗词评论研究队伍也成长很快，诗词评论、诗词学、诗词创作理论研究成果丰硕。如何从浩如烟海的诗词作品中"淘"出优秀作品，并使之存下来、传下去，如何使诗词研究理论成果"面世"并发挥应有的指导作用，确实是摆在我们面前的无可回避的一个重要课题。中华诗词学会是一个没有国家编制，没有国家拨款的社会团体，事业的运转主要靠社会赞助和会员费支撑。俊识（北京）文化传媒有限公司总经理吕梁松、北京采薇阁总经理王强，两位一直是对中华传统文化情有独钟的热心人，慷慨解囊，愿意同中华诗词学会一起，搜集整理编辑推出《中华诗词存稿》这套书，共同为中华诗词文化的继承和发展，做成这件十分有意义的事情。

　　《中华诗词存稿》主要搜集整理出版三部分内容的资料：一是当代诗词名家的个人作品集；二是当代诗词评论家、诗词学者的学术著作集；三是当代诗词作品、诗词理论学术成果阶段性、专题性、地域性的集成类作品集。诗词作品强调精品意识，沙里淘金，把"有筋骨、有道德、有温度"的优秀诗词作品搜集起来。诗词评论、研究类资料强调理论性和创新性，应具有鲜明的个性特点，具有创建性的见解。集成类的资料应有一定的史料保存价值。总之，做成一套具有当代价值和历史意义的好书。在此，我们编委会人员，向提供资料、筛选编辑、版面设计、校对勘误，包括所有为这套资料付出辛勤劳动的同志们，表示真诚的谢意！

郑欣淼

二〇一九年七月于北京

前　言

在解放军红叶诗社成立30周年、红叶诗社培训部（原函授部）成立10周年之际，《红叶诗词点评集》即将付梓出版，实在令人欣喜。

本书汇编的内容包括三个部分，即"函授导师点评""名家点评""佳作品评"。

"函授导师点评"，是红叶诗社函授部导师与函授学员之间部分教学活动实录。汇编"函授导师点评"，是当年函授部成立之初就想到的，且从第一篇函授点评就开始着手编辑的。红叶诗社的函授学员，来自全军各大单位的机关、院校和军兵种部队，既有离退休干部，也有在职官兵。点评导师，既有红叶诗刊的编委，也有京内外军旅诗家。十年来，百余学员报名参加函授，数十位导师认真指导创作。一首首学员的习作，一篇篇导师的点评，共同铺成了通往诗词高地的一级级台阶。这是红叶诗社开展诗词培训活动实践的见证，反映了学员学而不厌的孜孜探求，浸润了导师诲人不倦的辛勤汗水。

"名家点评"，是《红叶》诗刊开设的《名家点评》栏目内容选编。由军旅诗词名家点评诗刊发表的特别是获奖的军旅诗词作品，赏析推介精品力作。

"佳作品评"，则是在《红叶》诗刊或《红叶通讯》上选评作者佳作的篇什。由红叶诗刊编委结合编审工作点评优秀作品，解读清词丽句，评说创作方法。

将以上这些诗词点评内容汇集成册，既是本社十年函授教学成果的一次展示，也是本社诗词创作与研究相结合的一个实证，更可供广大军旅诗词爱好者从中学习军旅诗词知识，掌握创作基本规律，领会艺术表现手法，从而扩大函授教学效果。

翻开这本《红叶诗词点评集》，可以从众多习作中领略丰富多彩的军旅生活，感受爱国主义的军旅豪情，体验所向无敌的军旅雄风，汲取改革强军的时代力量。还可以从师生的交往中触摸到教学相长的诚心，同频共振的诗心。无论函授学员还是指导老师，均能平等交流，相互切磋，亦师亦友，共同耕耘。每遇佳作，导师条分缕析，赞许有加，或见瑕疵，耐心帮助修订，并予说明。导师为学员的迅速进步而欣慰，学员也被导师的精心点评所折服。经过导师的引导和名师的点拨，许多学员受益颇多，在原有基础上有明显进步，其中不少同志已经成为本社诗词创作的骨干。

在这本《红叶诗词点评集》问世之时，我们要为精心授业的导师和名家点赞，他们为传承军旅诗词文化而呕心沥血，功不可没；我们要为努力学诗的学员点赞，他们为提高军旅诗词创作水平而奋力登攀，从不止步；我们还要为红叶诗社的同仁点赞，他们为当代军旅诗词创新发展而竭尽心力，毫不动摇。看丹枫似火，诗坛流彩，霞照满天，红叶人正在大步向前迈！

编　者

丁酉年孟夏

目　录

名家点评

佳作品评

函授导师点评

李翔老师点评

陈旭榜

行香子·中国梦

追梦源长，魂系炎黄。几多代，探索奔忙。驱除黑暗，迎接朝阳。历千般苦，万般险，百般殃。　　赤帜高扬，实干兴邦。看今朝，虎跃龙翔。昂然阔步，走向辉煌。达人民福，军威振，国家强。

【点评】

这首词写得不错，围绕中国梦这一主题，上片咏昔，下片赋今，所用词语也比较生动。有个别地方尚需推敲。如"奔忙"一词，分量太轻，用在这里不很协调。上片结句的千、万、百次序念起来不顺，并使人捉摸为何"苦"为千，"险"为万，"殃"为百？如按顺序写，就不会引起猜想。下片结句的"达"字，不够准确，"军威振"只是军队的某一方面，还不是军队的全部，同前后的"人民""国家"并列不很相称，改成"长城固"来代替军队整体，也不很理想，因为前后的"人民""国家"都是直说的，未用比喻的手法，但也只能这样了。

改作：

行香子·中国梦

追梦源长，魂系炎黄。一代代，探索彷徨。驱除黑暗，托起朝阳。历万般苦，千般险，百般殃。　　赤帜高扬，实干兴邦。看今朝，虎跃龙翔。昂然阔步，走向辉煌。为人民富，长城固，国家强。

访总后涿州农副业生产基地

蔬菜大棚

大棚蔬菜绿葱茏，累累番茄一片红。
宾客品尝滋味美，赞声不绝起诗风。

养殖场即景

白鲢锦鲤满池塘，小院鸡鸭觅食忙。
栏里肥猪知享乐，倾听音乐度时光。

【点评】

第一首中大棚蔬菜"绿葱茏"，和下句的番茄"一片红"是相矛盾的，大棚中不单是绿色，还有其他颜色如红色、黄色、紫色等，应该是五彩缤纷的。题为"大棚"，实际上只写了一种即番茄，未免太单调，不切实际。由于"滋味美"而"赞声不绝"是可以的，但"起诗风"就不好理解了。

第二首写养殖场，鱼"满池塘"有点不确切，改"育"为好。二句的"鸡鸭"为求和首句的"白鲢锦鲤"

有对仗效果，所以改为"京鸭（北京鸭）洋鸡"。三四句表达得不清楚，再聪明的肥猪，恐怕也不会享受音乐之美，说它们"倾听音乐度时光"，似乎和人类没有两样，这是不可能的。我以前听说，给奶牛挤奶时放送音乐，造成一种轻快的氛围，利用条件反射可以多出奶，但目的是多产奶，并非让奶牛欣赏音乐，那么猪场放音乐，是否也是如此，而不是让肥猪欢度快乐时光吧？

根据两首的题材，写成竹枝词可能更好一些，请参考。

改作：

访总后涿州农副业生产基地

蔬菜大棚

大棚蔬菜郁葱茏，茄子花开西柿红。
萝卜黄瓜滋味美，品尝谁不赞由衷。

养殖场即景

白鲢锦鲤育池塘，京鸭洋鸡觅食忙。
栏里肥猪听乐卧，增膘长肉体溜光。

老兵家园

苍松翠竹绿荫浓，座座高楼耸碧空。
广场健身迎旭日，黉宫求学沐春风。
橱窗书画形神美，文苑诗词气韵雄。
心系强军献余热，霞光绚丽夕阳红。

【点评】

我感到你对诗词写作的基本要求

都已掌握。这首《老兵家园》，除个别词语不合要求（二句的"广场"该仄而平），其余的不改也可，而且是一首不错的律诗。但是，如果要求高一些，你还可以写得更美、更丰富。写诗不是写报道，不必太实，可以虚一些，留下发挥想象的余地。如中间四句，你点出："广场""黉宫""橱窗""文苑"四处（"文苑"似不准确），是实际情况，但总感过于呆板，没有反映出优美的环境和老干部的生活情趣。我改为"池畔""花前"，虽不一定符合情况，但我们是写诗，完全可以写得自由一些。再有一点，老同志写诗总怕思想性不高，要急于加些政治词语进去，如你的七句"心系强军献余热"，就既概念化又不自然，效果反而不好。我们应该把思想隐蔽起来，用形象去表现，让读者从中领会作者的思想。为此，我把《老兵家园》作了如下改动，供你参考。

改作：

老兵家园

苍松翠竹绿荫浓，座座高楼衬碧穹。
池畔健身迎旭日，花前漫步沐春风。
案头书画形神美，笔底诗词气韵雄。
解甲归来人未老，霞光绚丽夕阳红。

西江月·大洋深处铸核盾

——赞英雄核潜艇部队

潜伏大洋深处，点燃深海雷

霆。战风斗浪悄无声，岁岁安全驰骋。　热血铸成核盾，雄心保卫和平。驭鲸砺剑写忠诚，出鞘旗开必胜。

【点评】

这首《西江月》写得比较好，赞美核潜艇部队，题材选得好，词语顺畅、形象，有一定的气势。不足之处是概括性词语和常见多用的词语多了一些，所以我作了几处改动，请你考虑：1."点燃深海雷霆"句的"深海"一词不够准确，艇上"导弹"（包括核弹）是藏于"深海"，但点燃以后要射出水面飞向目标，并非在深海中爆炸，所以我改为"浴海"，意为雷霆是浴海而升，在空中或陆地爆炸。2."战风斗浪"这一成语人们使用频率过高，所以换一种说法。3."岁岁安全"比较概括、抽象，诗词的语言力求形象、生动，所以我把"安全"二字去掉，把后面的"驭鲸"一词提上来，同样包含了安全的意思，但这样写会形象些。4."驭鲸砺剑写忠诚"，现把"驭鲸"提上去，当然不能再用，即使不是为此，"驭鲸砺剑"也不顺，因为"驭鲸"是驾驶舰艇，"砺剑"指什么？是不是也是驾艇？改"龙宫"以喻大洋深处，是砺剑的场所，这样就比较顺了。根据上述意见，作如下修改，请参考。

改作：

西江月·大洋深处铸核盾
——赞英雄核潜艇部队

潜伏大洋深处，点燃浴海雷霆。涛尖浪谷悄无声，岁岁驭鲸驰骋。　热血铸成核盾，雄心保卫和平。龙宫砺剑谱忠诚，出鞘旗开必胜。

卜算子·贺女航天员刘洋飞天

银箭刺苍穹，神九长呼啸。神女飞天梦想圆，洋溢风华茂。　潇洒又从容，挑战重重妙，"百米穿针"胜利时，她在天宫笑。

【点评】

此词写得好。一是突出了女航天员的特色，二是词的结句虽然是模仿毛泽东《卜算子》的"她在丛中笑"，但是很贴切，也生动，给全词增添了生气。不过在语言上还推敲不够，有的不顺（如"洋溢风华茂"），有的太空（如"挑战重重妙"）。第二句的"神九长呼啸"，可理解为经常呼啸，也可理解为长长呼啸；你可能指后者。但是为什么要强调长长的呼啸？这不是火箭发射的特点，我们只能听见一声巨响，便见火箭进入太空，最后变成一颗星星。"梦想"与"梦"一个意思，所以节省一个字改用"今"字，以增加时间概念，按律此处平仄皆可，用平声"今"也无碍。"洋溢"是动词，用"风华"作宾语，不顺；"洋溢"如作形容词，也难修饰"风华"（说"热情洋溢"，不能说"风华洋溢"）。下片的头两句比较空洞，所指不甚明确，此处应具体写她的神态、表现，为结句作铺垫。"百米穿针"应加一注释，以防有人看不明白。现修改如下，请参考。

改作：

卜算子·贺女航天员刘洋飞天

银箭刺苍穹，神九长空啸。神女飞天梦今圆，潇洒风华茂。　　挥手自从容，回首真奇妙。"百米穿针"对接时，她在天宫笑。

望黄岩岛

南海风云变，黄岩滚怒涛。蚍蜉欺大树，战士岂能饶。

【点评】

诗当为时而作，抓住当前的事，用诗歌来反映，这种政治热情是很好的。但诗中并没有表现"望"的意思，诗题可改为"黄岩岛"。诗的前三句气势较顺，尽管有些词语尚可推敲，但第四句连接不紧。因为前面三句是描写、表现，有一定的形象性，第四句是直说，比较干巴，显得不谐

调；前面的"大树"应是比喻国家（即小国不能欺负大国之意），第四句只提"战士"，似乎也不很相称。绝句的第四句很重要，要能压得住，现在这样写分量嫌轻，难以压住全诗。"滚怒涛"，不如"涌怒涛"准确。"欺大树"，不如用"撼大树"准确。但"撼"为仄声，此处该平，你用"欺"可能是从平仄上考虑的，可改为"撼高树"（仄平仄），用拗句的形式来对付，这样对成语作了改动，不伤原意，尚有些变化。现将原诗作如下改动，供参考。

改作：

黄岩岛

南海风云变，黄岩涌怒涛。蚍蜉撼高树，可笑只徒劳。

杨　柯

黄　河

九曲黄河天上来，气吞崇岳入君怀[①]。一倾离决昆仑去，万里江山任剪裁。

注：① 君，指祖国。

【点评】

首句基本上是套用李白的诗句，第二句的"气吞崇岳"不如"势吞崇岳"，因为"黄河之势"好理解，"黄河之气"就不好理解了，如果

从"气势"一词来的，一般简化为"势"好些。"入君怀"费解，不能加一注释，便把"君"作为祖国，因为没有人称"祖国"为"君"的，三句的"一倾"缺主语，如指黄河，也不能用"倾"这样的动词；"离决"一词，有生造之嫌。最重要的是绝句结句，"万里江山任剪裁"，似乎可作积极方面理解，但也可作消极方面解释，黄河泛滥成灾，横流遍地，把万里江山任意剪裁，如果是这样，就没有意义了，相信也不是作者的本意。为了基本上保留原句，将"万里"改为"锦绣"，就是想强调它的积极面，黄河剪裁出祖国的锦绣江山。为此作如下修改，请参考。

改作：

黄　河

九曲黄河天上来,奔腾澎湃力排山。
一从辞别昆仑去,锦绣川原任剪裁。

冬夜站岗

寒彻周天立雪中,侵肌刻骨凛凛风。
兵心皎皎如明月,洒向边关尽是忠。

【点评】

这首七绝写得不错，反映了军队的现实生活，写出了边关军人的思想感情。一、二句描写站岗的实际环境，突出了冬夜的寒冷；三、四句抒发边关战士的心声，落脚于一个

"忠"字。诗中把"兵心"比作"明月"，形象鲜明，并为下句作了很好的铺垫；由于有了这一形象的比喻，第四句"洒向边关尽是忠"就不显得空泛，而生动有力。不足之处是"刻骨"一词，源于成语"刻骨铭心"，指像刻印在骨头上那样印象深刻，难以忘却；此处改"刺骨"为宜。"凛凛风"是"仄仄平"，不合律，为使第六字改用平声，可否改为"啸狂风"？

改作：

冬夜站岗

寒彻周天立雪中,侵肌刺骨啸狂风。
兵心皎皎如明月,洒向边关尽是忠。

赠退伍老兵

袍泽心里住,冷暖总萦怀。
别却真情在,千金换不来。

【点评】

这首五绝是赠别之作，写得不错，突出了一个"情"字，特别是"心里住"三字，既形象，又有力量，"住"字不落俗套，尤其醒目。次句承接"心里住"，展开描写，顺理成章，十分必要，也很自然。稍感不足的是三、四句，显得平，甚至淡，配不上开头两句。"别却"是"别了"之意，"却"字可省去；"真情"的"真"也显得多余，既是"心里住"、"总萦怀"的战友，强

调情的真假简直多余。第三句五个字，两字可有可无，应是推敲不够所致。第四句在绝句是最为重要，要求更上一层，或更深一步，给人留下强烈印象，而"千金换不来"不仅是大白话，而且太过于平淡，用"金"来衡量战友之"情"，未必恰当。老兵退伍回乡，战友从此相隔千山万水，人分开了，情割不断，把这种意境表达出来，就会有特点，能给人留下强烈而深刻的印象。因此，对诗作了如下改动，请参考。

改作：

赠退伍老兵

袍泽心里住，冷暖总萦怀。
人别情尤重，千山隔不开。

少年游·边防巡逻

　　春来边草竞相发。香溢满山崖。界碑欣迎，境标欢送。边塞是咱家。　　青春足迹巡逻路，熠熠放光华。锁钥长城，现今安否？有问我来答。

【点评】

　　这首《少年游·边防巡逻》写得好，不仅合律，而且有了边防巡逻战士的影子，写出了他们的活动，他们的感情；当然还要加强一些。词的语言尚有推敲的必要。如首句的"边草竞相发"，这"竞"字没有必要，

"相发"也不顺，"发"就是发，何必"相发"。二句的"香溢满山崖"指什么？是"边草"，草怎么会有这么浓的香气？"溢"与"满"是互相重复的。"欣迎""欢送"，似乎把"界碑""境标"拟人化了，但没有必要，还是平叙为好。上片结句"边塞是咱家"比较突然，同上文缺乏联系，意思不连贯。下片的头两句，把"巡逻路"作为"放光华"的主语，不很确切；"巡逻路"也不能说明什么，不能给读者以形象。"锁钥长城"应不是真的长城，而是作为祖国长城的人民解放军，这里当然是指在边防巡逻的部队，所以用"祖国长城"这样虚的词语好一些。"有问我来答"，句意很不明确，"有问"一语多余，因前面的"现今安否"即是问句，"我来答"又没有回答，如把"答"作"答应"、承语、承担来理解，似乎又比较勉强。改为"红日笑回答"，给读者以想象，红日升起，边塞晴朗的天空，和平、安宁，这就是对问题的回答。而且和上片的结句"朝霞"相响应。现修改如下，供参考。

改作：

少年游·边防巡逻

　　春来边塞草争发。花绽满山崖。界碑迎接，境标相送。枪上染朝霞。　　青春足迹羊肠路，步步闪光华。祖国长城，现今安否？红

日笑回答。

如梦令·边防设卡

摆罢截车拒马。树起把关铁栅。细细问来人，一个也不落下。设卡！设卡！定教歹徒伏法！

【点评】

这首词合乎《如梦令》的格律，语句也较通顺流畅，全词中心明确，交待也比较清楚。三句的"细细"不如用"仔细"；结句的"定教"的"教"字虽可平可仄两读，但此处该读平声，不合格律的仄声要求；"伏法"，依法判处死刑，"歹徒"也不一定都得判死刑，所以不宜用"伏法"一词。最主要的问题全词虽交待了边防设卡的过程，却没有把边防设卡人思想感情表达出来。"诗缘情"，"缘情之作则曰诗。……不如此则非诗"。即使利用诗词的形式，写一些边防勤务，严格来讲还很难说是诗词。这首《如梦令·边防设卡》，就比较概念，缺少诗情，难以打动人。我作了两处字句上的改动。

改作：

如梦令·边防设卡

摆罢截车拒马。树起把关铁栅。仔细问来人，一个也不落下。设卡！设卡！何惧歹徒狡诈！

定风波·边防追踪

皓月悬空鹊鸟鸣。荷枪实弹正疾行。欲问尖兵何处去？循迹！追得悍匪脚方停。　　忽报敌踪通曲径。听令！迂回跃进上前迎。截堵顽凶无处走。翘首。冲锋号响唤黎明。

【点评】

基本符合《定风波》的格律。《定风波》双调62字，前片三平韵两仄韵，后片四仄韵两平韵。但二句的"疾"字、五句的"得"字都是该平而仄，后片的"翘"虽有平仄二声，但此处应读去声，按律此字该用平声。上片的"何处去"的"去"与"循迹"的"迹"不同韵，不能相押。其余均合律。

首句"皓月悬空鹊鸟鸣"不符合生活实际，皓月当空的夜间，鹊鸟栖枝，一般是不鸣叫的，所以才有"月出惊山鸟""月明星稀，乌鹊南飞，绕树三匝，无枝可依"的诗句。当然也有"乌夜啼"的，杜甫有"长安城头头白鸟，夜飞迎秋门上呼"的诗句，但只是极个别情况，多数乌鹊夜间是不鸣叫的。写诗必须从生活实际出发，来信说"最近学了一些边防勤务，我拟将每个勤务写成一首诗词"，这样做法是否可行？因为从书本到书本，只能做些图解，很难有生活气息，所以请慎重考虑。第三句

"欲问尖兵何处去",紧接"循迹"二字,含义不明,也不大合汉语习惯。"追得悍匪脚方停"的"脚方停"是指尖兵还是指悍匪?也不明确。"得"字以下如作"追"的补语,当然是悍匪的脚,但他为何要停,有点说不通;如"得"字作"得到"讲,便是尖兵的脚,但也不好理解,而且句子别扭,不大合语法习惯。下片的"忽报敌踪通曲径",把"踪"作为"通"的主语,不顺,"踪"是痕迹,不能"通",只得留下印记,使人知道敌人是从曲径通过的。看了这句,再回看上片的"脚方停"句,更觉得前后错乱了。"截堵顽凶无处走"句,和上片的"何处去"句有雷同之感,应该避免。"翘首"二字,不知何意,更不知是谁"翘首"。改为"犹斗",是说敌人犹作困兽之斗,所以才有下句的"冲锋号响"。这样是否顺一些?根据以上意见作了如下修改,请予参考。

改作:

定风波·边防追踪

　　皓月悬空北斗横。荷枪实弹御风行。欲问尖兵何处去?快步。追踪搜索秒分争。　　翻越山梁过曲径。驰骋。迂回跃进上前迎。截堵顽凶无路走。犹斗。冲锋号响唤黎明。

富玉蓉

红场感怀

萦梦依稀岁月稠,前苏革命照全球。
当年红场威鹰地,今日冬宫旅客愁。
滴血教堂听圣语,徘徊古墓访名丘。
万千烈士抛鲜血,魂魄依然舞钟楼。

【点评】

　　《红场感怀》立意甚好,但诗的语言尚欠推敲,表达得不很清楚。具体意见是:

　　1.首联的"萦梦"不顺,"前苏革命"过于直白、口语。

　　2.颔联的"红场"该仄而平,"威鹰"一词费解,"冬宫"似在彼得堡,此处冬宫表示何种含义,不很明确,因此"旅客愁"也就不知因何缘故了。我改为"陵路"是指通向列宁陵墓的道路,不知是否符合实际。

　　3.颈联的"滴血教堂"不加注解,一般人不懂,"圣语"也费解,"古墓"同墓园两个概念,一般在墓园内徘徊,在古墓旁徘徊,不说"徘徊古墓";"名丘"指什么?只能指有名的高丘,不能指那些名人的坟丘。

　　4.尾联的上下句连得不紧,"魂魄依然舞钟楼",是作者所见,不可能;是作者所想,不能用这种断然口气。因此,对诗作了一些改动,供参考。

改作：

红场感怀

旧梦依稀岁月稠，曙光升起照全球。
红场宽阔人如织，陵路清幽客有忧。
宏伟教堂听哲语，寂寞墓地访名流。
万千先烈殷殷血，犹作红旗舞崇楼。

王 维

当兵九年有感

不觉从军九载时，情牵潜艇最疯痴。
苍茫陲域搏朝浪，翠巘边关守斜曦。
孤哨月寒松夜曲，联航昶日彩霞诗。
和平未忘风尘路，征战年年梦里思。

【点评】

首先说明，我不熟悉海军生活，更不熟悉潜艇指战员生活，但是又非得改这方面的诗词，肯定会改错，甚至弄出笑话来。如果有这种现象，我改的不作数，并请谅解。同时也希望今后诗词中如有专业术语或外人难以理解的内容，可作些注释。

这首七律从首联上看，应是写潜艇生活的。首联叙述当兵九年，"不觉"二字透出感到时光过得很快，但还可加强些，"九载军中驹疾驰"，意在用"白驹过隙"一词。"痴"是可以的，"疯"就不很准确了。三句的"陲域"比较生，用在海疆更不妥，"朝浪"一词也有生造之嫌，浪

有大小、高低之分，恐无朝暮之别。四句的"翠巘边关"一般指陆上的景物，用在海上不可以。全诗押支韵，"曦"为齐韵，出韵了。这一联也对得不工整；"苍茫"为形容词，"翠巘"为名词，词性不同，难以对仗。第五句的"松夜曲"应是陆地而非海上的情景，第六句"昶日"也含义不明，是一偏正词组，"月寒"是主谓词组，两者也难以对仗。"风尘"一词有多种解释，可指纷扰的现实生活境界，平庸的世俗之事，甚至指宦途、官场、风月场，用在这里不很确切。结句的意思也欠明确，如把"征战"理解为打仗，就更不确切了。诗词是语言的艺术，要反复推敲，词语要准确（力戒生造），句子要通顺，在此基础上，再追求鲜明、生动。对此诗作如下改动，不一定恰当，仅供参考。

改作：

当兵九年有感

九载军中驹疾驰，身随潜艇最情痴。
苍茫海上披风浪，浩瀚洋中斗魑魅。
孤艇月寒彻夜曲，联航日朗彩霞诗。
和平不忘烽烟日，为国建功频梦思。

谭 杰

战友情深

战友情深重，别离话不停。
相拥道嘱咐，泪水淌衣襟。

【点评】

描写战友的临别之情，从格律上说，基本上合律，只有第三句的"道"该平而仄，不符合要求。押韵有问题，"停"是庚韵，"襟"是痕韵，这两字不在同一韵部，不能相协。再"别离话不停"同下句的"嘱咐"语意相重，完全可以简省。第三句的"道"与"嘱咐"也是相重的，"嘱咐"必定要"道"，不言自明，说了反而多余。第四句的"淌"字，有点过分了，战友分别，泪水不会像河水般流淌，诗词语言，既要生动形象，又要精炼准确，所以必须反复推敲。现对这首诗作如下修改，供你参考。

改作：

战友情深

战友情深重，别离难舍分。
相拥频嘱咐，泪水湿衣襟。

边　塞

千里边关一线天,探头覆盖点连面。
古有战事烽火起,而今监控视频前。

【点评】

反映边塞的现代化建设，用古代的烽火作比较，构思甚好。但有的诗句交待得不清楚。首句的"一线天"，一般指两山夹峙，中间露出一线天色，所以不可能千里边关的天都成一线天。二句不是诗的语言，"点连面"更不顺。写诗要讲究形象化，运用形容、比拟是不可少的。结句也有同样的毛病，未说清谁来监控，监控谁人，"监控"与"视频前"连在一起，也说不大通。勉强改动，不知是否符合原意，仅供参考。另，此诗押平声韵（天、前），但"面"是仄声，在此断不可用。押平声韵最好写成近体诗七言绝句，必须讲究平仄格律，如第一句就合"仄仄平平仄仄平"的要求，可惜后三句不讲平仄，第三句只有一个"烽"字是平声，其它六字皆为仄声。第四句虽然合近体诗"平平仄仄仄平平"的要求，但此诗第四句要用"仄仄平平仄仄平"的格式，所以仍然不合律。

改作：

边　塞

千里边关宁静天，闪光电眼银线牵。
古来战事烽烟举，而今敌现荧屏前。

归心似箭

一年腊月时，万里故乡归。
不到五更夜，鸡叫早已催。

【点评】

如作为一首格律诗五言绝句，"时"与"归""催"不同韵；一句是孤平（"一"处应为平声），三句五字全为仄声，不合律。从内容方面看，应该想一个特定的场景，是在部队，还是在返家的途中？从"万里故乡归"来看，似乎是在回乡的途中。既在途中，就不是催你离开营房，而是催你离开途中暂宿之地。用鸡鸣报晓，也不是大城市，是比较僻远之地。"一年腊月时"，只交代了归乡的时间，短诗最好以较少的字语，包含较多的内容。三句"不到五更夜"也只是交代了时间，此处应该把地点交代清楚。原诗后两句与前两句联系不紧，也缺乏写诗应有的想象。根据上述意见，对诗作了改动，请予参考。

改作：

归

关山度若飞，万里故乡归。
旅店三更夜，鸡鸣梦里催。

尹同太

老兵学生赞

昔日操戈求解放，今朝握笔献文明。
大同世界终生愿，教室芸窗伴月升。

【点评】

合乎格律，也合乎绝句的章法。存在的问题：1. "操戈"一词太旧，不符合现实生活；2. 次句的"献文明"较虚，含义不甚明确；3. 第三句处于转的位置，是绝句的关键句，但这句的意思游离于全诗的主题，同前后的诗句都不甚衔接；4. "伴月升"的意思应是同月儿一起升起，"教室"也好，"芸窗"也好，都不能伴着月儿上升，所以以此句有语病。根据这些意见，作以下改动，供参考。

改作：

老兵学生赞

昔日扛枪求解放，今朝执笔叩书城。
吟哦窗下迎红日，夜读堂前待月升。

五星耀航天

霸权横行世不宁，强军科技重如山。
一星两弹名声振，七次飞船国誉添。
争权太空成热区，卧薪尝胆莫休闲。
为了造福全人类，征战高天勇创先。

【点评】

词通句顺，无生僻词汇，是一大进步。起承转合，结构符合律诗的要求。主要问题是：

1. 有多处出律。第一句的"权"字该仄而平，"宁"字该仄而平（只有作"宁可"用时才读去声），"世"字该平而仄；五句的"区"字该仄而平；七句"为了"的"了"字，一般读作liǎo，仄声，只有在口语里作语助词用，才念le，可太口语化的句子不宜入诗。

2. 全诗语言比较直白，缺少形象，

主要是没有通过具象来表达思想感情，而是采用口号式的熟语表达，显得比较干巴，难以激发读者的联想，无法以情感人。这是此诗的致命性缺点，所以很难在此基础上修改好。

3.中间两联对仗不工。"一星两弹"与"七次飞行"不对仗，"争夺太空"与"卧薪尝胆"不对仗，"成熟区"与"莫等闲"不对仗。对仗要注意词性相同，词语结构相同。根据上述意见，使之通顺合律，仅供参考。

改作：

五星耀航天

帝国横行弄霸权，强军科技重如山。
卫星氢弹威名振，神箭飞船国誉添。
控月载人应赶紧，卧薪尝胆莫等闲。
为求造福全人类，重点高天勇创先。

蔡　捷

有感老年上大学

谁言暮岁气横秋？若渴求知雅趣稠。
歌舞琴吟淌华韵，诗联书画展才谋。
怡情悦性江天阔，培德健身心志悠。
圆却人生多彩梦，返童翁妪竞风流。

【点评】

这首七律写得不错，把老年上大学的一些感想、情趣较恰当地表达

出来。首句用一问号，起得突兀，甚好。"暮岁"不如"晚岁"熟，陆游就有诗句"晚岁尤事鞍马"。颔联也承接紧凑，但三句的"吟"不知何指，如指吟咏，又同四句的"诗"相重，所以不如改为"歌舞琴棋"。"淌华韵"用得勉强，"淌"字更不确当。五句好，但六句的"培德"一词较生，"心志悠"太虚，有凑韵之感。尾联照应全篇，词通句顺，很好。综上所述，作了几处改动，供参考。

改作：

有感老年上大学

谁言晚岁气横秋？若渴求知雅兴稠。
歌舞琴棋试射手，诗联书画展才谋。
怡情悦性江天阔，健体修身心愿酬。
圆却人生多彩梦，返童翁妪竞风流。

陈明强老师点评

周东葵

松 韵

——赞奥运中国

曾经冰雪冻，伟岸向朝暾。
绿染京城美，枝蟠禹甸春。
峨冠迎蕙草，巨臂托祥云。
风劲播涛韵，昆仑赋剑魂。

【点评】

此诗巧思出众，以拟人法写松韵——色、形、动态、精神，分别以对仗形式赞奥运中国，用心良苦，功夫了得。不足之处，松的品格，中国的命运，奥运精神，三者皆概念，以意象比附，终觉隔膜。

生活是艺术的泉源，必须从生活出发，不可从概念出发。请阅读拙作中"人在何处"一章，并读唐诗三百首中五律，思考"人在何处"。只有加强作品的主体性，才可能感人。

1. "伟岸向朝暾"，较贴切。
2. "蕙草"可改为"远客"。
3. "剑"改为"壮"可否？

改作：

松 韵

曾经冰雪冻，伟岸向朝暾。
绿染京城美，枝蟠禹甸春。
峨冠迎远客，巨臂托祥云。
风劲播涛韵，昆仑赋壮魂。

如梦令·南征掠影[①]（五首）

复仇立功运动

梦里炮声惊晓，国恨家仇待报。指万里新程，奔向贼人窝庙。真好！真好！圆梦立功时到。

注：① 1949年4月28日，四野由北平向华中南进发，一路艰苦行军作战，直到12月11日占领中越边境重镇镇南关（今友谊关）。前后历时八个半月，歼敌5万。本组诗反映了南征途中片断。

【点评】

"真好！真好！圆梦立功时到"，真切动人。

改作：

复仇立功运动

梦里炮声惊晓，国恨家仇待报。指万里新程，定向贼人窝捣。真好！真好！圆梦立功时到。

新区爱民运动

卸下背包枪炮，又抢水桶清扫。一宿满鼾声，临走物还缸冒。开窍，开窍，喜见老乡含笑。

【点评】

"喜见老乡含笑"，正是新区特色，只含笑，不善表达。

改作：

新区爱民运动

卸下背包枪炮，争抢挑水清扫。一宿满鼾声，临走物还缸冒。开窍，开窍，喜见老乡含笑。

听播开国大典

闪电迅雷惊魅，峻岭险滩飞腿。最陡桂湘边，石壁攀坑防坠①。无畏，无畏！直奔边陲苍翠。

注：① 湘桂边有一段山路，战士用前脚掌踩着先民开凿的石坑攀登。曾摔死几匹骡马。

【点评】

应点题，故将"闪电"改为"礼炮"。

改作：

听播开国大典

礼炮迅雷惊魅，逐敌险途飞腿。最陡桂湘边，石壁攀坑防坠。无畏，无畏！直奔边陲苍翠。

红旗插上边关

千里迂回围追，十万大山无寐。声撼桂之南，骥尾附蝇惊溃。真美，真美！旗展镇南边垒。

【点评】

"十万大山无寐""骥尾附蝇惊溃"，好生动！

可叹"广西装备"①

百越河山奇美，最怪"广西装备"。俘虏女和男，个个草围腰背。狼狈，狼狈！枯树劲风横吹。

注：① 当地民性强悍，小股敌军往往被缴械，并夺走衣物，蒋军官兵只得用稻草围身遮丑，乖乖地跟着我军走。草披被讥称为"广西装备"。

【点评】

好题材，现特色。

【总点评】

这组词有生活，写得真切感人。

里克老师点评

黄耀德

无 题

从军在位争承重,解甲离休任未轻。
雅静书斋读史典,漫游闹市看繁荣。
峥嵘岁月多豪迈,最慕华年少壮情。
似箭光阴身可老,丹心永伴战旗行。

【点评】

《无题》实为离休后感赋。本诗写出了作者离休后乐观、积极的心态。主要不足之处诗意前后出现矛盾,不大协调。从全诗看,作者重点在表述继续肩负重任、坚持上进的决心和抱负,但颔联又表示乐于读书、逛街,显得很不协调。其实这二者并非不可同时存在,只在于写作时善于协调其间的关系就行。修改意见:

首联基本不动,只将"任未轻"改为"身已轻"(从一身轻来),为颔联承接提供条件。颔联交"雅静"改为"勉坐","漫游"改为"偶游",即将正面描述改为附带行为,以免冲击主题,产生矛盾,便于上下联接。颈联保持原意,但上句改为"常忧往昔峥嵘日"以与下句相对;下句改"最慕"为"尤慕",是为

紧接上句;改"少壮"为"豪迈",因"少壮"与"华年"重复,而"豪迈"是从上句移来,尽量保留原意。尾联基本不动,以保持积极向上精神,只"身可老"改"人渐老",因"可老"意义难明。

改作:

无 题

从军在位争承重,解甲离休身已轻。
勉坐书斋读文史,偶游闹市看繁荣。
常怀往昔峥嵘日,尤慕华年豪迈情。
似箭光阴人渐老,丹心永伴战旗行。

瞻人民英雄纪念碑

雄史铸碑文,人民永记心。
擎花怀烈士,歌赞慰忠魂。
灿烂千秋业,英名万代尊。
丹心照日月,碧血定乾坤。

【点评】

本诗意通语顺,特别首尾两联较好,结句语意都较新颖。主要缺点是重复,字多意少。如"人民永记心""擎花怀烈士""英明万代尊",意思都差不多,"歌赞慰忠魂"也属同一概念。律绝诗体字少,一字千金,浪费不得,而同一意思反反复复,也嫌啰嗦。古人曾说"五言如四十个贤人",岂能一字不当?现将五律改成五绝删去2—5句,基本意思未减,反倒紧凑利落。"英名万代尊"的"英

名"不确切，因碑未记名，何来英名？"名"可改为"魂"。另，标题中"瞻"应改为"瞻仰"。改后全文如下。

改作：

瞻仰人民英雄纪念碑

雄史铸碑文，英魂万代尊。
丹心照日月，碧血定乾坤。

卢白木老师点评

朱亚

清平乐·抗震救灾赞

山崩地陷，瓦砾废墟掩。第一时间心系剑，泣见躬临震撼。　真情威震长空，拯危敢索苍龙。环宇钦扬世垂，自强重建先锋。

【点评】

诗庄词媚，词更须通畅晓易明白。用字用词更不能勉强。试改作如下，仅供参考。

1."瓦砾废墟掩"，废墟瓦砾相掩不妥。

2."第一时间"，非诗词语言。

3."心系剑"是何意？

4."真情威震长空"句，真情只能感不能震。

5."拯危敢索苍龙"中的"索"，常用为索取之意，用于苍龙不妥。

6."环宇钦扬世垂"之"钦扬"，此两字连做动词不合。"垂"字应仄。

改作：

清平乐·抗震救灾赞

山崩地陷，顷刻群黎掩。千里骁驰心似剑，总理亲临一线。　　吼声震彻长空，情浓安抚由衷。艰苦自能创业，家园重建争雄。

魏　节

参观挺进军司令部旧址京西马栏村有感

重峦峡谷兵家地，小路弯曲似有无。翠帐青纱驱日寇，铁雷土炮赛於菟。娇柔女子持锋刃，勇猛男儿亮湛卢。大海汪洋游击战，山间回荡"坐茶壶"①。

注：① 坐茶壶，是马栏村规定的暗号，随着"坐茶壶"的喊声，就把鬼子进村的消息，传到挺进军司令部。如果放哨的被鬼子发现，就说是为了烧水迎接客人。

【点评】

"弯曲"之"曲"似应仄声。是否新声韵入读平？如是，应标明新声韵。"迂回"意有区别。两联中之"於菟""湛卢"较生僻，常人不懂，鲁迅曾有"回眸时看小於菟"（《答客诮》），还是通俗点好。尾联出句写成感情句，以加深印象，原句意重且不美。

改作：

挺进军司令部旧址京西马栏村

重峦峡谷兵家地，小路迂回似有无。翠帐青纱驱日寇，铁雷土炮镇倭奴。娇柔女子刀锋逐，勇猛男儿亮剑呼。记否群凶惊瀚海，山间回荡"坐茶壶"。

温新宏

小平岛演习

小平岛畔战旗红，号角鸣空气势雄。砾石滩头驰铁马，雪花海面走柔龙。健儿灵巧调开合，战舰安全得补充。沧海茫茫传玉笛，三军将士尽欢容。

【点评】

写部队的演习，尤其像海军兵种这样演习的题材，表现上存在一定难度。首先要有气势，煊染出气氛；叙写演习过程，人与物（武器装备）所发挥的作用及结果等，均不易表现。写不好，容易流于一般化、概念化。由于作者熟悉生活，并有深切感受，此诗首联写出了气势之雄壮（战旗、号角），次联写演习场面，三联写人与物的完满结合，尾联为演习取得成功。

个别字词上稍作改动，仅供参考。"岛外"与"岛畔"表现气势上有别。"战旗红"与"旆旌红"意同，后者较含蓄，也为避免"战舰""战旗"的"战"字重复。"海面"较虚，"水面"为实。"浩海"较"沧海"更广阔、博大。"玉笛"柔，"警笛"壮。

改作：

小平岛演习

小平岛外旌旌红，号角鸣空气势雄。
砾石滩头驰铁马，雪花水面走柔龙。
健儿灵巧调开合，战舰安全得补充。
浩海茫茫传警笛，三军将士尽欢容。

石理俊老师点评

王 琳

测 路

半饮黄沙半咽冰，烟村百里觅无形。
一滴山乳连苔捧，野果分尝到老兵。

测绘途中

一杆尘土两肩云，赊得青山作脚墩。
春色忽从天际至，牧羊边女映斜曛。

【点评】

两首绝句，写得都好。诗在生活中，"一滴山乳连苔捧，野果分尝到老兵"只有切身体验才能写得出，也只有这样写出来才是自己的诗。我拉练时走过这样的山路，所以读来亲切。我也曾在写"采摘"时写过"一个大梨分八瓣，一人一块笑分甜"，所以很喜欢"野果分尝到老兵"这样的情景抒写。它既有苦，又有甜；又反映出小集体的团结、和谐、生活气息浓浓的。起句"咽冰"欠真实，从整体看，应是秋天测绘路上，不是下雪结冰的日子，而且第三句写到"山乳"，还是有"泉"，只不过极少，故改为"风"。

另一首写"春测"后两句形象也

很美，诗中有画。"春色忽从天际至，牧羊边女映斜曛"试改"天际"为"云外"，"映"为"唱"。这样"云"可以"开"而出现惊喜的画面，"云"也可以是"羊群"，牧女在羊群边。她一唱，则不但诗中有画，而且"画中有歌"了。诗写得"生动"，就是要活生生地动起来。相应把头一句"两肩云"改去，"两肩云"没有美感，只是人在云中，什么也看不见，而且如果人在云中，那就没有"尘土"了，高山上的云是飘动的水气。对生活观察得不细致。

　　两首诗都以细节取胜。而细节必须真实可信，合乎情景，合乎情理，而且有味。

改作：

秋测路上

半饮黄沙半咽风，烟村百里觅无形。
一滴山乳连苔捧，野果分尝到老兵。

测绘途中

一杆扛起一襟尘，赊得青山作脚墩。
春色忽从云外至，牧羊边女唱斜曛。

浣溪沙·新房宿营①

　　愧掸霜花侵喜房，细拨烛焰涩关窗。沏茶竟是锦衣娘。　　围灶添柴心亦暖，同龄絮语意犹长。凭它风雪啸如狂。

　　注：① 某晚宿营在一新婚房。新娘身穿红嫁衣，为我们忙前忙后，大家拉她

坐下聊天，记得和我同龄。

【点评】

　　《新房宿营》以《浣溪沙》来写，情景如在眼前。改了几个字，属于欠准确。拉练宿营是当时情况需要，不能说是"侵占"，不必有"愧"，是老乡同意的事。"关窗"不用"涩"来形容，一切是自然的动作。当年拉练时农村的新娘并没有"锦衣"（恐怕现在也少有穿丝绸服装的）。过片"添柴"句写室内气氛，真切、生动地表现出军民关系。结句以室外的寒风冷冽作衬托，安排得好。问题在于诗开头是"霜花"在身，结尾又变成"风雪"了，究竟是"霜满天"还是"风雪夜"？细节必须真实可信。

改作：

浣溪沙·新房宿营

　　互掸霜花进喜房，细拨烛焰紧关窗。沏茶烧水是新娘。　　围灶添柴心共暖，同龄絮语意犹长。凭它呼啸冷风狂。

张心舟

河底捞沙①

　　官兵赤足下河滩，水底捞沙筑垒盘。　　暑日谁言寒刺骨，千年冰雪化温泉。

注：① 青海北川河雪水流经我部驻地门前。

【点评】

《河底捞沙》一首绝句，"暑日谁言寒刺骨，千年冰雪化温泉"，我没有读懂，因为无此生活体验。从字面上看"暑日"下水，当然觉得凉爽，不会像"冬日"觉得"寒刺骨"。说了等于没说。结句为什么"千年冰雪化温泉"？没有暗示出转化的条件或缘由。关键在于第三句"转"得不好。姑妄改之，不一定对。

改作：

河底捞沙

成群赤足下长滩，河底捞沙筑垒盘。
为有兵心红似火，千年雪水化温泉。

忆戍青海

羽檄飞传大雪天，旌旗猎猎过祁连。
肩挑日月风云搏，智斗熊罴心血捐。
水草滩头弯劲弩，笔条沟内著雄篇①。
戍楼灯火今安在？梦里常回青海湾。

注：① 水草滩、笔条沟均为地名。

【点评】

写得中规中矩。首联有气势，意象壮美，尾联扣紧题目，显得结构严谨。颔联"肩挑日月风云搏"难于体会。聂绀弩有"一担乾坤肩上下，双悬日月臂东西"，是挑水时产生的奇想。你这里是概括写（不像聂挑两个水桶，感到沉重）。"风云"比"日月"小多了，挑着日月的巨人搏风云，也不合适。"心血捐"没有力量。"弯劲弩"意象陈旧，总觉得和现实有距离。"著雄篇"如指"戍边"为大文章，可，但又容易被误解为写军事文书，那样又显得大词小用。试改几个字，请你斟酌。

改作：

忆戍青海

羽檄飞传大雪天，旌旗猎猎过祁连。
胸怀龙虎风云气，智斗熊罴铁血男。
水草滩头布劲旅，笔条沟内筑雄关。
戍楼灯火今安在？梦里常回青海湾。

周东葵

辽沈战役六十周年
——并怀念攻锦五连战友

关门打狗运筹精，坚垒深沟好试锋。
请战曾盟山海誓，复仇争立虎貔功。
炮群协力扫千障，民众支前跃万雄。
三载鏖兵气犹锐，大军指日定关东。

【点评】

《辽沈战役六十周年》，是一首

较好的军旅诗。首联"关门打狗"表明战役特点，使之与平津、淮海区别。颔联写主攻部队，写出士气。颈联写协同的炮兵、支前的民兵，构成壮阔的画面。尾联回顾历史，展望前程，意气风发，写出部队的精神面貌，遒劲有力，势不可当。

改"曾"为"同"，一则"众志成城"的势态得显，二则"我"也在其中了。

改作：

辽沈战役六十周年

——并怀念攻锦五连战友

关门打狗运筹精，坚垒深沟好试锋。
请战同盟山海誓，复仇争立虎貔功。
炮群协力除千障，民众支前跃万雄。
三载鏖兵气犹锐，大军指日定关东。

海军六十华诞赞海上大阅兵

碧海惊涛展阵容，春风六秩导征程。
潜空水面群星灿，雄武和平天堑行。
自产艨艟军列壮，欣为肱股国威兴。
和谐海域乾坤阔，亮剑深蓝万里屏。

【点评】

《海军六十华诞赞海上大阅兵》，总体安排合理。第二联，对仗欠妥。来信注明"潜（水）空（中）水面"指三种部队，而"雄武和平"为两层意思，不对仗，即以"句中

对"看，"潜空"与"水面"也不对仗，二对一。"天堑"用错了，"堑"，护城河；"天堑"，天然的壕沟，常指大江。李白《金陵》诗："金陵空壮观，天堑净波澜。"试改为"水天空阔群星灿，意气豪雄大海行"。第三写创建海军的业绩和作用，以赋、比表达，也对仗。尾联，"谐"为仄声，此句中应"平"；"海域"，"海"字重出，要改去；"乾坤阔"来形容海域，不妥，"海"只是地球中的部分；以"和谐"来形容欠当，海上并不平静。结句好，有意象、有气势。

首句中"容"，"东"韵，与"庚"韵可通押。

改作：

海军六十华诞赞海上大阅兵

碧浪惊涛展阵容，春风六秩导征程。
水天空阔群星灿，气势豪雄大海行。
自产艨艟军列壮，欣为肱股国威兴。
和平幸福须强卫，亮剑深蓝万里屏。

郑明哲老师点评

魏 节

南乡子·老兵

回首正年轻，红色帽徽红色城。队列如山歌似海，亭亭，铁打营盘流水兵。　　几度晚霞迎，制式新装又送更。岁月变迁人不老，从征，战令一声马上行。

【点评】

一、这首词题材很好，是军旅诗的一个很重要的侧面。

二、"铁打营盘流水兵"一句用得自然贴切，写出老兵离队时的无奈心情和大局观念，"制式新装又送更"一句，细节抓得好。

三、写诗要贴近人物，突出感情，避免写现成话或大话，总的说你的诗里概念化的语言并不多，尚希继续努力，我也要努力。

四、"南乡子"里两个字的地方很难写，本诗"亭亭"不妥，"从征"也有些突兀。我改的也不一定好，可进一步探讨。

改作：

南乡子·老兵

回首正年轻，红色帽徽红色城。临别依依歌似海，登程，铁打营盘流水兵。　　翘首望军营，喜见戎装制式更。心系国防人不老，聆听，战令一声马上行。

海上巡逻

寐甲枕戈探水深，铁舟一叶几浮沉。惊涛骇浪翻千丈，难改水兵卫海心。

高山雷达观通站

惯于云雾绕山腰，极顶营门对鹊桥。被褥长湿山下晒，横看四海纵观潮。

【点评】

两首七绝，立意、题材都很好，也有佳句。

第一首《海上巡逻》更流畅些。前两句很简洁，也有韵味。第三句"转"得不错，略带夸张，起到了"蓄势"的作用，所以结尾有力。需要注意的是，第一、四句均为孤平（第一句"探"字可平可仄，勉强说得过去）。但因为写得不错，改了不见得更好，就不改了。以后还望多加注意。

第二首《高山雷达观通战》结构差一些。"惯于"后面没有呼应。第二句似有思念亲人之意，不大明确。

第三句"被褥长湿"是个生动的细节，它承接高山云雾，表现战士生活艰苦，本来很好，但它和结句显然是脱节的。考虑到全诗缺少对"雷达观通"这个主体的描述，有些单薄，试把第二、三句合起来，再开拓一层意思，把雷达形象和观通任务写得充分一些，这样也好接上最后一句。结尾写得很好，所观察的不仅仅是海上某一个具体目标，还引申到世界风云。一"横"一"纵"开阔了视野。

希望以后多注意一些章法问题。如第一首看起来较顺畅，第二首差一些，"起承转合"是前人总结出来的好经验，符合人们的思维习惯，它有助于逐步展现、继续深入你所要表达的思想感情，避免零乱和割裂。虽然不是定法，但确实管用。望多体会。

改作：

高山雷达观通站

长年云雾绕山腰，被褥生霉邮路遥。
极顶钢标鹰隼眼，横看四海纵观潮。

史翔彬

重返朝鲜有感①

同仇昔日共歼狼，战地重游事浩茫。
板店会谈协定案，金城激战迫敌降。
中流击水同江液，万众长歌阿里郎。
抗美援朝光史册，他乡埋骨姓名香。

注：① 2002年应朝鲜游泳组织之

邀，我参加了我国冬泳俱乐部组织的横渡朝鲜大同江等活动，过去我因抗美援朝赴朝，今又故地重游，感想颇多。

【点评】

《重返朝鲜有感》这首故地重游，抒发感想，题材很好。结构、文字大体不差。稍作修改，是为了进一步调整平仄（如"事浩茫"）或让对仗更工整一些（如"协定案"、"迫敌降"），都不是什么大问题。有一处修改望注意：最后一联，您从兴奋欢乐的游泳活动转回到对援朝烈士的缅怀上来，心情上是一个大转折，但文意不连贯。我加上"应记"两字，使之不太突兀。总之，写诗也要注意文气的通畅，必要时加个把连词、虚词，就会好一些。

改作：

重返朝鲜有感

同仇昔日斗豺狼，故地重游意慨慷。
板店会谈签协定，金城激战抑嚣张。
中流搏击同江水，万众欢歌阿里郎。
应记援朝多烈士，他乡埋骨姓名香。

卜算子·西藏阿里行

风雪慰嘉宾，沙暴迎来客。阿里人称缺氧区，草木皆无色。　　战士守边关，家信思如渴。万里来鸿到帐营，边寨军民乐。

【点评】

《卜算子·西藏阿里行》，通过自己亲身经历的某件事来反映军旅生活，这个思路很好。这首作品由于有生活体验，所以写得比较亲切生动。语句很顺畅，格律无问题。"草木皆无色""家信思如渴"两句更好些。

"卜算子"是个字数很少的小令，写时应把内容集中、浓缩一些。我觉得把题目定为"军邮车阿里行"，减省一些个人进藏的描述，可能给人印象更深刻些。

原作"慰嘉宾"与"迎来客"意思重复，都是从作者本人去阿里的感受这一角度写。我把"慰嘉宾"改为"阻春光"，意思在表明这个地区对外联系困难，战士生活单调枯燥，为后面军邮车到来受欢迎作些铺垫。"皆无色"改"无颜色"是为了语感好一点。

上片对环境已作充分描写，下片要转到对家信的期盼和军邮车到达时的欢欣。上下片的联接很重要。要承接得自然、紧密一点。"战士守边关"不是不可以，但总觉得另起炉灶，与前面关系不大。所以改为"何物润心田？"这样写，感情色彩也浓一点。最后一句，既是军邮车，就应把欢乐集中在我们的边防战士身上。说"边寨军民"，似乎宽了些。以上意见仅供参考。

改作：

卜算子·军邮车阿里行

风雪阻春光，沙暴迎来客。阿里高寒缺氧区，草木无颜色。　　何物润心田？家信思如渴。万里飞鸿到帐营，边卡腾欢乐。

郑云林老师点评

张福增

汶川大地震

羌笛长嘶哭汶川，山崩地裂起狼烟。
青山绿水禹王地，横遭泥石飞满天。
疮痍满目心欲碎，废墟之下几人还？
多难更显中华志，何惧漫道与雄关。

【点评】

《汶川大地震》立意尚可，看似用古声韵写的。

1. 有些语言属病句。如第四句"横遭泥石飞满天"，主谓语和形容词组句，很欠推敲。尾句"何惧漫道与雄关"就不通。读来似是错误理解和化用了"雄关漫道真如铁"句意。

2. 全诗八句有六句均是首二字平起，这就不是律诗的格局了。看来你在语言、特别是平仄声韵运用上，还没有过关。

然而，古今诗作亦有破格者，如李白的《听蜀僧濬弹琴》五言八句就有四句三仄、三平或孤平句，但却被收入《唐诗三百首》（五言律诗）经典中。这就说明诗贵立意好，语言美，是可以不固守成规的。诗的格律是规矩，但不是枷锁。在不伤原作品的前提下，我试改了一下，仅供参考，希望作者能重新改写。

改作：

汶川大地震

羌笛长嘶哭汶川，山崩地裂起狼烟。
青山绿水禹王地，万户家园毁瞬间。
疮痍满目心欲碎，废墟之下几人还？
多难兴邦当励志，势教荒土变良田。

罗茂德

捉虱子

——新中国成立初工兵二团战士工作生活片断

五月风和加日丽，棉衣解下找虱子。
全班战友团圆坐，笑说谁能数第一。
虱子咬人心里燥，全身痒痒老着急。
何时状况能变好，又洗澡来又更衣。

【点评】

打油语言，诙谐情趣；苦中有乐，战士本色。初学写诗，慢慢磨砺。

改作：

捉虱子

——新中国成立初工兵二团战士工作生活片断

五月风和又日丽，棉衣脱下找虱子。
全班战友比一比，看看谁能数第一。
虱子咬人心里燥，浑身痒痒干着急。
何时状况能变好，又洗澡来又更衣。

复信：

关于捉虱子，是一首好诗。好在有生活，有形象，有情趣。把几十年前部队战士的苦乐生活写出来了。尤其是末二句，好极了。我还是主张原点评四句：打油语言，诙谐情趣；苦中有乐，战士本色。如果要改，我试着顺一顺语言层次：

五月风和又日丽，浑身痒痒干着急。
棉衣脱下抓虱子，你抓一只我两只。
全班战友比一比，看看谁能数第一？
何时状况能变好，又洗澡来又更衣。

我觉得此类题材用打油体式，也许就好在不中规中矩，因为不受格律的限制，反而容易满盘全活，读起来并无不顺畅的感觉，让人感到亲切。如果硬要套用格律句式，一本正经地抠句子，也许就不那么可读了。

打油，是诗的一种有独特风格的文体，属自由体式。没有一定根底的作者，是写不出来的。你写的时候未必就意识到。我并不提倡打油，但很爱读好的打油诗。我的一己之见，只供参考交流。

刘庆霖老师点评

白云腾

安装战士

金黄大漠望无边，架塔官兵上碧天。
撕片白云将汗擦，摘轮圆月当灯悬。
送来美食忘充饥，回去三更未入眠。
标准严遵规范验，"神舟"发射我心甜。

【点评】

"神七"发射成功后，写赞美航天员的诗不少，写成功喜悦和科技进步的诗更多，但写安装战士的却是仅此一首。此诗选题好，立意好，结构基础也不错，但在意境创造和语言安排上有一些不足之处，笔者试改之。

此诗写大漠航天基地安装战士，选题极好。作者曾经是总装备部特种工程技术安装总队的高级工程师，将诗题选在自己熟悉的视野中，是聪明的诗人。

第一联是背景描写，起的不错。但"金黄大漠"不如说"朔风大漠"，"上碧天"不如说"背倚天"。因此，这一联试改为"朔风大漠望无边，架塔官兵背倚天。"这样改，意思虽没变，但造境更好。

第二联继续造势，写安装战士大

气豪迈之情，想法甚好。但"撕片白云将汗擦"意境虽好，却已步上前人的后尘。民歌中早已有"扯片白云擦擦汗，对上太阳抽袋烟"的句子；"摘轮圆月当灯悬"的句子看似很大气，但实无道理，圆月本身就是最好的"灯"，何须再"摘"，何须再"悬"？因此，在不改变作者原来想法的前提下，试改为："擦汗白云随意扯，提灯明月遂心悬。"

第三联写战士艰苦奋斗和责任心，但14个字只写出了废寝忘食的意思，就未免有些浪费笔墨，无异于"关门闭户掩柴扉"了。况且，这一联与前面内容的衔接上也离得较远。此联建议改为："每将基地作家想，总把攀登当梦圆。"大漠条件艰苦，高塔作业危险，但战士只要有了"基地就是家"的思想，就没有克服不了的困难。安装作业关系火箭发射是否成功，标准高，技术难度大，但只要敢于"攀登"，一切问题也都会迎刃而解。这里的"攀登"一是指攀登作业塔架，二是指攀登科技高峰，一语双关。

尾联是这首诗写得最不成功的一联。"标准严遵规范验"，完全成了概念化的语言，并且呆板生涩。尾句"神舟发射我心甜"，写安装战士乐于奉献的胸怀，成功后的喜悦，思路是正确的。然而，过于直白的语言让尾句毫无韵味可言。所以，这一联也要修改，我的想法用"多少深宵难入睡，成功发射始香眠"作结。这样，

整首诗就有了浑然一体的感觉。

改作：

安装战士

朔风大漠望无边，架塔官兵背倚天。
擦汗白云随意扯，提灯明月遂心悬。
每将基地作家想，总把攀登当梦圆。
多少深宵难入睡，成功发射始香眠。

王子江老师点评

石文斌

阿拉马力

曲径行人稀，山幽景无语。
莫叹哨影单，花开香四季。

注：阿拉马力，为某边防连驻地名。

【点评】

《阿拉马力》一诗，从诗词的分类来看，属于古绝。您总体上写得很好，但从艺术角度而言还有商榷的地方。实话实说，伊犁我没去过，但我询问了兰州军区机关的同志。他们告诉我，"阿拉马力"是一个音译，是一个连队的驻地，并介绍了一些情况。下面，我单纯地就这首诗提点修改意见，仅是一家之见，供您参考：

您的诗总体上看基础不错，但有提高的空间。先从诗题说起，如果没有您的注释一般人是很难理解的，把一个连队的名称作为诗题，也是很难把握的。经常写诗的人通常不这样拟题，原因是写一个连队用二十个字，很难写出彩。起句，是一个很自然的描述，说的是边境"人稀"，表明的是地远；承句，"山幽景无语"还算中规中矩；转句，"莫叹哨影单"，

显得不够高明，且"哨影"一词为自创语，实为不可取（这是一般水平诗人的大忌）；结句，"花开香四季"，面上有彩，实则平平。

按照我的理解，把这首诗修改如下：

秋日阿拉马力吟

曲径行人稀，远山天少雨。
莫叹此无香，心花开四季。

一、二句系倒装句，构成山远雨少而人稀之意，心花指战士之巡逻、站岗等行为，总体上由实到虚，实（框定战士在秋节曲径巡逻），虚（以心花代指战士），表明战士爱国境界，不知可否？

拉拉杂杂地说这些，是一位军人对同是军人的诗人的一种敬意，愿我们共同努力为中华诗词的复兴作出更大的贡献！

徐红老师点评

曹静波

缅怀伟大诗人
毛泽东（十四韵）

湘江碧水巨龙吟，独领风骚盖世尊。
孙子兵书赢战役，袁枚诗话视知音①。
应怜李煜书生气，堪笑刘邦草莽君。
一代天骄今去也，黎元犹颂沁园春。

注：① 毛泽东每次外出视察必带袁枚的《随园诗话》，平时亦放床头。

【点评】

毛泽东其人，实乃一代历史巨人；其诗，亦非一般诗家之诗。读了作者这首新作，使人不禁感慨：历史上有哪位诗家，能像毛泽东那样，打过这么多横扫千军的胜仗？有哪位统帅，又能像毛泽东那样，写过这么多鼓舞万众的好诗？正如著名诗人贺敬之所言："毛泽东诗词以其前无古人的崇高优美的革命感情、遒劲伟美的创造力量、超越奇美的艺术思想、豪华精美的韵调辞采，形成了中国悠久的诗史上风格绝殊的新形态的诗美，这种瑰奇的诗美熔铸了毛泽东的思想和实践、人格和个性。"的确，毛泽

东之诗，有领袖之气，有哲人之思，有民族之魂，有艺术之美，前无古人，无与伦比。

作者熟读毛诗，满怀激情，活用典故，大笔挥洒，从独特的角度，既评价毛泽东的历史功绩、英雄气概，更称颂毛泽东的磅礴诗风、非凡诗艺。本诗放览山川，俯仰天地，纵说今古，点评文武，诗思宏阔，诗句豪壮，亦颇具王者之气，令人击节叹赏。

试改几处，说明如下：颔联"孙子兵书赢战役"，后三字直白，改为"操胜算"。"视知音"，改为"伴知音"。原句指毛泽东将袁枚诗话视为知音，说反了，通常可说今人是古人的知音，古人岂能当今人的知音？改后指袁枚的诗话有幸陪伴知音，意思就顺了。尾联"一代天骄今去也"，含感叹惋惜的语气，但不如把本句写平实些，改成"一代天骄今远去"，而让结句翘尾，"黎元犹诵沁园春"。"颂"字改为"诵"字。

改作：

缅怀伟大诗人毛泽东

湘江碧水巨龙吟，独领风骚盖世尊。
孙子兵书操胜算，袁枚诗话伴知音①。
应怜李煜书生气，堪笑刘邦草莽君。
一代天骄今远去，黎元犹诵沁园春。

注：① 毛泽东每次外出视察必带袁枚的《随园诗话》，平时亦放床头。

千里马

世多千里骏，谁识观中雄。
刚烈常人弃，驱驰驽骞同。
疾蹄羁索绊，昂首驭鞭攻。
伏枥壮心在，犹思伯乐翁。

【点评】

诗作明写马，实写人，借马喻世，推马及人，构思巧妙，含义极深。内容并不费解：世上多骏马，只是人难识。常人对刚烈者敬而远之，而惯于使唤劣马跛驴拉车。千里马奋蹄追风之时，总逢绊索；桀骜不驯之日，定被鞭打。老骥伏枥，壮心不已，此时此刻，犹自思念真正识马的伯乐。赞美了日行千里、雄风不减的良雄骏马，抨击了宁用奴才、不用人才的社会陋习，揭示了受人嫉妒、遭到压制的杰才窘境，企盼着识才爱才、唯才是举的伯乐慧眼。从诗中虽不难想见作者本人的身世遭遇，但更能听到作者对社会惜才、爱才、荐才、用才机制的大声呼唤。

需要改动之处，与作者商榷："观中雄"费解，改为"阵中雄"，强调千里马乃战阵之中的佼佼者。"刚烈常人弃"，不如改为"刚烈常人远"，取敬而远之的意思，不完全是抛弃。这里的"远"字指疏远，作动词用。"驱驰驽骞同"，意思是明了的，试改为"驱遣驽骞充"，驱遣，更接近"使唤"的意思，批评社会上宁以驽马充数，却不容骏马效

力，用"充"字意思更确切、对比更强烈、语言也更传神。"疾蹄"改为"奋蹄"，与"昂首"对仗更工稳些。

改作：

千里马

世多千里骏，谁识阵中雄。
刚烈常人远，驱遣驽骞充。
奋蹄羁索绊，昂首驭鞭攻。
伏枥壮心在，犹思伯乐翁。

晚　晴

晚年唯好静，性本爱山林。
深慕渊明乐，屡寻和靖忱。
云霞为伴侣，松竹作知音。
诗酒吟风月，红尘恬淡心。

【点评】

首联直接破题，点明爱好。作者名为静波，心如静波。难作山林之隐，自有山林之爱。晚晴因心静，本是恬淡人。

颔联运用典故，言明心声。陶渊明被称为"隐逸诗人之宗"。他归隐田园，是对于黑暗现实不同流合污的一种反抗。乐亦乐，非全乐；逸则逸，乃真逸。建议将"深慕渊明乐"改为"深慕渊明逸"。林逋（林和靖）也是著名的隐逸诗人，终生白衣，孤身不娶，有"梅妻鹤子"美誉。每逢客至，叫门童纵鹤放飞，林

逋见鹤必棹舟归来，此友情之忱也。林逋坟墓之中，陪葬的只有一方端砚和一支玉簪，此爱情之忱也。建议将"屡寻和靖忱"，改为"相寻和靖忱"，"相寻"也是相继找寻之意。

颈联借景抒情，情以景兴。王国维说得好："一切景语皆情语"。眼前自然佳景，心底高雅情趣，两者浑然一体，相得益彰。本联没有半句空话，皆用形象思维。云霞极高，比喻远离尘世的地方，流云也极为闲适自由。松竹则历来被比喻节操坚贞之贤人。如云闲适之时，保持松竹本色，尤为可贵。

尾联诗酒风月，淡泊人生。酒后难离尘世，且持恬淡之心。句中无冗杂之蔓，诗外有不尽之意。

重九登香山

枫林尽染草多黄，九九登高眺大荒。
万里长天掠雁影，半山残照锁秋光。
诗题红叶豪情爽，酒饮菊花怡兴扬。
漫插茱萸头上戴，古稀欢笑度重阳。

【点评】

作者步步登高，渐入佳境，视角几变，眼界愈阔：枫林尽染，野草经霜，乃沿途平视山景；拾级登高，远眺八方，乃极顶俯视远方；雁影掠空，半山残照，乃抬眼仰视天空。欣题红叶诗，畅饮菊花酒，漫插茱萸枝，欢笑度重阳，则是写登顶及归来后的愉悦心情、兴奋举动和深切感

受。本诗经过巧妙构思，准确反映了重阳佳节的传统特色和多重含义，充分表达了登高远眺的豪壮而浪漫的心情。

文字上有几处改动，与作者商榷：首句"草多黄"，改成"草经霜"，因此时山上野草并未全黄。颈联对句"酒饮菊花怡兴扬"改为"酒饮黄花逸兴扬"后，可避孤平。"眺大荒"不妥，如今从香山之巅远眺，满眼高厦林立，绿树成荫，已经不再是"大荒"，故改为"眺八方"。"掠雁影"的"掠"字很传神，但为入声，此处应平，改为"横雁影"。尾联"漫插茱萸头上戴"，女人通常喜欢将茱萸插在头上，漫插，已含有"头上戴"的意思，故改为"漫插茱萸香气溢"。

改作：

重九登香山

枫林尽染草经霜，九九登高眺八方。
万里云天横雁影，半山残照锁秋光。
诗题红叶豪情爽，酒饮黄花逸兴扬。
漫插茱萸香气溢，古稀欢笑度重阳。

读《史记·荆轲列传》感赋

捧读荆轲传，浮想亦联翩。斜盼轻右贵，深结狗屠缘。酒酣狂歌后，嚎啕涕泪涟。生性云怪诞，品德松柏坚。士为知己死，瞋目发冲冠。迟行因待客，燕丹疑悔言。激怒匆匆去，悲歌祭祀坛。素车驾白

马，预知不复还。秦殿洒碧血，壮烈气如山。贤愚且莫论，豪情凌云天。萧萧悲风咽，澹澹易水寒。田光节侠刎，攀到献首函。渐离惨曈目，铅筑雪耻难。燕赵重节义，古风代遗传。短计酿悲剧，啼血泣杜鹃。豪主强且诈，岂可等闲观。复仇心急切，微言壮士捐。舞阳非真勇，趑趄畏祸端。慈父终斩子，难换社稷安。史诗流千古，见仁见智篇。美文遗后辈，应谢司马迁。

附：柳宗元《咏荆轲》（略）

【点评】

欣赏了你的佳作，首次尝试逐联八字韵语评点。片言只语，重在释义，表达感受。为便于评点，以调整次序和更改词句的改作为准。左侧为改作，右侧为我的评点：

古风·读
《史记·荆轲列传》感赋

捧读荆轲传，浮想亦联翩。
评点：成诗缘由，总领全篇。

斜睥轻达贵，深结狗屠缘。
评点：蔑视权贵，狗屠深缘。

酒酣狂歌后，嚎啕涕泪涟。
评点：举止狂放，内积忧怨。

生性虽怪诞，品德松柏坚。
评点：生性怪诞，品立松轩。

士为知己死，瞋目发冲冠。
评点：疾恶如仇，义薄云天。

迟行因约客，燕丹疑悔言。
评点：只因约客，非为食言。

激怒匆匆去，悲歌祭祀坛。
评点：为表心迹，慷慨执鞭。

萧萧悲风咽，澹澹易水寒。
评点：天人感应，风萧水寒。

素衣驭白马，预知不复还。
评点：皆知永诀，素衣白冠。

贤愚且莫论，壮志冲云天。
评点：豪情壮志，勿论愚贤。

复仇心急切，一言数命捐。
评点：燕丹一言，数命齐捐。

田光诚刎颈，於期献首函。
评点：刎颈明志，献首尽殚。

舞阳非真勇，趑趄畏祸端。
评点：舞阳失色，险局当前。

秦殿洒碧血，壮烈气如山。
评点：图穷匕见，血洒金銮。

渐离惨曈目，铅筑雪耻难。
评点：曈目掷筑，拼死乐坛。

燕赵重节义，古风代遗传。
评点：燕赵侠义，悲歌长传。

短计酿悲剧，啼血泣杜鹃。
评点：计短事败，一片心丹。

豪主强且诈，岂可等闲观。
评点：弱邻怒目，难敌强权。

慈父终斩子，难换社稷安。
评点：燕王斩子，未保江山。

史诗流千古，见仁见智篇。

评点：史诗精义，各采其端。

美文遗后辈，应谢司马迁。

评点：司马美文，世诵名篇。

作了几处改动，略加说明：

"斜眄轻右贵"，"斜眄"指斜着眼睛看，形容轻蔑的神态，此处用得很贴切。旧时排序以右为大，"右贵"应属高官贵人之谓，但常人难懂，改为"斜眄轻达贵"。

"生性云怪诞"，"云"字别人说，不如自己说，改为"生性虽怪诞"。

"迟行因待客"，本引自《史记·荆轲列传》原句"仆所以留者，待吾客与俱"，待是等待的意思，但诗中"待客"欠妥。在现代语中，"待客"通常指"招待客人；接待客人"，用"待客"易生歧义，改为"迟行因约客"。

"素车驾白马"，本句主体为"素车"，怎么能"驾白马"？改为"素衣驭白马"。素衣指白衣人，由他来"驭白马"则无可挑剔。

"豪情凌云天"，尽管古风不讲究平仄，五连平读起来也难受，改为"壮志冲云天"。

"复仇心急切，微言壮士捐"，此句应当前移。"壮士捐"，句子不完整，改为"一言数命捐"，说"数命捐"，也可以引出下文的田光、樊於期、秦舞阳、荆轲、高渐离等人之死。

"田光节侠刿，攀刭献首函"，此处只讲到田光一人，应该讲田光和樊於期两人，"攀颈"应为"樊刭"。改为"田光诚刎颈，於期献首函"。田光自刎为明心志，樊於期自刎直接献头。

"秦殿洒碧血，壮烈气如山"，原句太靠前，应当向后移。

"渐离惨瞜目，铅筑雪耻难"，原句稍靠前，也应当后移。高渐离之死是在最后。

句子顺序重新排列，请你自己对照一下。

改作：

古风·读《史记·荆轲列传》感赋

捧读荆轲传，浮想亦联翩。斜眄轻达贵，深结狗屠缘。酒酣狂歌后，嚎啕涕泪涟。生性虽怪诞，品德松柏坚。士为知己死，瞋目发冲冠。迟行因约客，燕丹疑悔言。激怒匆匆去，悲歌祭祀坛。萧萧悲风咽，潺潺易水寒。素衣驭白马，预知不复还。贤愚且莫论，壮志冲云天。复仇心急切，一言数命捐。田光诚刎颈，於期献首函。舞阳非真勇，趑趄畏祸端。秦殿洒碧血，壮烈气如山。渐离惨瞜目，铅筑雪耻难。燕赵重节义，古风代遗传。短计酿悲剧，啼血泣杜鹃。豪主强且诈，岂可等闲观。慈父终斩子，难换社稷安。史诗流千古，见仁见智篇。美文遗后辈，应谢司马迁。

重游大雁塔之遐想

渭水南山古刹晖，浮屠贝叶盛唐碑。
人文圣地鸿鹄举，凤藻杏林雏雁飞。
翼震长空搏风雨，巢栖大漠卫边陲。
暮年息羽情难舍，绕塔三匝暮鼓催。

【点评】

大雁塔为古都西安的象征。玄奘在《大唐西域记》中记载过印度僧人埋雁造塔的传说。为供奉玄奘从印度带回的佛像、舍利和梵文经典，在玄奘主持下，仿照印度雁塔建起五层砖塔。武则天时重建为七层，后来屡经修整。唐代诗人岑参诗赞："塔势如涌出，孤高耸天宫。登临出世界，磴道盘虚空。突兀压神州，峥嵘如鬼工。四角碍白日，七层摩苍穹。"清人也有"太液光浮龙塞月，曲江寒带雁门霜"之名句。

本诗除在首联介绍古塔地理位置和所存文物外，用三联的主要篇幅，做足了"大雁"的文章。名为写塔，本为写雁，其实写人。鸿鹄成群，高飞远举，使西安成为人文圣地；凤藻之地，杏林热土，喜见雏雁争相展翅；翼震长空，搏击风雨，象征古今俊杰之雄姿；巢栖大漠，镇守雁门，长留边陲卫士之身影；暮年息羽，深情难舍，绕塔三匝仍听暮鼓催心。因塔思雁，由雁及人，写实务虚，拉远

回近。见塔、见雁、见人、见事、见景、见情。这也启示我们，写塔写寺，并非必涉佛家事，无须满纸香火味，完全可以另取一种写法，本诗即可供大家参考。

欣赏了，不用改作。

橘颂·赞抗日女杰赵一曼

天府之国兮，白花山之峰。钟灵毓秀兮，嘉木葱茏。骄阳恩宠兮，本固而枝荣。奉献甘果兮，荫泽众生。风云突变兮，翠微东北嵒倾。光复河山兮，鏖战狂风。囚于囹圄兮，铁骨铮铮。闪电灼伤兮，翠叶枯萎凋零。雷霆猛击兮，挺胸守口如瓶。体无完肤兮，顽强抗争。献身大地兮，何虑去从？舍生就义兮，笑傲苍穹橘之高洁兮，聆听三闾大夫赞美歌声。橘兮！橘兮！华夏巾帼豪雄。

注：为纪念抗战胜利七十周年，特想写写女英雄题材，所以首选赵一曼，在搜查有关资料时，发现最突出的是她在狱中坚贞不屈的表现，拷打裸体电刑威逼，要她供出组织，非人的残酷刑法，令人发指，读之泪下，因之那一夜彻夜难眠，后来考虑如何写这首诗，不愿将那种惨绝人寰的刑罚写出，故改用骚体诗借咏物喻人之手法。可否？

【点评】

在本篇写作中，作者尝试运用了

骚体。骚体，亦称楚辞体，产生于诗经之后，汉赋之前，以屈原的《离骚》为代表，也被后人称为屈骚。其主要特点是，体式较为自由，利于放纵思绪，句式灵活，长短参差，篇幅较长，章法不拘，常以"兮"字作语助词。应该说，作者基本得其要领。

　　前四句（此处以一个句号算一个整句），描写孕育赵一曼成长的故乡山水，寓地灵人杰之意。其中"山峰""嘉木""骄阳""荣枝""甘果"，诸词佳美，无不双关。字面上全系实写故园之外景，却深含颂扬英雄之内涵。

　　接下来两句，描写赵一曼参加东北抗日的英勇斗争。风云突变，东北沦陷，共赴国难，迎战日寇。"翠微东北屺倾"，"屺"为山角落，用在此处不太确切，可改为"三省沦失如倾"。"鏖战狂风"，也欠妥，改为"北战南征"。写赵一曼在东北的抗日斗争行动，两句似觉少了，查阅资料得知，赵一曼"被当地战士们亲切地称为'我们的女政委'。日伪报纸也为之惊叹称她为'红枪白马'的妇女"，因此，我又补写了这样两句："红枪白马兮，抗日女英。叱咤风云兮，遐迩闻名"。

　　尔后六句，描写赵一曼非人的狱中生活和无畏献身精神。她身陷图圄，饱受酷刑，依然铁骨铮铮，顽强抗争，视死如归，笑傲苍穹。

　　最后两句，赞扬赵一曼品格高洁，流芳百世。作者像三闾大夫屈原一样，吟诵美文桔颂，追念巾帼豪雄。其中原句"橘之高洁兮，聆听三闾大夫赞美歌声"，我改为"品格高洁兮，且听屈子歌声"。

改作：

橘颂·赞抗日女杰赵一曼

　　天府之国兮，白花山之峰。钟灵毓秀兮，嘉木葱茏。骄阳恩宠兮，本固而枝荣。奉献甘果兮，荫泽众生。风云突变兮，三省沦失如倾。光复河山兮，北战南征。红枪白马兮，抗日女英。叱咤风云兮，遐迩闻名。囚于图圄兮，铁骨铮铮。闪电灼伤兮，翠叶枯萎凋零。雷霆猛击兮，挺胸守口如瓶。体无完肤兮，顽强抗争。献身大地兮，何虑去从？舍生就义兮，笑傲苍穹品格高洁兮，且听屈子歌声。橘兮！橘兮！华夏巾帼豪雄。

　　注：为纪念抗战胜利七十周年，特想写写女英雄题材，所以首选赵一曼，在搜查有关资料时，发现最突出的是她在狱中坚贞不屈的表现，拷打裸体电刑威逼，要他供出组织，非人的残酷刑法，令人发指，读之泪下，因之那一夜彻夜难眠，后来考虑如何写这首诗，不愿将那种惨绝人寰的刑罚写出，故改用骚体诗借咏物喻人之手法。

八七抒怀

逝水韶华东去悠，有惊有喜几多愁。

春风得意繁华月,暴雨欺凌动乱秋。
幽谷秀峰攀上下,爱河宦海几沉浮。
是非悔恨云烟散,病卧残阳一老牛。

【点评】

八七年华,岁月悠悠。韶光易逝,青春难留。坎坷人生,有喜有忧。晨风得意,暮雨横流。繁枝茂叶,几经霜秋。岚峰上下,宦海沉浮。云烟已散,思绪未收。诗家回顾人生,自然感慨万千。俱往矣,回头一笑可也。

改动三句:

首联出句"逝水韶华东去悠","韶华"的"华"与颔联"繁华"的"华"犯复。可将"韶华"改为"韶光",意思没变。

颈联出句"幽谷秀峰攀上下",可将"秀峰"改为"岚峰","岚峰"指雾气缭绕的山峰,也有"秀"的意思。这样"岚峰"与"宦海"均为名词组合,而"秀峰"是形容词与名词组合。"攀上下"改为"多上下","多"与"几"对仗工稳些。

尾联对句"病卧残阳一老牛",这样写心理状态欠佳。虽至暮年,人生态度还是应当积极一些。建议改为"诗圃躬耕一老牛"。残阳正红,病卧无奈,牛劲莫减,诗心常在。须晴日,看"红装素面",分外妖娆。

改作:

八七抒怀

逝水韶光东去悠,有惊有喜几多愁。
春风得意繁华月,暴雨欺凌动乱秋。
幽谷岚峰多上下,爱河宦海几沉浮。
是非悔恨云烟散,诗圃躬耕一老牛。

周东葵

杖椅赋

今年仲秋,我偕84岁的老伴赴上海参观世界博览会,并去乡间探望老友。得知苦于排队,乃各持带有椅凳的拐杖前往。在沪期间,杖椅使用效率颇高。同行者多羡之。特以赋记之。

一把杖椅,两个效益:行路拄杖,歇息用椅。山路崎岖,有杖借力;登高喘吁,有椅可息。若无拐杖,行远乏力;赖有凳椅,随处可栖。公交拥挤,何必争席;挂号排队,毋需久立。参观博览,座位无虚,杖椅相伴,安坐一隅。阿婆逛店,购物费时,阿公等候,坦然不急。

一日正小憩,忽闻起争议:杖夸撑力大,椅说功力奇;彼此攻讦,相互贬低。我挺生气,正告杖椅:你俩共一体,和谐互补益;服务为耄耋,协同助残疾。有志多奉献,争功没出息。若不予使用,都成废物弃。杖椅闻听后,羞愧皆无语。我心得宽慰，欣然复安憩。

返京前，我俩将所携杖椅赠予热情接待的妻弟夫妇，聊以作谢。二人亦已年届古稀，甚喜。

【点评】

先说咏物。这是一首咏物的作品。无论山川松柏，还是花鸟虫鱼，世间万物皆可入诗。本篇以杖椅为题，托物言志，以物喻人，情物交融，别具一格。朱熹谈到"格物致知"时曾说，"要贯通，必须花工夫，格一物、理会一事都要穷尽，由近及远，由浅而深，由粗到精。博学之，审问之，慎思之，明辨之，成四节次第，重重而入，层层而进"。作品首段先是详尽地铺陈了杖椅亦凳亦椅的功用，点明诗人与其不离不弃的缘分；中段笔锋一转，奇思突兀，静物皆活，忽闻杖椅争功，言之凿凿，据理斥其大谬，含意深深；三段写经过教育，杖椅复归旧好，继续提供一体化服务。阅读至此，赞赏不已，又觉言犹未尽，我即乘兴增补了末段四句："翁媪亦杖椅，白头伴朝夕。相濡莫相弃，双飞长比翼"。借杖椅喻翁媪，描写并祝愿白头夫妇琴瑟和鸣，情笃趣谐，互相依倚，形影不离，相濡以沫，恩爱一生，借此也使作品得以升华，不停留在实物之咏，而表达了深情之爱。这也遵循了朱熹老先生"由近及远，由浅而深，由粗到精"，"重重而入，层层而进"的

教诲，登上了巅头，进入了心田。

再说文体。题目标明为"赋"，我认为，既可属赋，亦可算诗。赋是介于诗歌与散文之间的一种文体。晋代陆机说："诗缘情而绮靡，赋体物而浏亮"，但随着赋体的发展，后来诗赋两者分野也不仅在于缘情与体物了。学界通常认为赋有以下特点：一是语句上以四、六字句为主，句式错落有致并追求骈偶；二是语音上要求声律谐协；三是文辞上讲究藻饰和用典。四是内容上侧重于写景，借景抒情。后来发展到"文赋"，又出现了"散文化"现象，骈散结合，用韵趋宽。本作品可以视为一首赋。但严格衡量，还是一首杂言诗，前半部分为四言诗，后半部分基本上是五言诗。因其句式长短错落有致不明显，文辞铺陈和用典也不够，算赋则勉强了一点。当然，也有某些古赋通篇只用四言句的，但应视为特例。我将第二段也改成了四言句式，以求语句更精炼。另外，前后两段文字只是序和跋（后者也可改为"补记"），要与正文分开，应采用别的字体字号或者间隔一行。标题则维持现状，仍为《杖椅赋》。"赋"也可解释为念诗和作诗，例如"赋诗一首""登高赋诗"。

再说用韵。赋的用韵特点，一是因为篇幅较长，往往需要换韵，少有一韵到底的；二是赋的换韵往往跟内容、段落一致；三是常见隔句押韵，古赋、文赋亦夹散句，押韵较自

由；四是如句末为虚词（哉、矣、也等），韵脚不一定在句末，可在虚词前面押韵或不用韵；五是韵脚一般不重复。本篇以押入声韵处居多，如"益、力、息、席、立、急、疾"等。写词和赋时，入声韵原则上是可以全部通押的。但还有"椅、栖、虚、隅、时、奇、低"等字为平声，"语"为上声，"议、弃、憩"为去声，用韵还是显得比较乱。修改时，我尽量将其改为入声，换成"绎、逸、觅、绩、忌、揖"等入声字，增补的一段中"夕、翼"也是入声字。但也视情保留了一些新韵中属同韵的字。原诗中韵脚"息"和"椅"字各用了三次，"力"和"益"字用了两次，犯复，应力避之。

以上意见，供你参考。

改作：

杖椅赋

　　庚寅仲秋，余偕八十四龄老伴赴沪参观世界博览盛会，并去乡间探望老友。预知将苦于排队，乃各持带有椅凳的手杖前往。其间，杖椅使用效率颇高。同行者多羡之。特以赋记之。

　　一把杖椅，两大效益：行路挂杖，歇脚用椅。山路崎岖，策杖借力；登高喘吁，成椅可息。若无拐杖，行远乏力；自携凳椅，随处可栖。公交拥挤，何必争席；挂号排队，毋需久立。参观博览，人潮络绎，杖椅相伴，暇隙清逸。阿婆逛店，踪迹难觅，阿公等候，坦然不急。

　　一日小憩，忽闻争议：杖称力大，椅夸功绩；彼此攻讦，相互贬低。余甚生气，正告杖椅：你俩一体，和谐互益；服务耄耋，协助残疾。有志奉献，争功大忌。若不使用，尽皆废弃。杖椅闻言后，羞愧互作揖。我心得宽慰，欣然复安憩。翁媪亦杖椅，白头伴朝夕。相濡莫相弃，双飞长比翼。

　　补记：返京前，我俩将所携杖椅赠予热情接待的妻弟夫妇作谢。二人亦已年届古稀，甚喜。

重　任
——参加首届军旅诗词研讨会随笔

劲旅由来唱大风，锦诗一路壮军行。
长征万里吟千古，梅岭三章震百凶。
星傲长空意怀阔，身临沧海笔端丰。
今朝远望昆仑碧，沃野无垠共促耕。

【点评】

　　本诗特色有三：

　　一是雄强劲健，意气豪壮。本诗以弘扬军旅诗传统为主题，通篇贯穿"大风歌"的基调，精气神十足。"劲旅由来唱大风"，首先溯古，至少可以从汉高祖刘邦说起，他曾酒酣击筑为歌："大风起兮云飞扬，威加海内兮归故乡，安得猛士兮守四方！"接着，说到我军的军旅诗，既为"大风",又属"锦诗","一路壮军行",军旅情怀依然慷慨雄阔。北宋哲学家、易学家兼诗人邵雍曰:"轻醇酒用小盏饮,豪壮诗将大字书",依我看,此诗亦应大字书。

二是对比联想,哲思精深。外国曾有名言:"最伟大的诗人都是哲思的"。"长征万里吟千古,梅岭三章震百凶"讲过去,军旅诗伴随着路程悠远的"长征",产生于斗争艰苦的"梅岭"。"万里"与"千古"是时空对,讲身在"万里"征途,承担"千古"伟业;"三章"与"百凶"是笔枪联,大有"纤笔一枝谁与似,三千毛瑟精兵"(毛泽东赠丁玲《临江仙》句)之诗意。"星傲长空意怀阔,身临沧海笔端丰"讲现在,眼观遨游太空之新星,身历沧海桑田之巨变,军旅诗人能不"意怀阔""笔端丰"?

三是居高望远,情寄八荒。首届军旅诗研讨会会址恰巧在"远望楼",传说中的"昆仑",既高且大,为中央之极,也是连接天地的天柱。"今朝远望昆仑碧"中的"远望"和"昆仑"均一语双关,有如相声演员的"现挂",妙手偶得,又切合诗人居高望远,肩负使命的思绪。"沃野无垠共促耕",沃野无垠,必共勤耕,同心并力,共求硕果。《诗品》作者钟嵘说阮籍的诗"言在耳目之内,情寄八荒之表",即是推崇好诗意境的高远。结尾意境高远,又脚踏实地,回到诗题《重任》上来,较

为完美。

战士翘首十八大

剑倚戍楼千壑葱,情怀家国锦帆风。
银涛万里骑鲸士,倾耳恭听征鼓隆。

【点评】

作者写"战士翘首十八大",不是一个战士,而是包括了我陆海空三军战士。前三句各写一个军种:"剑倚戍楼云壑葱"是写陆军。"戍楼"指边防驻军的瞭望楼,"云壑"指云气遮覆的山谷,也只有云雾缭绕的山谷才会绿树丛生,郁郁葱葱。"情怀家国锦帆风"是写海军。唐朝诗人李商隐曾有两句诗:"玉玺不缘归日角,锦帆应是到天涯"。"锦帆"暗指隋炀帝南游一事,那时他所乘的龙舟都用锦缎做船帆,如果不是隋炀帝的"玉玺"被额骨隆起如"日角"的唐高祖李渊所得去,那么他的"锦帆"龙船恐怕就会漂到了天涯。而现在作品中提到的"情怀家国"的"锦帆",当然不是隋炀帝的龙船,而使我们联想到远赴亚丁湾的海军护航舰、巡弋在东海南海的作战舰和进入钓鱼岛海域的我国海监船。"银涛万里骑鲸士",是写空军。"银涛",白色的波浪,即云海。史上曾传说太白醉骑鲸鱼,"骑鲸"也常被诗人比喻隐遁或游仙。写空军勇士在万里云海骑鲸,实在浪漫,此乃诗人独有的浪漫。把倚着"戍楼"、升着"锦

帆"、骑着"鲸鱼"的三军战士写全了，接着说"倾耳恭听征鼓隆"。倾听什么呢？党的十八大将敲响新的"征鼓"。耳畔鼓声隆隆，眼前红旗猎猎，只要党一声令下，战士就立即投入新的战斗！

写迎接十八大的诗已经见过不少，老生常谈者为多。而这首诗一改俗套，显示了自己独特的魅力：一是形象说话，不玩概念；二是多用典故，避免直白；三是布局巧妙，三军一体；四是风格劲健，富于想象。无论是在选材、构思方面，还是在修辞、比兴方面，都新颖独到，值得称赞。

首句"千壑葱"的"千"，强调数量多，我意不必。改为"云壑葱"，既能状其环境，也为"葱笼"铺垫。"征"字处应为仄声，但用其他字与"鼓"字组词甚难，考虑"一三五不论"，得过且过。

以上意见，仅供参考。

改作：

战士翘首十八大

剑倚戍楼云壑葱，情怀家国锦帆风。
银涛万里骑鲸士，倾耳恭听征鼓隆。

读希腊神话随笔

——纪念建军八十五周年

安泰巨人大地根①，王师之本在人民。
支前箪食乡亲力，救死乳汁红嫂恩②。
征路艰辛连骨肉，史轮沉稳转乾坤③。
小康共建东风暖，国祚安危再奋身。

注：① 安泰，希腊神话中的巨人。他格斗时只要身不离地，就能从大地母亲身上吸取力量，而无往不胜。② 箪食，见《孟子·梁惠王下》："箪食壶浆，以迎王师。"红嫂以乳汁救治伤员是山东沂蒙老区的往事。③ 淮海战役结束时，陈毅同志曾说：我们的胜利是乡亲们用小车推出来的。

【点评】

本诗在上次《长怀战时鱼水情》（七律）和《读希腊神话随笔》（七绝）两首诗的基础上，进行了巧妙糅合和加工提炼。首联借用希腊神话中的巨人安泰力量来自大地母亲的典故，总述我军之本在人民；颔联写乡亲"箪食壶浆"支前助战，红嫂以乳汁救治伤员，对我军与人民群众的鱼水关系作了具体、形象、典型的描写；颈联回顾军民共同奋战的艰辛征路，指出车轮推出大胜利，乾坤扭转换新天；尾联写当前军民共建和今后并肩奋身。与前两首诗相较，层次更清晰，意境更高远，主题更集中。思路顺畅，一气呵成，余味深长。尤其是"支前箪食乡亲力，救死乳汁红嫂恩"，可谓佳联巧对。

用词上有三处值得推敲。首联对句"王师之本在人民"，作者注明了出处，出自《孟子·梁惠王下》："箪食壶浆，以迎王师"。通常情况下，"王师"是指天子的军队，国家的军队。本诗涉及的内容，历史跨度较大，在取得政权之前，我军并非"王师"，我们的对手却是"国军"。所以，建议不用"王师"，改成"仁师""雄师"或"铁军"为好。"史轮沉稳转乾坤"与作者诗后注③的内容不吻合，此处亦无须强调"沉稳"，改为"车轮滚滚转乾坤"，淮海战役支前的滚滚车轮，因为扭转了乾坤，也兼含"历史车轮"之意。与此相应，出句"征路艰辛连骨肉"，也随之改为"征路遥遥同命运"，用"遥遥"对"滚滚"，用"同命运"对"转乾坤"，似觉好些。"命运"与"乾坤"均为连绵词。

再谈谈平仄上的问题。首句"安泰巨人大地根"犯了孤平的毛病。在"仄仄平平仄仄平"的句式中，第三字必平，否则须在第五字处拗救，故改为"安泰巨人连地根"。而颔联对句"救死乳汁红嫂恩"中，"乳汁"处应为平平，现却为仄仄，前四字"救死乳汁"成了四连仄。如标"新声韵"，"汁"字可算平声，第三字"乳"应平却仄，作者在第五字应仄的地方改用了一个平声字"红"，变成"仄仄仄平平仄平"，可以算作本句自救，避免了孤平。古人"山雨欲来风满楼"就是这样处理的。

另，"随笔"，通常指一种灵活随便的笔记或文体，特指一种散文体裁，这种散文文体篇幅短小，表现形式灵活自由，可以抒情、叙事或评论。有时"随笔"也指随手下笔。作者可能取后者而用之。但诗坛把"随

笔"作为诗题，尚不多见。也可改为"随感""随录"，指把随时产生的一些感受及时录下来。

改作：

读希腊神话随感
——纪念建军八十五周年

安泰巨人连地根,铁军之本在人民。
支前箪食乡亲力,救死乳汁红嫂恩。
征路遥遥同命运,车轮滚滚转乾坤。
小康共建东风暖,国祚安危再奋身。

玉渊潭赏樱

丽日清潭芳草洲,新樱欲放早樱稠。
飘然黑发花环秀,潇洒白须轮椅悠。
童嗓清音新燕语,亲朋倩影镜头留。
琼葩人面相辉映,款款春风漾九州。

【点评】

樱花时节，北京玉渊潭公园美不胜收。丽日清潭，琼葩春风，新樱欲放，早樱花稠，是写美丽的自然景致；花环黑发，轮椅白须，童嗓清音，亲朋倩影，是写悠闲的赏樱游人。先出现的是玉渊潭的全景，"丽日清潭芳草洲"，足使读者身临其境。然后镜头拉近，"新樱欲放早樱稠"，直奔主题。如果只停留在描写公园与樱花之美，而没有人的活动，那只是一种静态美。作者没有停笔，请看，"飘然黑发花环秀，潇洒白须轮椅悠"，锣鼓开台，游人出场。靓

妹黑亮的秀发戴上了花环，皆知游兴勃发，方能如此得意；须发皆白的老者依然潇洒，轮椅缓缓在花丛中穿行，何等悠然怡人。这就进而写了动态美。而这还只是对游人外形和动作的描写，接下来，声声童嗓清音，犹如燕语，对对柳下倩影，应是莺俦。写出了人的内心愉悦和感情交流，往心里去了。这是诗作的更加成功之处。"琼葩人面相辉映"这一句，是很好的概括，揭示了人与自然的共美。结句"款款春风漾九州"，思接千里，生发开来，从玉渊潭一角，感觉到九州春风。就此打住，馀意无穷，留给读者去想。妙甚！鉴赏了这首赏樱诗，我们也随之游赏了樱花，不由得称赏赏樱之人，更赞赏赏樱诗的作者。

几处修改，说明如下："丽日清潭芳草洲"，"芳"字处应仄，按"一三五不论"，这不算错，但合律更好，故改为"丽日清潭碧草洲"。大家知道，该公园大片碧绿的草坪是非常诱人的，诗中补点绿色，恰到好处。"潇洒白须轮椅悠"，又用了拗句"仄仄仄平平仄平"，第三字"白"入声，在第五字处用"轮"字平声拗救，属于本句孤平拗救，可以的，不改了。但这次作业连续用了三处孤平拗救，感觉多了一点。"童嗓清音新燕语，亲朋倩影镜头留"，"新燕语"与"镜头留"词性不一，对仗欠工，改为"童嗓清音如燕语，柳风倩影是莺俦"。

改作：

玉渊潭赏樱

丽日清潭碧草洲，新樱欲放早樱稠。
飘然黑发花环秀，潇洒白须轮椅悠。
童嗓清音如燕语，柳风倩影是莺俦。
琼葩人面相辉映，款款春风漾九州。

卜算子·赏荷白洋淀

一柄立双苞，双蕊双红影①。暴雨狂风肆虐凶，相挽逾坚劲。　　昔日雁翎舟，智勇驱倭佞。并蒂今朝分外珍，映日丹心共。

注：① 起首两句化用了欧阳修《渔家傲》中句"为爱莲房都一柄，双苞双蕊双红影"。

【点评】

在众人心目中，白洋淀最负盛名者有二，一是千亩连片的映日荷花别样红，二是威震敌胆的水上游击队"雁翎队"。当然也还有其他许多政治经济和历史文化项目值得称道。本诗正是抓住了这两方面的特色，既赏清荷，更颂英雄。深情赞，双苞双蕊双红影，雨猛风狂探身挺；忘不了，昔日雁翎智勇舟，曾在荷丛驱倭佞；喜的是，红朵今朝还并蒂，湖中映日丹心永。赏荷归来，领略了享誉八方的西淀风光，更领悟了世代弘扬的革命传统。这样写，作品就有了灵魂，有了脊骨。

稍改几处，与作者相商。上片

尾句"相挽逾坚劲","逾"字应为"愈",此处应平,"坚劲"为生造词,且是一个空泛的概念,建议改为"相挽将身挺"。这样写,可以想见,荷叶、荷花相挽着从水中将身子探出,在风雨中挺立,似乎更具体生动一些。全词四个韵脚,"影""劲""佞""共",在《词林正韵》中分别属于第十一部"上声二十一梗""去声二十四敬""去声二十五径"和第一部"去声二宋",前三者作为词韵可以通押,而"共"字按《词林正韵》不能通押。只是在新声韵第十一部方允许通押。如不改,则应在标题后标明"新声韵"。我除了"佞"字之外,已将其他韵脚(影、劲、共)全部改为同属"上声二十一梗"的字(影、挺、永),供你参考。另外,"佞"字本义为,有才智,善辩,当名词用时,通常指巧言谄媚的人,奸佞,伪善者。用于"倭佞"组词,只在朝鲜军歌《朝鲜之歌》的中文翻译歌词中见过:"奸恶的倭佞们从这国家赶出去,解放的钟铃声高高回响在苍穹"。而用"倭佞"来代表日伪军,不知可否?

改作:

卜算子·赏荷白洋淀

一柄立双苞,双蕊双红影①。暴雨狂风肆虐凶,相挽将身挺。　昔

日雁翎舟,智勇驱倭佞。并蒂今朝分外珍,映日丹心永。

注:①　起首两句化用了欧阳修《渔家傲》中句"为爱莲房都一柄,双苞双蕊双红影"。

朝中措·心中月季①

东君关顾暖八方,浸露浴朝阳。暮暮朝朝侍弄,花枝朵朵蜂忙。　长春岁月,风情百样,欢乐辰光。方寸应时吐艳,花期敢比梅棠。

注:①　有感于老干部大学《诗词作业交流》出版120期,7学年来每月两期从未间断。现每期刊登40篇,并附点评。

【点评】

月季被誉为"花中皇后""爱情之花",姿态秀美,色泽艳丽,四季开放,花期较长,又称"月月红""长春花",亦为北京市市花。作者把老干部大学自办的每月两期的诗刊(《诗词作业交流》)视为"心中月季",字面上爱花写花,实际上爱诗咏刊。上片写在阳光下侍弄月季花,也即在春风里办起了诗刊。"东君",日神也,借喻党的阳光、组织关怀。众多园丁如同"侍弄"花卉一样精心办刊,引来蜂蝶繁忙。下片写诗刊如同月季常年芬芳,应时吐艳,胜于梅花海棠年内只开两度(梅花有冬梅与春梅,海棠分春海棠和秋海

棠）。诗刊虽只方寸之地，却总伴老干部的欢乐辰光。

以诗意月季比喻诗词月刊，这是借喻手法。赏读此诗，不禁使我联想起唐代诗人虞世南一首借蝉喻人的咏物诗。从字面上看写的是蝉，实际上喻的是人。蝉吮吸"清露"，不贪占民脂民膏；"居高"栖桐，不沾染腐草污泥；流响"自远"，不凭借秋风青云。说明品格高尚、清廉明洁之人，并不需要某些外在的凭藉和帮助，自能声名远播，受人尊崇。本诗也有两条线索，一条明线，写侍弄月季，花枝朵朵；一条暗线，写编辑月刊，风情百样。花儿长春不败，诗刊应时未缀。每一句都在写月季，而没有一句直接写编辑诗刊，但又句句落在诗刊上，妙绝！

"东君关顾暖八方"，"八"为入声字，此处应平，请更换之。"浸露浴朝阳"，"浸"字值得推敲，建议改为"承露沐朝阳"。"承露"为承接甘露的意思，不要强调浸透。"沐"同"浴"，意思一样，改为书面语"沐"，雅些。

改作：

朝中措·心中月季

东君关顾暖八方，承露沐朝阳。暮暮朝朝侍弄，花枝朵朵蜂忙。　　长春岁月，风情百样，欢乐辰光。方寸应时吐艳，花期敢比梅棠。

温万安

参谋吟

对阵杀敌马上刀，运筹幄握掌中毫。
虎皮椅侧摇翎羽，要塞城前画堑壕。
百战奇功无姓氏，千条妙计有勋劳。
手提肝胆青山鉴，尽瘁鞠躬老几朝[①]。

注：① 老几朝，指在参谋岗位上陪伴了几任领导。

【点评】

参谋能文能武，大智大勇，是首长助手、军中智囊、机关能人、无名英雄。作者结合自己参谋工作的多年实践，以及对参谋工作的深刻领悟，写得实在、写得感人、写得自豪。颈联对偶绝佳，余意无穷，是本诗重心所在。首句写参谋能文能武，上马能杀敌，帷幄善布兵。"杀敌"处应平平，"敌"是入声字，不合律。"马上刀"是骑兵用的，该兵种早已退出历史舞台，不说也罢，故改为"驰骋沙场血染袍"，此处说参谋"善战"也。"掌中毫"指参谋手中笔，与下句"摇翎羽"，意思重复，改为"察秋毫"，强调掌握情报和分析判断，此为正确谋划的基础。此处说参谋"能谋"是有前提的。首联不须对仗，所以"马上刀"与"掌中毫"可以忍痛割爱。"虎皮椅"通常为古代将帅升帐时的座椅，与我军将帅的形象不相吻合，故将"虎皮椅侧"改为"中军营帐"。"要塞城前画堑壕"，也许与作者当年曾担任要塞城市防御的谋划工作有关，但从我国战略重点来看，要塞城市防御已让位于海空作战和岛屿作战，故改为"东海兵船激浪涛"。诗词要有时代感，"画堑壕"改为"激浪涛"，反映了我军的军事战略转变。"肝胆"不能"手提"，改为"一身肝胆"。老参谋不必强调陪伴了几茬领导，不必自夸"老几朝"，否则诗的境界不会高。改为"尽瘁鞠躬砺宝刀"，既有"宝刀尚不老"之意，又有"宝刀还须磨"之意。我也从事参谋工作多年，感同身受，是你的知音。以上意见，仅供参考。

改作：

参谋吟

驰骋沙场血染袍，运筹帷握察秋毫。
中军营帐摇翎羽，东海兵船激浪涛。
百战奇功无姓氏，千条妙计有勋劳。
一身肝胆青山鉴，尽瘁鞠躬砺宝刀。

鹧鸪天·兵营别

卸甲离营羽信纷，老军回首泪沾巾。三十八载情千缕，念炮恋枪思故人。　　旗猎猎，号频频，几回梦断柳营春。身离心系缘未了，来世关山再铸魂。

【点评】

从戎几十年的军队老干部，面临卸甲解佩，交班离营，谁不思绪万千？谁不魂牵梦萦？眼前战旗猎猎，耳畔军号频频，的确情缘难了，能不热泪沾襟？怀着这种特殊的眷恋，作者以多情之笔写下了这首《鹧鸪天》。若非亲身亲历，难有此情此诗。可见，"动之以情"乃作诗填词的起码要求。至于"晓之以理"，那是撰写论文的基本要求。《沧浪诗话》说："诗有别趣，非关理也。"对于诗人来讲，绝不能在诗中通篇讲大道理，道理应当是诗的"言外之意"，可由读者自己去领悟。

这首词在格律上有些小问题。词谱要求，前片第三、四句，还有过片三言两句多作对偶。而"三十八载情千缕，念炮恋枪思故人"没有形成对偶。同时，"三十八载"现为平仄仄仄，此处应平平仄仄，"念炮恋枪思故人"现为仄仄仄平平仄平，此处应仄仄平平仄仄平，也不合律。故改成"攀山巡海随前辈，恋炮思枪念故人"。

另对首尾两句作了局部调整。首句"卸甲离营羽信纷"，"离营"的"营"字与下片"柳营"的"营"字重复，卸甲后出现"羽信纷"太夸张，故改为"卸甲交班战友分"。因前片已有"攀山"，为避"山"字重复，故将尾句"来世关山再铸魂"改为"来世长城再铸魂"。

改作：

鹧鸪天·兵营别

卸甲交班战友分，老军回首泪沾襟。攀山巡海随前辈，恋炮思枪念故人。　　旗猎猎，号频频，几回梦断柳营春。身离心系缘未了，来世长城再铸魂。

诉衷情

关山万里写春秋，热血卫神州。当年浩气何在？岁月惹人愁。　　疆未统，霸堪忧，鬓虽秋，满江红啸，日探书山，夜看吴钩。

【点评】

宋人范开在《稼轩词序》中说："器大者声必闳，志高者意必远"。诚如斯言。读罢这首《诉衷情》，人们会很自然地联想到"亘古男儿一放翁"的《示儿》诗："王师北定中原日，家祭无忘告乃翁"，联想到辛弃疾的名句"醉里挑灯看剑"，"可怜白发生"。作者之心是与放翁、稼轩相通的。青春一腔热血，尽付万里关山。时光飞泻如水，浩气不减当年。疆土未统，虎狼在前，挑灯看剑，心系国安。啸声时起《满江红》，更凸显了军旅诗人心忧关山的情怀和竭诚报国的志向。全词谨守格律，未见异常。

几点修改建议：一是在词牌《诉衷情》后可以另加一个标题。起初宋人填词有词牌而无词题，后来词牌名称与内容逐渐脱离，因此在词牌之外又另标词题。久之，词题和词牌就被严格区分开了。一首《浪淘沙》与浪、沙完全无关；一首《沁园春》也完全不讲春天的事情。二是"关山万里写春秋"和"鬓虽秋"，前后两个"秋"字重复。三是原句设问"当年浩气何在？"，不如直接讲"当年浩气未减"，原句"岁月惹人愁"，不如改为"岁月似江流"。这样可以一振雄风，一扫暮愁，使全词再添浩然之气。四是将"鬓虽秋"改为"别无求"，除了避免"秋"字犯复外，可以突出强调统疆、反霸这两件事，是中国军人日夜牵挂的宏图大业，如能实现，别无他求。这样作者慷慨激昂地长啸《满江红》，就更加顺理成章了。

改作：

诉衷情·书怀

关山万里写春秋，热血卫神州。当年浩气未减，岁月似江流。　　疆未统，霸堪忧，别无求，满江红啸，日探书山，夜看吴钩。

红叶诗社庚寅联谊会

枫叶西山满目红，天高气爽蕴诗风。
一年一度群英会，万盏千杯醉放翁。

【点评】

在"枫叶西山满目红"的秋高气爽时节，红叶诗友欢聚一堂，赋诗作对，抒怀述志，兴致盎然。诗作语言平实无华，意蕴集中在一个"醉"字上。诗友亦战友，群英尽放翁。吟诗人自醉，浓情在杯中。"天高气爽蕴诗风"，试改为"秋高气爽咏长风"，更大气些。"万盏千杯醉放翁"，试改为"未待倾杯醉放翁"，使叶醉、诗醉与酒醉相融，更强调诗能醉人，也许更有诗意些。

改作：

红叶诗社庚寅联谊会

枫叶西山满目红，秋高气爽咏长风。
一年一度群英会，未待倾杯醉放翁。

辛卯元日忆边境作战值班

辞虎红梅雪染冠，相逢战友话值班。
一声铃响惊宵梦，万里波飞系老山。
合作标图核笔记，分工对稿校毛笺①。
红帖封罢雄鸡唱，卧椅翻书续梦酣。

注：① 毛笺，附在蜡纸后面的一层非常薄的纸，俗称"毛毛纸"，油印文件时用作校对文稿。红帖，一种标有"特急"字样的红色标签。作战部门传递紧急文书可以贴上此种标签，以加快传递速度。

【点评】

辛卯元日，即辛卯年的年初一。战友重聚，共忆往事，诗兴勃发。简略而又生动的描写，把我们的视线带到了当年指挥边境作战的值班室。"一声铃响惊宵梦，万里波飞系老山"，电话铃声大作，作战电报频至，首长沉着处置，参谋忙而不乱。"合作标图核笔记，分工对稿校毛笺"，快准细实的作风不打丝毫折扣。"红帖封罢"，雄鸡已唱，倦眼翻书，稍事休息，又迎来了新的一天。参谋人员担任作战值班的日日夜夜，就是这样度过的，即使是大年"元日"，也概莫能外。这首诗叙事平实、细节生动，非亲身经历而难成也。

一头一尾改动两处：

首句"辞虎红梅雪染冠"，与主题的关系不紧，且含义不甚明了，改为"已止硝烟二十年"，讲清老山边境作战的硝烟飘散至今已经20多年了，也可为下文战友重逢话值班作好铺垫。而且标题中已经标明"辛卯元日"，诗文中就可以不再重复讲"辞虎"之类的话了。

尾句"卧椅翻书续梦酣"，"卧椅"是指拼两三张椅子睡觉，还是靠在椅子上睡觉？意思不明。"翻书"与"续梦酣"也有矛盾。故改为"倦眼翻书未入眠"，可能会更好些。

改作：

辛卯元日忆边境作战值班

已止硝烟二十年，相逢战友话值班。
一声铃响惊宵梦，万里波飞系老山。
合作标图核笔记，分工对稿校毛笺。
红帖封罢雄鸡唱，倦眼翻书未入眠。

缅怀刘光老首长①

抗倭投笔起胶东，万水千山跃玉骢。
东亚射狼彰武略，金门震虎建奇功。
凌霜傲雪梅花骨，走马行船宰相胸。
名冠炮兵彪史册，春阑笑卧百花丛。

注：① 刘光，山东文登人，1941年入伍，曾任志愿军炮兵司令部作战处长，某炮兵师长，某军区炮兵副司令员，在炮击金门作战中任福建前线远程炮兵群参谋长。

【点评】

缅怀自己敬爱的老首长，怎么落笔？本诗做到了既不空，又不俗，既写实，又含情，既夸业绩，又赞心胸。前两联写他南征北战、战功赫赫，第三联写他信念坚定、胸怀宽广，尾联写他名标史册，受人尊崇。战马奔驰，炮弹呼啸，可歌可泣的炮兵英杰光彩照人；铁骨铮铮，心胸坦荡，可敬可亲的革命前辈音容难忘。读到"射狼"，当知志愿军炮弹猛射"美国野心狼"，览及"震虎"，更晓福建前线"万炮震金门"。朝鲜"射狼"，直接打美，金门"震虎"，间接击美。刘光老首长在"射狼"和"震虎"的这两场历史性作战中，均在"中军帐"担任了不可或缺的重要角色，这种特殊经历，不能不说是值得称道的人生华章。往下读，写到"梅花骨"与"宰相胸"在同一个人身上获得了和谐统一，进一步剖露了老首长的内心世界，使我们心目中的高大形象更加丰满完善。最后讲到，虽然老首长生命之春已"阑"（残、尽），而百战之身永远"笑卧百花丛"，这里的"百花丛"，反映了部下的拥戴、人民的公论、历史的纪念。全诗多用借代、比喻、夸张等手法，形象鲜明，内涵深厚，余味隽永，不啻是又一首佳作。

颔联"东亚射狼"，"东亚"二字值得推敲。东亚位于亚洲东部，太平洋西侧，现在主要包括中国、蒙古、朝鲜、韩国和日本五个国家。东亚不等同于朝鲜，东亚包括中国，与中国的金门也难对仗，改为"异国射狼"，会好些。或者直接改为"朝鲜射狼"亦无不可，朝鲜的"鲜"字读xiǎn，上声，为仄，合律的。

改作：

缅怀刘光老首长

抗倭投笔起胶东，万水千山跃玉骢。
异国射狼彰武略，金门震虎建奇功。
凌霜傲雪梅花骨，走马行船宰相胸。
名冠炮兵彪史册，春阑笑卧百花丛。

赠军休所南二楼诸芳邻

离营卸甲作军休,修得千年共一楼。
昨夜凉亭为论剑,今晨广场又击球。
五湖四海皆兄弟,万代千秋勿项刘。
远渡银帆风顺满,夕阳无限映金秋。

【点评】

全诗四联,逐层递进,既生动形象,又很有深度。首联写相邻之居,颔联写相聚之乐,颈联写相交之道,尾联写相连之心。先讲相邻之居,芳邻皆为军队退休干部,本来就是昔日风雨同舟的战友,共居一楼也是"千年修来"的缘分,此处化用《新白娘子传奇》插曲中"百年修得同船渡,千年修得共枕眠"的唱词,妙极。再讲相聚之乐,列举了论剑与赛球这两件最有代表性的事,冷静谈兵,未敢忘忧国,热闹争球,犹自恋沙场。接着讲相交之道,芳邻之所以成为芳邻,和睦相处,团结为重,"皆兄弟"也,不分"五湖四海","勿项刘"也,没有"楚河汉界"。最后讲相连之心,大家虽已退休,仍在扬帆远航,夕阳金秋,壮心不已,这是芳邻连心的政治基础。

修改几处,说明如下:"作军休",太直白,缺诗意,改为"觅清幽"。"昨夜凉亭为论剑",改为"昨夜凉亭曾论剑","曾"与下句"又"字对得好些。"今晨广场又击球","广场"仄平,此处应仄仄,"击球"仄平,此处应平平,改为"今晨热汗又槌球",因打门球用的是木槌,以"热汗"对"凉亭",也更工稳。"远渡银帆风顺满",改为"华发航程帆正鼓",意思相近,似更贴切。以上意见,仅供参考。

改作:

赠军休所南二楼诸芳邻

离营卸甲觅清幽,修得千年共一楼。
昨夜凉亭曾论剑,今晨热汗又槌球。
五湖四海皆兄弟,万代千秋勿项刘。
华发航程帆正鼓,夕阳无限映金秋。

南沙怀旧

举目无涯水际天,明珠罗布玉棋盘。
戍楼高耸红旗猎,战士轻歌阵地旋。
淡水一壶分两日,家书十次等三年。
南天卫士峥嵘岁,碧海丹心万古传。

【点评】

这是一首好诗。首联写南沙环境,一望无涯的南海,散列着明珠般的岛屿,宛如一个玉棋盘;颔联写守岛阵地,高耸的戍楼飘舞着五星红旗,阵地上空回旋着战士的歌声;颈联写艰苦生活,"淡水一壶分两日,家书十次等三年";尾联写碧海丹心,南沙卫士凭着一颗爱国丹心,度过艰苦而光荣的峥嵘岁月,他们的业绩将万古流传。作者把南沙比喻成由明珠组成的玉棋盘，既符合群岛布势，更体现爱国情怀。珠玉般的岛屿，正是爱国者心中的奇珍异宝也。鲜艳的红旗，轻松的歌声，有声有色，见景见人。最好的两句是"淡水一壶分两日，家书十次等三年"。连续运用四个数字，来写淡水和家书，选材精当，对比强烈，给人的印象特别深刻。淡水是生命之水，家书乃亲情所寄。淡水奇缺，大陆遥远，思念深深，丹心拳拳。

猎猎，形容风声或风吹动旗帜等的声音，如北风猎猎。此处猎猎是叠词，不能拆开来单用"猎"字。

改作：

南沙怀旧

举目无涯水际天，明珠罗布玉棋盘。
戍楼高耸红旗舞，战士轻歌阵地旋。
淡水一壶分两日，家书十次等三年。
南沙卫士峥嵘岁，碧海丹心万古传。

曹振民

清明扫墓

清明寒食节，墓地雨纷纷。
祭洒哀思泪，真情育后人。

【点评】

纵观全诗，语言平实，感情纯真，格调清新。前两句"清明寒食节，墓地雨纷纷"，交代时间、地点和事由；后两句"祭洒哀思泪，真情育后人"，泪祭逝者，寄托哀思，表达真情。

本诗值得称道之处主要有四：

第一，特色鲜明。写出了特定的时间（清明）、特殊的地点（墓地）、特别的氛围（雨中）、特有的情思（哀思）。

第二，情感真挚。在乍暖还寒的清明细雨中，读者可以感受到作者扫墓时的一片深情。花木代谢，岁月无痕。人生苦短，转眼晨昏。逝者已往，亮节犹存。百代永继，一曲长吟。在朴实无华的多情韵语中，天人相通，情境相生，生死相告，老小相托，全都得到了很好的体现。

第三，选材精当。没有详写扫墓过程，只用寥寥四句二十个字，就高度浓缩了时令、地点、环境、情思，写活了中国传统的清明祭扫活动的实景和作者自己丰富的情感世界。特别是"节、墓、雨、泪、情、人"这六个经过精选的字眼和形象，无疑会深深地烙在读者的脑海。

第四，化用古诗。"清明寒食节，墓地雨纷纷"，化用了唐代诗人杜牧"清明时节雨纷纷"的诗句。化用、套用、借用前人诗句，古今不乏其例。唐代李贺《金铜仙人辞汉歌》中曾有："衰兰送客咸阳道，天若有情天亦老。"宋朝欧阳修《减字木兰花》也有："伤离怀抱，天若有情天亦老。"毛泽东《人民解放军占领南京》也有："天若有情天亦老，人间正道是沧桑。"只要用得贴切，不是硬贴，恰好适配，不是乱搭，则能为作品增色。反之，会让人觉得步人窠臼，刻意模仿。本诗属于化用，不算硬贴和乱搭。但因这一名句人人皆知，尽管拆分为两句，终未显更多新意，建议今后慎用此法。

看京城牡丹花展

雍容华贵洛阳妆，朵大鲜奇一品香。
武后声威风韵伴，奇葩京展压群芳。

【点评】

前两句写牡丹雍容华贵的外形、姿态、色泽、奇香，后两句写牡丹的人文价值和花王地位。联想到洛阳牡丹的历史故事，以及与牡丹有关的唐朝历史人物，更增添了观赏牡丹的情趣。

唐代牡丹种植先盛于长安，后兴于洛阳。至宋代，欧阳修在《洛阳牡丹图》中说："洛阳地脉花最宜，牡丹尤为天下奇。"以后才逐步形成"洛阳牡丹甲天下"的格局。唐代刘禹锡在《赏牡丹》一诗中写道："庭前芍药妖无格，池上芙蕖净少情。唯有牡丹真国色，花开时节动京城。"诗中所指的京城，有的说是前期的洛阳（东都），有的说是后来的长安（西京），多数人倾向于认为刘禹锡诗中所说的京城为长安。作者在本诗中所说到的牡丹展览，则是在千年之

后的中国京城——北京。

我将第二句"朵大鲜奇一品香"改为"又动京城一品香"，意在与刘禹锡的"花开时节动京城"相唱和，千年之后，牡丹花开，依旧能够"动京城"，既说明千年牡丹花艺得到了传承，又烘托了今日京城的繁荣昌盛。原来第二句有"鲜奇"，尾句又有"奇葩"，出现了两个"奇"字，改后则不再犯复。

我又将第四句"奇葩京展压群芳"改为"千年国色压群芳"，从诗作布局来看，这样改动后，前两句直接描写北京牡丹花展，后两句间接联想历史、总体评价花王，由近及远，前实后虚，顺序会更好些。"京展"这样不规范的缩略词，诗词中要注意尽量少用。

改作：

看京城牡丹花展

雍容华贵洛阳妆，又动京城一品香。
武后声威风韵伴，千年国色压群芳。

我国首艘航母服役

鲸鲨惊愕眼巴巴，过海八仙全数哑。
华夏海防新武备，高端现代水兵家。
迎风斩浪红旗展，入列成军举国夸。
回看神州拼搏路，赶超方可走天涯。

【点评】

我国首艘航母辽宁舰正式服役，

提升了国防实力，壮了军威国威，圆了百年好梦，世界震惊，"八仙"钦佩，举国一片欢欣。作者在赞美的同时，也回顾神州拼搏之路，感慨我国终于具备了海上走天涯、守天涯的能力。这是一首能壮士气、显国威、提精神的好诗。

首联出句"鲸鲨惊愕眼巴巴"，因改作将"鲨"字移用至第三联，故变"鲸鲨"为"鲸鲵"，雄曰鲸，雌曰鲵，比喻凶恶的敌人，借指海盗，更切题。又因"鲸"与"惊"同句紧挨且同音，读起来不顺口，故变"惊愕"为"震愕"。首联对句"过海八仙全数哑"，用神通广大的八仙都惊奇得哑口无言，来反衬航母的了不起，意境很好。但"哑"字在此处作形容词，应读上声，乃仄非平，出韵了。"哑"字只有在作象声词时才读平声（如"笑言哑哑"，"乌之哑哑，鹊之喈喈。——《淮南子》"），诗词中极少有作平声用的例子。故改为"过海八仙伸指夸"。八仙是中国人喜爱的神仙，"伸指夸"是夸自己人，比"全数哑"要亲近和亲切一些。第三字"八"为入声，此处必须平声，否则孤平，故在第五字处改仄为平用"伸"字，属于本句自救。

颔联"华夏海防新武备，高端现代水兵家"，完全不对仗。"华夏"是名词，"高端"是形容词，"海防"与"现代"词性也不同，"新武备"为一加二，"水兵家"为二加一，更对不上，改为"征战平台强国剑，飘移国土水兵家"。

颈联"迎风斩浪红旗展，入列成军举国夸"，前四字对仗尚可，后三字"红旗"为偏正结构的名词，"举国"是附加结构的范围词，属于宽对。改为"迎风斩浪腾灵鹤，入列成军镇远鲨"，既解决了对仗工稳的问题，又突出了航母在作战能力和作战范围的特点。

尾联对句"赶超方可走天涯"，改为"百年圆梦守天涯"。我国首艘航母建成服役，虽说部分高新技术世界一流，但总体上是利用旧舰改装，只能说"百年圆梦"，还谈不上"赶超"谁谁。此前，联合国五大常任理事国中，唯有中国没建航母。历史上美国已经先后建成150多艘航母，目前尚有11个航母编队。在现行积极防御战略指导下，全球"走天涯"是愿望，本国守远海较为现实。随着将来国力的增强和战略的调整，再说赶超和在更大范围走天涯不迟。

改作：

我国首艘航母服役

鲸鲵震愕眼巴巴，过海八仙伸指夸。
征战平台强国剑，飘移国土水兵家。
迎风斩浪腾灵鹤，入列成军镇远鲨。
回看神州拼搏路，百年圆梦守天涯。

下连队再听军号声

响彻兵营催壮志，高腔悦耳美音宏。

金戈铁马闻听喜，固土安邦乐永鸣。

【点评】

革命战争年代和新中国成立后较长一段时间，作战连队编有司号员，营有号目，师团有号长。这是当时简易通信和战场指挥的重要手段。老兵戏称："司号员鼓鼓嘴，千军万马跑断腿"。每当举行阅兵式、分列式，还集中号兵吹奏军乐，以壮军声。至1985年精简整编时，才取消司号员编制。军营改以播放电子军号音响代替。退休老干部下连队，再次听到军号，特别感到亲切。军号声声，传递军令。士兵突击，奋勇冲锋。兵营作息，闻风而动。三军奋发，强音常鸣。本诗寄托了老兵对戎马生涯的情思，对军营文化的钟爱，对富国强兵的期盼。感情真挚，胸襟开阔，气势豪壮。

有几处与作者商榷：

内容上。鉴于目前部队中军号已被音响代替，本诗应穿插对昔日的回忆，也与标题中"再听"相切合。又因军号即军令，"军令如山"，应突出地写出其在统一部队行动的号令作用。所以，前两句改为"昔日冲锋添士气，声声号令重如山"。"金戈铁马闻听喜"，我觉得只写"闻听喜"，这样的感觉不太全面。既应表达老兵重听军号之欣喜之感，更应强调闻风而动的紧张战斗气氛。尾句直接联系"固土安邦"，不是不可以，

似觉有硬贴之感，远了，在修改时将其拉近些。

词句上。"高腔"，乃戏曲专用名词，指戏曲四大声腔之一，亦是戏曲声腔的统称。与军号声挨不上，故改之。"乐永鸣"，有点拗口。

用韵上。因前面用了"重于山"的"山"押韵，故将后面的韵"鸣"也一并改为"间"了。

改作：

下连队再听军号声

昔日冲锋添士气，声声号令重如山。
金戈铁马齐奋发，行动闻风顷刻间。

沁园春·青松赞

松子从容，岩石间中，克难发芽。伴花开气暖，漫山碧草，水流溪悦，满目朝霞。懵懂生成，苍天赐福，潇洒英姿赞有加。高温日，耐骄阳滚烫，愈发升华。　　秋高气爽腾达。结果实成熟风韵嘉。更眼明身健，枝繁叶挺，心高胆大，根固形葩。雪地冰天，狂风拉扯，葱碧依然万众夸。经风雨，展英雄气节，拥抱天涯。

【点评】

上片写松树的生长过程、所在环境、所展英姿，以及惜春耐暑的习性；下片接着写松树宜秋抗寒的品格，称颂松树的英雄气节。全词按松

树的生长过程，来描写其坎坷经历，从一粒松籽在岩缝中发芽，写到长成参天大树，展英雄气节，拥抱天涯。又按四季之序，来描写其不同姿态，不同风韵，经风雨、抗寒暑，却总是枝繁叶挺，葱碧如故。

结构布局上的缺点是，状物与议论穿插过多，显得枝蔓缠绕，主干不明。

遣词造句上的缺点是，文字欠流畅，有硬凑之感。如上片"岩石间中""克难发芽""水流溪悦"，读来拗口，故分别改为"岩壁生根""石缝发芽""鸟鸣溪唱"。"懵懂生成，苍天赐福"，意思不明，意境不高，改为"落落生成，参天荫地"。"愈发升华"，改为"愈显清华"。下片"眼明身健"搬用了陆游的句子（眼明体健）改为"立根牢固，持操身正"，"心高胆大，根固形范"，改为"虬枝雄健，望断雁斜"。

改作：

沁园春·青松赞

松子从容，岩壁生根，石缝发芽。伴花开气暖，漫山碧草，鸟鸣溪唱，满目朝霞。落落生成，参天荫地，潇洒英姿赞有加。高温日，耐骄阳滚烫，愈显清华。　　秋高气爽有加。结果实颗颗风韵嘉。更立根牢固，持操身正，虬枝雄健，望断雁斜。雪地冰天，狂风拉扯，葱碧依然万众夸。经风雨，展英雄气节，拥抱天涯。

我军核潜艇部队公之于世

深洋隐匿敌惊慌，绝代增辉华夏昂。
卧虎藏龙心路广，韬光养晦计谋良。
迎新面世书豪迈，圆梦生芒铸大强。
神力扬威驱鬼闹，海疆万里固金汤。

【点评】

作品为我军核潜艇部队公之于世而欢欣鼓舞，豪兴勃发，壮语连篇。核潜艇能在水下隐蔽航行，出其不意地远程打击敌重要目标，是我军的重要战略打击力量，也是重要的战略威慑力量。前些年，我国一直采取"韬光养晦"的策略，所谓"包子有肉不在褶子上"，战略打击能力深藏不露，高精尖武器系统秘而不宣。目前，策略似有改变，也适时通过主流媒体有选择地相继公开报道诸如国产航母建造、新型导弹试射、新式飞机试飞、核潜艇远航等消息。应该说，面对列强欺人和周边闹鬼，中国必要时"亮亮肌肉"，这也是警示敌人、稳定局势的需要，是中国人民有自信力的表现。

首联"深洋隐匿敌惊慌，绝代增辉华夏昂"，出句介绍深洋隐匿的"核潜艇部队公之于世"引起某些国家恐慌的事实，对句评价这一历史性事件的意义和作用，讲得也不错。但一首七律讲究起承转合，开手就深挖意义作用，突了点、早了点。从作诗来讲，句子也直了点、虚了点。建议改为"深洋隐匿有锋芒，水下远征惊四方"，先把潜艇本身的特性、威力、使用范围等情况作交代，顺便带一下作用。"绝代增辉华夏昂"，还有两个问题，一是"绝代增辉"似有拔高之嫌，二是"华夏昂"词语搭配略显牵强。

颔联"卧虎藏龙心路广，韬光养晦计谋良"，出句"卧虎藏龙心路广"，如果是讲战略打击力量"卧虎藏龙"，怎么又是"心路广"？如果是讲科技队伍"卧虎藏龙"，又是指谁"心路广"？有点费猜测。而且"卧虎藏龙"与"韬光养晦"也似感重复。建议改为"揽月擒龟科技巧，韬光养晦计谋良"，前者讲我们"揽月擒龟"的科技水平，后者讲我们"韬光养晦"的外交策略。

颈联"迎新面世书豪迈，圆梦生芒铸大强"，缺点一是干巴，二是硬凑。句子读起来不太顺溜。要说的意思似乎很多，堆积在一起容量又不够，于是出现了随意简化、硬性拼凑，以至于生造词语。建议改为"败师甲午曾蒙耻，圆梦中华今自强"，表述的内容更加集中，也比原句实在些，运用甲午战争的典故，形成对比，也增加了历史厚重感。

尾联未改。但结尾感觉一般化，少了点诗味。将就吧。

改作：

我军核潜艇部队公之于世

深洋隐匿有锋芒，水下远征惊四方。
揽月擒龟科技巧，韬光养晦计谋良。
败师甲午曾蒙耻，圆梦中华今自强。
神力扬威驱鬼闹，海疆万里固金汤。

坐飞机观云海

白絮连绵团半空，遮天盖日急匆匆。
千形万状飘拂动，浩淼如洋天地功。

【点评】

天上观云与地上观云，感觉大不相同。作品着力写出异样的云朵，特别的意境，确实是下了功夫。

"白絮连绵团半空"，起句不凡。从飞机舷窗向下俯视，第一印象就是"白絮连绵"，感觉是准确的。"团半空"的"团"字用得十分形象，富有立体感的大堆"团"着的白云，与地上仰望所见的似乎平铺的白云完全是两码事。

"遮天盖日急匆匆"，原句描写天上云多，且呈动态。但"遮天盖日"还是地上看云的写法，没有把视角调过来，建议改为"摩天遮地"，就成为空中镜头了。"急匆匆"的是飞机，不是云，前四字与后三字主体不一，欠妥。建议全句改为"摩天遮地叹神功"，这正是天地之造化，非神功不能也。原来尾句"浩淼如洋天地功"有这样的意思，可调到前面来用。

"千形万状飘拂动"，是进一步写云朵千形万状的姿态，白云苍狗，变化莫测，随风自由飘动，但"千形万状"缺乏具体形象，"拂"字入声，此处应平，"飘拂动"三字连读也不成词，故改为"波峰浪谷轻纱舞"，仍然是飞机俯视所见。"波峰浪谷"本是海中景象，现在用来描写云海，而这种波浪翻滚的云海并非由海水组成，而是舞动的薄雾"轻纱"。这样借大海写云海，体现了形象思维。

"浩淼如洋天地功"，标题中已经讲明坐飞机看云海，这里又说"浩淼如洋"，没有避题，显得重复。"天地功"的"天"与第二句"遮天"也重复。建议改为"银燕穿梭逐远鸿"，从飞机上还可以看到别的飞机在云中穿梭，追逐远处的鸿雁。改写后，既避免了重复，又从飞机上看别的飞机穿云，也是一种更具内涵的"观云"，更解决了尾句形象化和时代感的问题。

改作：

坐飞机观云海

白絮连绵团半空，摩天遮地叹神功。波峰浪谷轻纱舞，银燕穿梭逐远鸿。

黄亚青

祭拜援越抗美烈士

出关千里谒陵园，战友灵前泪怆然。炮火一声成永诀，祭台再聚已天年。伸张正义冲锋勇，惩治强权冒死先。铁血男儿虽远去，丰碑永铸碧山间。

注：老部队铁道兵二师曾参加过援越抗美，上世纪60年代初赴越修铁路。许多大学同学及战友都去过越南，我1974年大学毕业时，二师已回国。2013年4月参加了"老战士赴越团"，共同寻找他（她）们战斗过的地方及祭拜在越牺牲的战友。感同身受，赋笔赞颂。

【点评】

首联写千里外的谒陵。述说事由，点明处所，融入感情，诗中有"我"。千里出关，是跨出一个被称为"友谊关"的中越国关。鲜花谒陵，是敬拜一群曾经"援越抗美"的英勇战士。怆然泪下，是怀念曾经朝夕相处的大学同学和战友。在全诗中，这两句起得自然，交代清楚，且留有余地，便于后面的思绪顺渠畅流。

颔联写永诀后的"再聚"。"炮火"是青春"永诀"之因，"祭台"乃余年"再聚"之地。天人两隔，千里一心。祭台再聚，重回当年。真是：两句五十载，一吟双泪流。有了时间上的接续、年龄上的对比、感情上的寄托，有如拨动心弦，挖开心泉，升起情闸，作者十分投入，读者能不共鸣？应该说，这两句在全诗中承得巧妙，很给力。说到不足，略指一二：起句原为"炮火一声成永诀"，"炮火"是集合词，不只"一声"，可改为"战地炮声成永诀"。对句"祭台再聚已天年"，用"天年"二字欠妥。天年即自然寿命。"天年不齐"，指自然寿命长短不一样。"安享天年"，即安度晚年。此处可改为"余年"，余年即残年、晚年的意思。改为"祭台花影已余年"。

颈联写英勇冲锋的烈士。人世间没有无缘无故的爱和恨，千里谒陵也不仅仅是因为同学、战友一场，"伸张正义冲锋勇，惩治强权冒死先"，才是大家千里拜谒他们的更重要理由。烈士的高尚品格、生命价值、不死精神，均集于此。他们是无私无畏、为国献身的英雄，值得战友拜谒，值得国人敬崇、值得后世永念！这两句是全诗的内核，足以使诗境高升。诗到颈联，如果该"转"不"转"，全诗会因缺乏高潮而平淡，如公鸡不翘尾，孔雀不开屏，就不好看了。但本诗的缺点，是用了"伸张正义""惩治强权"这样的政治术语，显得直白、空洞，非诗家语也。建议改为"野山开路冲锋勇，狭谷架桥冒死先"，运用形象思维，同样反映援越抗美的战斗行动和感人精神，而且写出了铁道兵参战特色，可能会

增添些诗味。

尾联写碧山间的丰碑。尽管作者和同行者皆处人生之秋，这次出关祭陵，也许是最后一次，但"男儿远去"，"丰碑永铸"，碧山作证，精神长存。尾联抒情，"合"在情长。诗结意永，余味无穷。

改作：

祭拜援越抗美烈士

出关千里谒陵园，战友灵前泪怆然。
战地炮声成永诀，祭台花影已余年。
野山开路冲锋勇，狭谷架桥冒死先。
铁血男儿虽远去，丰碑永铸碧山间。

采桑子·边关望月

戍关望尽天边月，乡路迢迢。烛影摇摇，慈母行针又一宵。　　壮怀戍国豪情梦，风雨萧萧。日暮朝朝，北雁守疆皓月骄。

【点评】

采桑子为小令，双调。平仄、用韵、分阕、意境均无大的问题。故乡烛影，手中钢枪。由远至近，布局有方。情景交融，相得益彰。叠词出彩，妙韵琅琅。上片写边防战士远望乡月，似见烛光下慈母飞针走线，表达了千里思乡感恩之情；下片写边防战士寒夜守疆，全凭皓月下一腔豪情，都明白风雨戍边强国之责。作者用"戍关""天边月""乡路""烛

影""一宵",既写明了边关与故乡的距离遥远,又写明了母亲与儿子的情感无间。用"壮怀""豪情""风雨""皓月",既揭示了风雨萧萧的外部环境,又揭示了边防战士心升皓月的内心世界。

"慈母行针又一宵"中的"行针"一词,通常为医学专用术语,即针灸时的运针,是指将针刺入穴位后,为了使之得气,调节针感以及进行补泻而实施的各种针刺手法,常用的有提插法和捻转法两种。本句可改为"慈母飞针又一宵"。

"戌国",可能打错了,应为"戍国"。

"风雨萧萧"与"天边月""皓月"相矛盾,小令中描写的此情此景,最好讲究同一。今后请注意。

"日暮朝朝",很少见到有这样连用的。常见"朝朝暮暮""朝暮""日暮""日暮途穷"等用法,建议改为有积极意义的"赤帜飘飘"。我去过几个边关哨所,老远就能见到国旗飘飘,此时爱国之心油然而生。"日暮"一词较为消极,不用也罢。

"北雁守疆皓月骄",如果在律诗中,这是典型的孤平句(守字必须平声,否则全句孤平)。填词没有"孤平"之说,但也应避免。另外,"北雁"如何"守疆",读者会有疑问。"守疆"与前面的"戍国"也同义重复。建议改为"哨所凌云皓月骄"。

改作:

采桑子·边关望月

戍关望尽天边月,乡路迢迢。烛影摇摇,慈母飞针又一宵。　　壮怀戍国豪情梦,风雨萧萧。赤帜飘飘,哨所凌云皓月骄。

临江仙·忆做军鞋

月色朦胧茅舍亮,挑灯夜战无眠。飞针引线笑声喧。深情凝挚爱,"天尺"送君穿。　　战士壮行心底暖,惧何陡峭严寒。长驱万里虎狼歼。日军闻讯溃,丧胆"踢倒山"。

（或长驱万里"踢倒山",歼倭捷报至,姐妹更欢颜。）

注:军鞋在抗战时期,曾被誉为"量天尺""踢倒山"。

【点评】

史料记载,当年朱德总司令带领八路军来到太行山的武乡县,康克清就组织当地妇女开展了"人人争当看护员、个个支前做军鞋"的拥军运动。婶子大娘们一边做军鞋一边唱:"千层底、富贵帮(指在鞋帮上绣的长命富贵不断头的图案),做好军鞋送前方,亲人穿上打豺狼"。作者回忆起当年类似这样的经历,十分感慨,填词记之。

上片实写做军鞋,交代了做鞋的

时间、地点、场面和做鞋人对抗日战士的深情。下片虚写战士穿上新鞋的感觉、受到的鼓舞以及姐妹们的共同心愿。全词主题鲜明，场面生动，感情真挚。巧妙运用了"量天尺""踢倒山"这样鲜活的群众语言，增加了作品的感染力和生命力。

下片有几处改动：

"战士壮行心底暖，惧何陡峭严寒"，其中用"壮行"二字不妥，壮行就是送别，通常用言语、宴饮、实物等来送别，使离别有雄壮而豪迈的气氛。多指某人或一团队去执行危险的任务，指挥员、战友们或者百姓为他们所举行的宴会，也指送别仪式。句中的战士是"壮行"的对象，不能讲"战士壮行"。"惧何陡峭严寒"，"陡峭"是指山势，严寒是指天气，二者难以搭配连用，"陡峭"与军鞋也没有直接关系。建议改为"战士出征心底暖，惧何路远天寒"。

结尾三句，同意作者的第二方案，即"长驱万里'踢倒山'，歼倭捷报至，姐妹更欢颜"，与前面的内容连接比较顺，最后仍回到做鞋的姐妹们这一主体上来，扣题较紧。而原句"长驱万里虎狼歼。日军闻讯溃，丧胆'踢倒山'"，主体来回转换，内容前后重复，最后与做鞋本身离得远了。另外，讲日本军队"闻讯溃"，也缺乏历史真实。

改作：

临江仙·忆做军鞋

月色朦胧茅舍亮，挑灯夜战无眠。飞针引线笑声喧。深情凝挚爱，"天尺"送君穿。　　战士出征心底暖，惧何路远天寒。长驱万里"踢倒山"，歼倭捷报至，姐妹更欢颜。

注：军鞋在抗战时期，曾被誉为"量天尺"，"踢倒山"。

改作：

虞美人·军休所旗袍秀

云鬓高挽眉间秀，温雅玲珑透。裁云剪缎束身腰，款步轻盈堪比海棠娇。　　戎装半世红妆换，逐梦今无憾。行云淡淡韵犹存，笑醉秋风楚楚动诗魂。

【点评】

上片实写。具体生动地描绘了军休所"旗袍秀"参与者的装扮、容貌、服饰、身段、步态。展现的是她们娇美的面容、精致的服饰、合体的装束、轻盈的步履。"秀"的是外表美。

下片虚写。颇含深意地点明了"旗袍秀"的参与者原来大多是"戎装半世"的女军人，她们不仅曾叱咤风云，飒爽英姿，而且也具有"温雅""婉约"的一面，也怀着追逐美好生活的梦想。年事虽高，风韵犹存，秋风云淡，笑颜驻春，楚楚动人，醉步诗魂。"秀"的是内在美。

如果仅有上片的记叙，读者看到的也许只是一次普通的社区大妈服装秀场，也许只是一次常见的老姐妹们花样聚会，而有了下片的生发，才知道原来这是一次退休女军人的特殊操练，是一次对传统服装的艺术体验，是一次新时代审美情趣的大胆展示。通过上下片的全面描述和揭示，可知军休所的"旗袍秀"别具一格，别开生面，也可知这首《虞美人》别具匠心，别有风味。

用《虞美人》的词牌来写军休美人，贴切，对路。本词牌属于平仄韵转换格，上下片各两仄韵，两平韵，连同各句的平仄要求，作者都把握得很好。

题目"军休旗袍秀"，"军休"是指军队离退休，"旗袍秀"是一次活动的名称，连起来是"军队离退休旗袍秀"，似不通。建议改为《军休所旗袍秀》。

上片第三句"裁云剪缎束身腰"可再推敲。"裁云"，即裁剪行云，比喻裁剪技艺精妙新巧。李白有这样的诗句："云想衣裳花想容"，写杨贵妃的衣服如同霓裳羽衣一般，衬托着她那丰满的玉容。可理解为见云而想到衣裳，见花而想到容貌，也可以说把衣裳想象为云，把容貌想象为花。后人称云裳，就是指如云霞般美

丽的衣裳。唐诗中曾有"镂月成歌扇，裁云作舞衣"的佳句。汉语中还有"裁云剪水"的成语，形容诗文构思精妙新巧，这都是艺术性很明显的语言。可见，"裁云"是艺术语言，而"剪缎"则是技术语言，"裁云"与"剪缎"搭配在一起，就显得"剪缎"二字直白了些。建议改为"裁云剪锦束身腰"或者"裁云织锦束身腰"，锦原指精致丝织品，多有美丽图案，也称锦缎。

改作：

虞美人·军休所旗袍秀

云鬟高挽眉间秀，温雅玲珑透。裁云织锦束身腰，款步轻盈、堪比海棠娇。　　戎装半世红妆换，逐梦今无憾。行云淡淡韵犹存，笑醉秋风、楚楚动诗魂。

作者再改：

虞美人·军休所旗袍秀
（《红叶》66期修改稿）

云丝高挽眉间秀，温婉玲珑透。裁云镂月束腰身，笑靥盈盈、堪比海棠春。　　戎装半世红妆艳，圆梦应无憾。行云流水韵犹存，款步姗姗、端的动诗魂。

观舞剧《霸王别姬》

哀声泣舞情凄切，爱意缠绵恨亦同。纵虎鸿门持义重，拥兵函谷妄称雄。

楚歌四面王朝倾,剑舞双锋烈女薨。
荡气回肠堪绝唱,乌江千古漾悲风。

【点评】

楚汉相争后期,项羽被刘邦困于垓下,兵少粮尽,四面楚歌。他面对虞姬,在营帐中酌酒悲叹:"力拔山兮气盖世,时不利兮骓不逝,骓不逝兮可奈何,虞兮虞兮奈若何?"随侍在侧的虞姬含泪拔剑起舞,歌曰:"汉兵已略地,四方楚歌声;大王意气尽,贱妾何聊生。"虞姬为了让项羽不再有牵挂,歌罢即拔剑自刎。这就是感天动地的霸王别姬之爱情绝唱。作者观舞剧而感叹不已,遂成七律记之。

首联总写霸王别姬的情景。舞剧"哀声"中的"爱意",怨恨中的无奈,凄切之情,缠绵之意,跃然纸上。

颔联补叙霸王别姬的背景。"纵虎鸿门"未能杀掉刘邦,"拥兵函谷"终难实现雄图。

颈联推出霸王别姬的近景。营帐外,"楚歌四面",兵败之局已定;营帐内,"剑舞双锋",生离之时迫近。

尾联拓展霸王别姬的全景。镜头从剧场小舞台拉出,展现历史大舞台,遥望乌江山水,慨叹千年变迁,领略古人霸业和时代风云,令人荡气回肠的历史绝唱犹在耳畔,久久不息。

改动几处,供参考:

"哀声泣舞情凄切",试改为"哀声泪舞情凄切"。《说文》解释:"无声出涕曰泣"。"百度"解释:哭而无声谓之泣。常说"泣不成声",即指抽泣哽咽得说不成话。无声与哀声有矛盾,故改"泣舞"为"泪舞",从形象上,含泪起舞而歌,要比出涕无声而泣要好些,更符合舞台剧情和历史记载。

"纵虎鸿门持义重","持义重"与"妄称雄"对仗不工,两句可改为"纵虎鸿门空守义,拥兵函谷妄称雄"。

"楚歌四面王朝倾,剑舞双锋烈女薨",项羽的王朝没有建立起来,谈不上"王朝倾","薨"一般指帝王诸侯之死。古代宠妃死亡也叫薨。如:《红楼梦》中元妃之死则称作元妃薨逝。但虞姬自刎时的身份仅是项羽的爱妾,尚不够用"薨"字的层次。故改为"楚歌四面军心散,剑舞双锋俪曲终"。

"荡气回肠堪绝唱","堪"字通常指能够、可以、算得上。平时我们说这个物件有损坏,但还可以用,即"堪用",程度上不是太高。霸王别姬理所当然是绝唱,并非勉强算得上绝唱,故不用"堪"字为好,改为"荡气回肠遗绝唱"。

改作:

观舞剧《霸王别姬》

哀声泪舞情凄切,爱意缠绵恨亦同。

纵虎鸿门空守义，拥兵函谷妄称雄。
楚歌四面军心散，剑舞双锋俪曲终。
荡气回肠遗绝唱，乌江千古漾悲风。

盆景怨

浅土把根埋，扭枝求怪胎。
本应千尺树，缩作一盆栽。
众口夸奇塑，吾心怨异裁。
若能归故野，蓬展作良材。

【点评】

古来盆景常被入诗，诗人们对以小见大的奇景大多赞美有加。如苏东坡曾有句："寸根蠖密九尺瘦，一拳突兀千金直"，白居易也留诗："小松未盈尺，心爱手自移"。本诗一反其意，非赞之，而怨之，诗意出新，令人眼亮。

作者怨的是，本应扎深根，却用浅土埋；本应枝伸展，却被铁丝缠；"本应千尺树"，却"缩作一盆栽"。总之，用作盆景的植株，原本可以长成参天大树，却被弄成一个盆中"怪胎"。在众口夸赞盆景塑形新奇的时候，独有作者认为：这是历史的错裁，这是对人才的摧折，这是对生命的限制，这是人为的悲剧。事已至此，怎么办？作者呼吁："若能归故野，蓬展作良材"。主张故野植物应任其自然，社会人才应如愿发展，对参天大树的"苗子"，不应削足适履，缠枝适盆。读罢这首

诗，能引起我们大家许多联想，给予大家许多启迪。

这也告诉我们，诗词创作不能随大流，在立意上，必须独辟蹊径，才能鹤立鸡群。

改动几处：

"扭枝求怪胎"，仄平平仄平，应为平平仄仄平，制作盆景，光用手扭不行，还得用铁丝缠，才能定型，而且，胎可孕不可求，故改为"缠枝孕怪胎"。

"吾心怨异裁"，"异裁"强调有区别，不如直接说"错裁"，参天大树的苗子被"错裁"为盆景之材，这是多么令人惋惜的事啊！

"蓬展作良材"，"蓬展"是作者生造之词，或可改为"舒展作良材"。

改作：

盆景怨

浅土把根埋，缠枝孕怪胎。
本应千尺树，缩作一盆栽。
众口夸奇塑，吾心怨错裁。
若能归故野，舒展作良材。

三八节赋

春花三月万枝红，瑰丽奇葩各不同。
教子相夫揉挚爱，尊亲孝老慰慈容。
军中习武须眉敬，商海弄潮俊士崇。
华夏巾帼风骨俏，兰心蕙质韵无穷。

【点评】

时逢三八，春花正红。作者以诗贺节，挥笔一敞心胸。在我国，"妇女能顶半边天"，各个不同岗位都活跃着她们的飒爽英姿，各个不同时节都盛开着飘香的瑰丽奇葩。她们既义不容辞地"主内"，相夫教子，尊亲孝老；还独当一面地"忙外"，从戎习武，经商弄潮。其出色表现使须眉敬服，其骄人业绩令俊士崇仰。可谓：华夏巾帼，风骨犹俏，兰心蕙质，雅韵无穷。联想到清代张问陶咏兰的诗句："偶检丛兰画几枝，各标神韵肯参差。高花飞舞低花笑，同倚春风自不知。"不亦正是作者创作本诗的心境吗？

标题《三八节赋》，其中的"赋"字，与诗文有关时，通常有两种解释：一种是指中国古典文学的一种文体，讲究文采，韵律，兼具诗歌和散文性质，如宋玉的《风赋》、司马相如的《长门赋》、曹植的《洛神赋》等；一种是指念诗或作诗，如李白的"赋诗旆檀阁，纵酒鹦鹉洲"，张籍的"赋来诗句无闲语，老去官班未在朝"，罗隐的"赋成无处换黄金，却向春风动越吟"。一般来说，标题后面出现"赋"字，古今均用来标明文体。而在标题之前出现"赋"字，是科举时代"赋得体"的特点，当时凡摘取古人成句为题之诗，题首多冠以"赋得"二字。如王维诗题为《赋得清如玉壶冰》，采用了南朝宋鲍照《白头吟》的句子"清如玉壶冰"，白居易也有《赋得古原草送别》，《赋得听边雁》等诗题。后遂将"赋得"用于应制之作及诗人集会分题，即景赋诗者亦往往以"赋得"为题。因此，建议你不要用《三八节赋》为诗题，乍看题目，易被认为是赋体，而正文又并非作赋。根据我对你的了解，你不也正是诗中那朵傲春的"瑰丽奇葩"，作品不也正是寄托了你兰蕙般的品质情怀？所以，诗题可改为《三八节咏怀》。

颔联"教子相夫揉挚爱，尊亲孝老慰慈容"，"揉挚爱"中的揉，本意应为"糅"。这两个字是有区别的。揉，是指用手来回擦或搓，如揉眼睛，把纸都揉碎了。也指用手反复推压搓弄东西，使变软或成球形，如揉面，把泥揉成小球。有时还指使东西弯曲，如揉木为耒。可知"揉"的是同一种东西，并无掺入或混入其他东西的意思。而"糅"，则指掺和、混合、混杂，如杂糅、糅合、糅入，又如，这座建筑把传统与现代糅为一体。所以应当用"糅"而不用"揉"。"糅挚爱"与"慰慈容"，这里的"挚爱"可当名词用，本联算是宽对吧。

改作：

三八节咏怀

春花三月万枝红，瑰丽奇葩各不同。

教子相夫糅挚爱，尊亲孝老慰慈容。
军中习武须眉敬，商海弄潮俊士崇。
华夏巾帼风骨俏，兰心蕙质韵无穷。

李　云

定风波·网络战

网络资源日益强，互联世界畅无疆。多少病毒藏木马？真怕！小心谨慎亦难防。　　黑客幽灵如魍魉，谁忘？身边处处隐豺狼。胡房盘弓操炮舰，潜战。虽没血雨却铿锵。

【点评】

以诗词写网络战，见之不多，佳作更少。作者进行了大胆尝试，值得嘉许。上片讲互联网络没界限，木马病毒能重创。下片讲黑客入侵总潜影，网战无声却铿锵。概括了网络战的基本特点，揭示了网络安全的极端重要性。

"多少病毒藏木马"的"毒"字入声（属入声二沃），此处应平，可改为"病毒几多藏木马"。"真怕""谁忘""潜战"，三处"平仄"二字句，通常应押同一部仄声韵，也可分押不同部韵，你参照的例句好像是苏东坡的《定风波》（莫听穿林打叶声，何妨吟啸且徐行。竹杖芒鞋轻胜马，谁怕？一蓑烟雨任平生。料峭春风吹酒醒，微冷，山头斜照却

相迎。回首向来萧瑟处，归去，也无风雨也无晴。）。为使全篇音韵和声调更加统一，我试将三处换仄韵的地方均改为同部仄声韵："重创""谁忘""恶仗"。供你参考。

改作：

定风波·网络战

网络资源日益强，互联世界畅无疆。病毒几多藏木马，重创！小心谨慎亦难防。　　黑客幽灵如魍魉，谁忘？身边处处隐豺狼。胜似盘弓操炮舰，恶仗。虽无血雨却铿锵。

作者再改：

定风波·网战迷雾

网络风云日益强，互联世界畅无疆。病毒几多藏木马？惊怆！小心谨慎亦难防。　　黑客幽灵如魍魉，谁忘？身边处处隐豺狼。胜似盘弓操炮舰，真相！虽无血雨更铿锵。

破阵子·太空风云

世上传说故事，天间驻有仙兵。几万里苍穹邈渺，数亿年时光静宁。银河多少星？　　利箭翱翔寰宇，飞船会聚霄庭。预警烽烟悄点起，霹雳惊魂欲发生。谁征斯战赢？

【点评】

这首词与上一首可称姐妹篇。科技色彩鲜明，现代味很浓。太空是未来战争的重要战场，神话传说中能腾云驾雾、使用各种法宝的天兵天将，将成为现实。苍穹万里，光年数亿，传统的囿于平面战场的时空观念为之大变。天上银河多少星？未知领域大得很；当代天兵能否驾驭？岂不催人奋发？火箭冲天，飞船对接，太空烽烟起，霹雳决死生，在这场太空战中，鹿死谁手？尚未定论，岂不发人深省？这亦是一种"天问"，设问连连，新意多多。

改动几处：

上片，"世上传说故事，天间驻有仙兵"，"故事"泛泛，与太空远了，"仙兵"费解，不如说"天兵"，故改为"世上曾传神话，太空真有天兵"。"几万里苍穹邃渺，数亿年时光静宁"，改变了七字句的节奏，成三加四了，不符合词谱规定，也少见如此拆分的例句。故改为"万里苍穹巡浩渺，数亿光年失晏宁"。

下片，"预警烽烟悄点起，霹雳惊魂欲发生"，原句意境不高，"欲发生"也不好，改为"预警烽烟无国境，霹雳惊魂决死生"，更能使读者警醒。尾句"谁征斯战赢"，读来有点拗口，改为"谁言此战赢"，仍是问句，但顺畅一些。

改作：

破阵子·太空风云

世上曾传神话，太空真有天兵。万里苍穹巡浩渺，数亿光年失晏宁。银河多少星？　利箭翱翔寰宇，飞船会聚霄庭。预警烽烟无国境，霹雳惊魂决死生。谁言此战赢？

作者再改：

破阵子·太空风云

世上曾传神话，太空今有天兵。万里苍穹巡浩渺，亿岁春秋失晏宁。放飞多少星？　利箭翱翔寰宇，飞船会聚霄庭。预警烽烟穿国境，霹雳惊魂决死生。谁言此战赢？

满江红·陆战

回首春秋，几千年悠悠岁月。曾忆想，短兵相斗，甲戈斧钺。鼓角声声刀剑闪，寒光冷冷旌旗猎。多壮士，生死且从容，真刚烈。　今朝事，新胜略。攻阵地，夺原野。驾轻骑驰骋，万里山岳。炮火连连狼虎震，战车滚滚夷贼怯。好儿男，沙场砺豪情，坚如铁。

【点评】

上片写古代陆战：甲戈斧钺、刀枪剑戟是交锋兵器，声声鼓角、猎猎旌旗是指挥信号，短兵相接、拼死决斗是刚烈壮士。

下片写现代陆战：在万重山岳和千里原野机动作战，战车驰骋，炮火连天，热血砥砺豪情，胜略击退夷贼。虽未过多铺陈陆战场面，渲染厮杀氛围，但古今特色各见一斑，陆战气概跃然纸上，也通过对比反映了古今陆战的发展变化。

"几千年悠悠岁月"，"几千年"仄平平，此处应平仄仄或仄平仄，改为"几千载"。"悠悠岁月"与陆战联系不紧，改为"风烟岁月"，风烟比喻战乱。"夺原野"，应平平仄，改为"驱原野"。"万里山岳"，此处应仄平平仄，改为"万重山岳"。"沙场砺豪情"，应仄仄仄平平，改为"热血砺豪情"。

改作：

满江红·陆战

回首春秋，几千载风烟岁月。曾忆想，短兵相斗，甲戈斧钺。鼓角声声刀剑闪，寒光冷冷旌旗猎。多壮士，生死且从容，真刚烈。　　今朝事，新胜略。攻阵地，驱原野。驾轻骑驰骋，万重山岳。炮火连连狼虎震，战车滚滚夷贼怯。好儿男，热血砺豪情，坚如铁。

水龙吟·海战

烟波浩荡苍茫，碧空万里飞鸥鸟。巨鲸戏水，白鲨翻浪，壑深鱼闹。蟹将虾兵，海龟丞相，龙王轻傲。览五洋全景，自我嗟叹，广无际、真宽袤！　　试问攻防胜要？厉精兵、筹谋遣调。巍巍航母，驰奔炮舰，战鹰长啸。潜艇隐身，暗流问路，机能灵巧。竞英雄本色，风流才气，看谁擎蠹？

【点评】

上片表面上是写神话故事中的海洋动物大战，巨鲸戏水，白鲨翻浪，虾兵蟹将，海龟丞相，摇头摆尾，锵锵登场，端的"壑深鱼闹"，对龙王也敢"轻傲"。实际上，是写国际上围绕海洋主权和权益展开的一场恶斗、一片乱象。开头"烟波浩荡苍茫，碧空万里飞鸥鸟"，提供了俯视海战场的高远角度，拉出不平静的海洋全景。后面"览五洋全景，自我嗟叹，广无际、真宽袤"，则是作者"冷眼向洋看世界"而生发的感慨，天地玄黄，宇宙洪荒，日月盈昃，风雨沧桑。作者展开了丰富的联想，设计了恰当的比喻，运用了合理的借代，以海洋动物和神话形象来描写海战风云和背后的国际争斗，诗味浓浓，诗趣多多。

下片写现实或未来的海战，广阔无际的海洋，也是我们祖国的家园！必须以攻防战斗来保卫！且看，航母巡弋，炮舰离弦，战鹰呼啸，潜艇隐身，凛凛军威令人振奋，浩然正气直贯长虹。今天锻造海上精兵，明日一展英雄本色，要将中华红旗高高擎起。写出了中国海军和中华民族的不屈英姿，勇斗鲨鲸和降伏虾蟹的必胜信心，抒发了海战制胜的情怀。

改动几处，说明如下：

上片，"烟波浩荡苍茫"，浩荡，形容水势汹涌壮阔，苍茫，指空阔辽远，没有边际，两者意思相近，通常一句之中不宜连用两个连绵词，改为"烟波万顷苍茫"，下句相应改为"碧空千里飞鸥鸟"。"自我嗟叹"，"我"字处应平，改为"不由嗟叹"。

下片，"巍巍航母，驰奔炮舰，战鹰长啸"，应平平平仄，平平平仄，"炮"字处应平，改为"引弓航母，脱弦群舰，战鹰长啸"。

改作：

水龙吟·海战

烟波万顷苍茫，碧空千里飞鸥鸟。巨鲸戏水，白鲨翻浪，壑深鱼闹。蟹将虾兵，海龟丞相，龙王轻傲。览五洋全景，不由嗟叹，广无际、真宽袤！　　试问攻防胜要？厉精兵、筹谋遣调。引弓航母，脱弦群舰，战鹰长啸。潜艇隐身，暗流问路，机能灵巧。竞英雄本色，风流才气，看谁擎纛？

破阵子·空战

渺渺天空变幻，激情点燃云霄。弹指一挥闲信步，无数英雄试妙招。锋芒剑气豪。　　导弹横飞鏖战，风驰电掣魂销。夺占空权赢胜算，一代天骄竞自遥。全凭技艺高。

【点评】

空战入词罕见，读来耳目一新。选用"破阵子"词牌，基调高亢、激昂、雄武，正合作品意境。上片写空战部队斗志和空战勇士技艺，下片写空战角斗场面和空战战力评估，体现了高技术条件下的空战特色，显示了新一代空战英雄们的必胜信念。作品激奋人心，鼓舞士气。结构布局也不落俗套。

我作了一些改动，说明如下：

按常见示例，"破阵子"上下片前两句通常对仗，中间两句也对仗。如辛弃疾词，上片前两句"醉里挑灯看剑，梦回吹角连营"，后片前两句"马作的卢飞快，弓如霹雳弦惊"；上片中间两句"八百里分麾下炙，五十弦翻塞外声"，下片中间两句"了却君王天下事，赢得生前身后名"。都是对仗的。再看晏殊的词，"海上蟠桃易熟，人间秋月长圆"，

"蜡烛到明垂泪，熏炉尽日生烟"，"一点凄凉愁绝意，漫道秦筝有剩弦"等句子，也都是对仗的。

因此，我将上片的"渺渺天空变幻，激情点燃云霄"，改为"壮志腾冲日月，激情燃放云霄"；将"弹指一挥闲信步，无数英雄试妙招"，改为"远距抢攻先出手，近侧交锋巧用招"；同理，将下片的"导弹横飞鏖战，风驰电掣魂销"，改为"导弹横飞眼疾，机群突袭魂销"；将"夺占空权赢胜算，一代天骄竟自遥"，改为"万里空权争胜算，一代天骄正赶超"。

上下片尾句，调换了顺序，意思顺一些。上片用"当凭技艺高"，下片用"锋芒剑气豪"。

改作：

破阵子·空战

壮志腾冲日月，激情燃放云霄。远距抢攻先出手，近侧交锋巧用招。当凭技艺高。　　导弹横飞眼疾，机群突袭魂销。万里空权争胜算，一代天骄正赶超。锋芒剑气豪。

战场七夕

硝烟弥漫霭余晖，枪炮频惊倦鸟飞。
昨日虎狼犯圣境，今朝将士赢新威。
银河难阻牛织会，钩月不知仇恨悲。
携手弟兄同灭敌，寄情知己共举杯。

【点评】

《战场七夕》与《湘妇七夕》，两首诗应属姐妹篇。时当七夕佳节，情人相会之日，将士前方征战，湘妇后方忧思。皆因钢枪在手，重任在肩，千里山水远隔，只能共对婵娟。相比来说，《战场七夕》体现的是男儿之气，豪放之情。首联交代战场环境，满地硝烟弥漫，天空一抹余晖，枪炮声中，倦鸟乱飞，也许是激战正酣，也许是演训未止，均系"战场"无疑。颔联点明战争因果，起因——昨日虎狼犯境，结果——今朝将士逞威。颈联抒发战场情思，既有儿女情愫——银河难阻双双情侣之相爱，更有报国情怀——钩月常牵半壁江山之悲愤，国事家事相融，家事服从国事。尾联表达战场心愿，对外——携手弟兄同抗敌，对内——寄情知己共举杯。正是：英雄气不短，儿女情亦长。

改动几处，说明如下：

"硝烟弥漫霭余晖"，"霭"即云气、烟雾，引申为缭绕，与"硝烟弥漫"连用，显得重复，而且与"余晖"的关系也表达不清。建议改为"硝烟弥漫露余晖"，把地面与空中的景象分开说，也为下句"倦鸟飞"提供了空间和衬托。

"昨日虎狼犯圣境，今朝将士赢新威"，"犯圣境"三仄尾，不合律，且本句孤平（全句只有一个

"狼"字平声），"赢新威"，不符合组词习惯，建议改为"昨日虎狼侵故土，今朝将士扬新威"。故土对新威，会更加工稳。

"银河难阻牛织会，钩月不知仇恨悲"，通常将牛郎织女简称为"牛女"，鲜见简称为"牛织"的，但"女"与"织"均为仄声，不好用，"仇恨悲"三字均为表示心情的形容词，与"牛织会"不对仗，故改为"银河岂阻双缘会，钩月常牵半壁悲"，直接点出军人为失去的"半壁江山"而悲愤，能有效升华抗战的主题。

"同灭敌"，改为"同抗敌"，实在些，含义也广些。

标题中"七律"二字可省略不标。目前诗词刊物对律诗大多不标体式。

改作：

战场七夕

硝烟弥漫露余晖，枪炮频惊倦鸟飞。
昨日虎狼侵故土，今朝将士扬新威。
银河岂阻双缘会，钩月常牵半壁悲。
携手弟兄同抗敌，寄情知己共举杯。

卢沟桥怀古

卢沟血溅硝烟去，晓月如霜胜景留。
永定清流悲泣泪，石狮怒视弑杀仇。
金戈铁马风云卷，万阻千难雨雪蹂。
勠力同心强国梦，刁蛮霸寇使人忧。

【点评】

怀古，常用作歌咏古迹的诗题。怀古诗，通常以历史事件、历史人物、历史陈迹为题材，借助眼前的古代遗迹和相关物象，咏叹史实，抒发感慨，寄托心志，或托古讽今。卢沟桥，始建于1189年，是北京市现存最古老的金代石造联拱桥。"卢沟晓月"，早在金章宗年间，就被列为"燕京八景"之一。虽然本诗主要咏叹卢沟桥事变这一现代史上的历史事件，但因为卢沟桥本身历史悠久，作品亦由该桥起兴，诗题仍称"怀古"无可厚非。

作品层次清晰，布局用心。首联写卢沟桥和卢沟桥事变，开篇入题，怀古有因，"卢沟血溅"讲事变虽久，"晓月如霜"讲胜景还在；颔联写桥下桥上相关物象，"永定清流"喻人民苦难，"石狮怒目"喻民族仇恨；颈联写以卢沟桥事变为标志，中华民族开始全面抗战，金戈铁马，风云翻卷，军民奋起，岁月峥嵘，黄河两岸发吼声，青纱帐里举刀枪；尾联写纪念抗战胜利70周年之时，既要合力共圆中国梦，又要认真对付美霸和日寇的破坏干扰，不能让其搅乱了我们的宏韬伟略。

全诗除了尾联外，充分运用形象思维和拟人、比喻等手法，生动描写了卢沟桥事变的史实、中华民族的苦难仇恨、抗日军民的正义抗争，最后，联想到经受战争创伤的中国正百废俱兴，而贼心不死的鬼魅却兴风作浪，追昔抚今，申明大义，表达意志。先后顺序是，观桥、说难、忆战、谈变、圆梦、止乱。由咏叹怀古转到忧心察今，由感慨千年古桥转到构筑未来之桥。作品篇幅虽小，但通过一座桥，将历史遗存、历史见证和历史重任联结起来，意蕴深刻，回味无穷。

有几处修改，说明如下：

"卢沟血溅硝烟去"，改为"卢沟血溅硝烟散"。"散"字体现形象和过程。

"永定清流悲泣泪，石狮怒视弑杀仇"，改为"永定清流皆泣泪，石狮怒目亦同仇"，原作"清流"为名词，"怒视"为动词，对仗欠工，"悲泣泪"与"弑杀仇"有些拗口。

"万阻千难雨雪蹂"，改为"黄水青纱岁月稠"，原句强调斗争艰苦，改后强调斗争英勇（特别是共产党领导的敌后抗日斗争），也隐含了斗争胜利。色调比原作会明亮些。

"勠力同心强国梦，刁蛮霸寇使人忧"，改为"合力共圆强国梦，岂让霸寇乱宏谋"。原句"使人忧"较为被动，力量不足，缺乏气势，应当予以加强。改后，更能体现已经站立起来的中国人，有决心、有能力粉碎"霸寇"的破坏，终将共圆中国梦。

改作：

卢沟桥怀古

卢沟血溅硝烟散，晓月如霜胜景留。
永定清流皆泣泪，石狮怒目亦同仇。
金戈铁马风云卷，黄水青纱岁月稠。
合力共圆强国梦，岂让霸寇乱宏谋。

胡显祥

感　怀

老牛蹄奋不需鞭，学步诗书乐晚年。
身历北国千里雪，情牵南海万重烟。
边陲烽火从容对，利剑青锋日夜悬。
花甲依然追彩梦，剪裁虹影付诗笺。

【点评】

这首感怀诗写得不错。臧克家曾有咏牛诗云："老牛亦解韶光贵，不待扬鞭自奋蹄。"本诗作者亦自比不需鞭催的"老牛"，当步入晚年，"走向慈祥"，仍奋力前行，乐学诗书。梦回青春岁月，未忘"北国千里雪"；回首军旅征程，情牵"南海万重烟"。曾经从容面对"边陲烽火"，心中总悬"利剑青锋"。已逾花甲，还追彩梦，真情满怀，诗思如泉，剪裁虹影，且付云笺。作者眼见得韶光易逝，禁不住有感于怀。作品反映了积极的人生态度，追忆了不凡的军旅生涯，表露了赤诚的报国之心，也寄托了不老的宏志豪情。

颔联起句"身历北国"，应为仄仄平平，"北"字可平可仄，"国"字处应平，而"国"为入声。好在已标明用"新韵"，"国"字归入平声，可用。

颈联"边陲烽火从容对，利剑青锋日夜悬"，后三字中"从容"对"日夜"，从词性上看似乎欠工稳，但杜甫的"吴楚东南坼，乾坤日夜浮"被公认为是佳对，说明"东南"这一方位词与"日夜"这一时间类或者天文类词，也是可以相对的。

本诗欣赏了，无须改作。

海天英雄王伟牺牲
14周年（三首）

频来骚扰犯长空，称霸依然春梦中。
壮士南天挥利剑，敢教魔鬼鉴英雄。

胸怀壮烈对顽凶，亮剑国门万险中。
犹记当年君奋起，海疆博弈建殊功。

魔影频频窥海空，男儿热血那时同。
安能碧落驰飞豹，续写当年王伟功。

【点评】

这是纪念海天英雄王伟的组诗。组诗是指同一诗题、内容互相联系的若干首诗组成的作品。其中每首诗相对完整和独立，但是每首诗与组诗中的其他诗之间又有内在的联系。

之一，讲敌人来犯，英雄出征；

之二，讲亮剑国门，海疆博弈；之三，讲魔影频现，再驰"飞豹"。三首短诗着力描写的是，我海军航空兵热血勇士，面对顽凶，敢于亮剑，尽显英雄豪气。十四年过去，海空魔影未绝，热血男儿有备，中国航空兵更加强大，已非同日而语，"安能碧落驰飞豹，续写当年王伟功"，喊出了当代军人的心声。

试改几处："称霸依然春梦中"改为"称霸依然痴梦中"；"敢教魔鬼鉴英雄"改为"敢教魔鬼识英雄"；"男儿热血那时同"改为"男儿热血彼时同"。

"亮剑国门万险中"，"国"字入声，此处用平声，如按平水韵，本句犯孤平。因标明"新韵"，则"国"字归入平声，不算错。

改作：

海天英雄王伟牺牲
14周年（三首）

频来骚扰犯长空，称霸依然痴梦中。
壮士南天挥利剑，敢教魔鬼识英雄。

胸怀壮烈对顽凶，亮剑国门万险中。
犹记当年君奋起，海疆博弈建殊功。

魔影频频窥海空，男儿热血彼时同。
安能碧落驰飞豹，续写当年王伟功。

菩萨蛮·戏题老龄大学

上学家长无需送，随它作业轻与重。君问为何求？欲登楼上楼。　　归来勤练笔，平仄推敲细。老友说俺痴，俺说不够痴。

【点评】

这首词以风趣幽默、轻松无拘的笔调，写出了老龄大学学员入校学习的特点、目的、勤奋和"痴心"。"上学家长无需送"，将老者与少儿相比较，尽显童趣。"随它作业轻与重"，既可理解为不因作业多少而感到有轻重的负担，也可理解为完成作业完全是个人的自觉行动，不计多少，不怕轻重。"欲登楼上楼"，即"更上一层楼"的意思，反映了老龄学员终生求学的欲望和不甘落后的态度。"归来"这两句，是说学习不仅仅在课堂，真正要学到手，非在课外下苦功夫不可。最后两句"老友说俺痴，俺说不够痴"，是全词最出彩之处，说我痴，我承认，比别人，还不够，学习尚未成功，自己仍需努力，对于老来入学是何等的专诚，对于学习机会是何等的珍惜！

如按平水韵，上片首句"上学"的"学"字为入声，此处应平；尾句"俺说不够痴"的"说"字和"不"字也为入声，此处应平，这三处入声就得换平声字。如按新声韵，这三处均可视为平声，不用改；但下片"勤练笔"的"笔"和"老友说俺痴"的

"说"又归入平声了，出现了问题。今后在同一首诗词中，标准应当统一，不能有的字按平水韵，有的字按新声韵。另，上片第二句"随它作业轻与重"的"与"为仄声，此处应平，可改为"和"。以上几处试作改动，仅供参考。

改作：

菩萨蛮·戏题老龄大学

出门家长无需送，随它作业轻和重。君问为何求？欲登楼上楼。　　归来勤练笔，平仄推敲细。老友说俺痴，俺称不够痴。

鹧鸪天·长征胜利八十周年并贺十八届六中全会

又忆当年血色秋，谁堪壮举震寰球？雄师百战乾坤转，禹甸三分赤帜收。　　行大道，立宏谋。同心追梦聚洪流。佳期更遇群英会，美好蓝图共运筹。

【点评】

诗词标题宜简不宜繁。最好一事一题，突出一个主题为好。思维应发散，联想不嫌多，但不必将几件事都合并起来弄到一个题目中去。必要时可在作品后加注，或在小序中提及。

"堪"字，肯定的程度较弱，比如"堪用"，即指虽有损坏，但还可

以用，尚能用。"谁堪"，通常指谁能胜任、谁能承受、谁能忍受，此处用设问句反而显得不够肯定了，建议改为"皆称壮举震寰球"，采用更加肯定的语气来表达。

上片第三、四句与过片三言两句通常对偶，把握得很好。"雄师百战乾坤转，禹甸三分赤帜收"，对仗工稳，平仄协调，旗鼓相当，形与意合。

最后两句泛泛地讲到六中全会，但与六中全会的主题并不十分贴近。标题中可不必特别加上。改为词后加注。

改作：

鹧鸪天·长征胜利八十周年

又忆当年血色秋，皆称壮举震寰球。雄师百战乾坤转，禹甸三分赤帜收。　　行大道，立宏谋。同心追梦聚洪流。佳期更遇群英会①，美好蓝图共运筹。

注：① 群英会，指2016年10月24日至27日召开的党的十八届六中全会。

又到老兵离队时

难舍军营泪雨奔，丹心耿耿有铭痕。碉楼几度迎寒暑，利剑常悬留体温。甲卸痴情终不改，胸怀赤胆志犹存。余年仵马听军令，更效廉颇率子孙。

【点评】

全诗不错。重点说说中间两联。

先说颔联"碉楼几度迎寒暑，利剑常悬留体温"。碉，原指石室；碉堡，指军事上防守用的坚固建筑物，多用砖、石、钢筋混凝土等建成。而碉楼，则是指一种特殊的民居建筑，因形状似碉堡而得名。其中，最具特色的碉楼有藏区高碉和广东江门开平碉楼为典型代表。讲"碉楼"欠准确，易被误解，故改为"哨楼"。现代边、海防哨所均修建有哨楼。"几度"，"几"可作数词用，而此处"度"乃量词；对句"常悬"，"常"可作数词用，"悬"则是动词。故全联可改为"哨楼百望迎寒暑，利剑常悬留体温"。北京西北郊有"百望山"，民间传说北宋杨六郎与辽兵在山下大战，佘太君登山观战为六郎助威，因此又叫"望儿山"。《长安夜话》又云："百望山南阻西湖，北通燕平。背而去者，百里犹见其峰，故曰百望。"诗中改用"百望"，既喻哨楼之高可比"百望"，又取登楼屡望之意。百望什么？望敌情，望战场，望寒暑，望故乡，多层意思全在于"百望"二字。有了"哨楼百望"的原因，才有"利剑常悬"的理由。

再说颈联"甲卸痴情终不改，胸怀赤胆志犹存"。初看似属宽对，细看尚有毛病。"终"为副词，"志"为名词，对之不工。"甲卸"与"痴情"并无连接，而"胸怀"与"赤胆"乃动宾结构。建议改为"卸甲痴情诚未改，挺胸赤胆志犹存"。

改作：

又到老兵离队时

难舍军营泪雨奔，丹心耿耿有铭痕。
哨楼百望迎寒暑，利剑常悬留体温。
卸甲痴情诚未改，挺胸赤胆志犹存。
余年仟马听军令，更效廉颇率子孙。

杨新华老师点评

张　凡

过匡怀李白

危峦耸平野，遥响诵书声。
君固谪仙质，亦由勤读功。
才思凌广宇，风骨贯长虹。
有志皆兴国，何须荐相卿。

【点评】

此诗颈联"才思凌广宇，风骨贯长虹"，写出了李白的风采，是难得的好联。但这首五律，我以为还有进一步加工的余地。我按顺序说说我的想法，供参考。

1. 首联。起句单看是不错的，有平稳蓄势之功，但不易与诗题连上，故改为"危峦叹五老"。李白有《望庐山五老峰》诗，这就便于与"李白"挂上钩。对句应承接起句，用"诵书声"来接似不妥。庐山确有一个白鹿洞书院，但它与李白没有关系，所以不会让人想到李白，却会联想到朱熹、李渤等人。且"遥响"一词稍嫌"实"了一点。改作是"天籁诵芙蓉"句，而"天籁"一词似会显得"虚"而略带诗意。李白是诗仙，他的诗当然是天籁之音。同时也可视作此时作者您正感应到了从天籁传来的诗仙李白的诗句。所谓"诗家语"自不必当真。

2. 颔颈二联。首联起承通过"诵芙蓉"怀念上了李白，中二联是"怀李白"之事的展开。原颔联稍嫌一般化，不是诗的意境，改作"空有经纶术，来巢寂寞松"，是对李白与庐山之间本质关系的描述。李白一生两次进庐山，第一次是愤而离开长安隐居庐山，望五老峰的诗就是这时写的，诗中有"吾将此地巢云松"的话。颈联写得好，原联保留。

3. 尾联。原作是另外写了李白平生曾经请托卿相之事。按一般规律，尾联的转合，最基本的要求是要与前面的起承内容融为有机整体，不能节外生枝。所以，古人常有这类的评论：说尾联起句是从前面的哪一句来的，对句又是从哪一句来的，等等。其宗旨是要讲究全诗的内在统一，不能各说各话。改作以景作结，回应首联。也许这样，可让读者根据前面几联的内容去自由想象吧。再说，前面几联风格"实"多"虚"少，尾联荡开一点，也有虚实结合的考虑。

改作：

过匡怀李白

危峦叹五老，天籁诵芙蓉①。
空有经纶术，来巢寂寞松。
才思凌广宇，风骨贯长虹。
伫望青阳下，彤云绕碧峰。

注：① 李白《望庐山五老峰》有"青天削出金芙蓉"句。

过南泥湾

塬广昆仑起，沟长河海边。
麦黄金作浪，秧碧玉为盘。
云绕烤烟厦，林偎油气田。
同心兴陕北，富不让秦川。

【点评】

本次作业点评着重讨论律诗的写作。您的这首五律，颔联写得相当工稳。我猜想，您是最先想到的也许就是这一联。这个创作的路子是不错的。想写成一首律诗，至少应有一联是已成竹在胸的。否则，勉强进入创作，就会东拼西凑。我见到好多律诗经常出现凑对、凑韵甚至凑句的现象，包括某些名人的应景、应酬的律诗。您的这一联应当是深有所感才写出来的，是好联。

下面说说问题，供你参考。

1. 先说首联。它作为《过南泥湾》的"塬"广到了昆仑山，"沟"长到了河海边。这显然不是您的原意。您是在描写壮丽的陕北黄土高原，这却与颔联缺乏必然的起承联系。因此首、颔二联给人以脱节之感。《过××》这类诗，起句一般偏于平实。孟浩然有五律《过故人庄》，起句是"故人具鸡黍，邀我至田家"。后人评论他的诗"语淡而味终不薄"。王维的五律《过香积寺》

以"不知香积寺，数里入云峰"作首联，说人入云峰，实际是说香积寺深藏山中，用形象的手法，通过景观描写，交待住所。宋代还有张镃的一首过某友人家的五律，起句更平实："四面围疏竹，中间着小台"。上述五律的起句虽较质实，却有引人入胜之效，带起下面的精彩内容。改作的起句，符合一般参观路线，从延安市南的三十里铺驱车经云岩河上游，然后进入南泥湾。"广川"是南泥湾垦区地貌特征，它南北长，东西窄，如一条长川卧于塬中。如此，首、颔二联的起承关系或许紧密一些。顺带说一句，《过××》这类诗题，也有以感慨作起句的（必须与诗题内容密切相关）。这在七律中多见。其原因是两种律体之风格的微妙差异所致。容以后讨论。

2. 中间两联对仗。想要说以下四个意思。一是颔联对仗工稳，是好联。如果还要挑毛病，那就是出句对句都说的是同一件事：庄稼长得好。古人认为，一联对仗最好分写两件事，尽量扩大诗的容量，而且主张"反对为上"。因此，颔联的对仗似可再深一步琢磨。二是这两联四句以麦、秧、云、林领头，都是物名。各自组成的词语也均为主谓结构（谓语成分有所不同，一为形容词，一为动词），给人有四平头的感觉。三是颈联显得过实了一些，整体不够谐调。另，"烤烟"与"油气"不对仗，一为偏正，一为并列。四是律诗的对仗

联，常常决定一首诗的成败。两联之间讲求错综复杂之美：从内容看，可一联状景，一联抒情，或一联人事，等等；从形式看，词语结构、音步安排也要尽量有所区别。改作保留了颔联，是写景，颈联回顾历史，生发某种感慨，并顺势转入尾联。

3. 尾联。您的诗作以"民富"作结，当然是不错的。但是不是稍嫌一般了点？写"过"当今中国所有地方，似乎都可归结为这点。南泥湾精神以自力更生、艰苦奋斗为特点，从这个角度着笔，会突出其特殊性。改作顺势从颈联转过来，以"红宝塔"的意象象征上述革命精神。延安儿女发扬这种革命精神，已经使、并将进一步使陕北黄土高原变成"芳塬"。这便留下了使读者发挥其想象的空间，多少有点余味。当然也可说得直白，尾联或改为"延安好儿女，着意绣芳塬"。

改作：

过南泥湾

车过云岩水①，曛风染广川。
麦黄金作浪，秧碧玉为盘。
热汗开荒野，丹心感昊天。
喜看红宝塔，着意绘芳塬。

注：① 云岩河流经南泥湾，东入黄河。

姚飞岩老师点评

王　维

雨夜拉动大练兵

山涌黑云战鼓鸣,出征壮士逆波行。
夜袭百里顶风雨,苦训十年为打赢。
深海蓝鲸穿冷月,高空巡导射繁星。
啸川拓水真功练,守到天开万丈晴。

【点评】

　　这是一首能给人留下印象的不错的作品。不错在哪?至少有四点:一是题材鲜活。在看过很多回忆战争年代军旅生活的作品之后,看到此类反映当代军旅生活、展示当代军人精神风貌的作品,让人有"新风扑面"的感觉。作为诗的核心"构件","深海蓝鲸"和"高空导弹",为本诗打上了时代的印记。二是主题集中。写训练,所有文字都围绕训练展开,注意选择有利于表现主题的材料,不枝不蔓,干净利落。三是结构合理。首联交待训练的气候条件、地理环境和部队士气;颔联交待训练的主要内容和所要达成的目标;颈联则用特写镜头进一步展示训练中的精彩瞬间和壮美画面;尾联归结,以"晴"呼应题目及第三句中的"雨",且语带

双关,显出细心严谨和注意炼意的一面。四是符合格律。本诗为仄起首句入韵的七言律,句中平仄、句间粘对都中规中矩;又用新声韵,符合当代人语音习惯;虽然目前诗界新旧韵并行,且用传统平水韵(包括《宽韵》和《诗韵新编》)的依然人数众多,但从诗韵的发展历史看,用新声韵必将成为趋势。

　　问题,从基本要求这个层面说,主要是有的地方表意欠准确,用字欠稳妥。

　　看到了《红叶》第50辑刊发的这篇作品。两相比较,有多处改动。且不管这些改动是经过了什么样的过程,我只想说,这些改动是必要的。

　　也为了叙述方便,把改作录在下面:

雨夜拉练

天涌黑云战鼓鸣,出征壮士逆波行。
夜袭百里顶风雨,苦训十天为打赢。
深海蓝鲸穿冷月,追空巡导射繁星。
啸天拓水真功练,守到云开万丈晴。

　　标题,"拉动大演兵"改成"拉练"。应该不只为精简文字,更为准确表意。"拉动"和"拉","演"和"练",在很多情况下可以说无甚差别,而"大"则明示事物程度。从全诗提供的材料看,这"大"似有夸"大"之嫌。

　　首句,改"山"为"天"。诗的本意,或想表现大雨之前山顶黑云涌

动的景象，或想用拟生手法将山赋予生命，使之让黑云涌动。但无论哪一种，说"山涌黑云"都让人费解，因为它超出人们的经验。有诗人说，诗既不是真实的，也不是想象的，但想象是从真实产生的。这话对。

四句，改"年"为"天"。题目既然是雨夜拉练，最适合表现的应该是发生在一夜之内的事情。"十天"已多，何况"十年"！细玩诗意，可以体味你想表达的是为打赢而坚持长期刻苦训练的意思，到底十年还是多少年不必较真，但由于前后语境的规定，放在此处就显得不和谐。

七句，改"川"为"天"。成语有"百川归海"，正说明"川"不是"海"，"蓝鲸"是不在"川"里活动的。又，"川"与第四字"水"意思相重，改"天"则另辟一境，不说"蓝鲸"而说巡航导弹了。

结句，改"天"为"云"。"天开"，意为"放晴"，可用。之所以改，我猜多半为避重字。一首律诗中用了3个"天"字，毕竟重得多了些。这是改作的毛病。

再回来说第六句，原作"高空导弹"应改，一为直，二为"导弹"难与"蓝鲸"对。改后"追""巡"与"深""蓝"各自为句中对，可；但"追空"一词毕竟别扭，而"巡导"作为巡航导弹之简称，也有歧义。这是改作又一不理想处。

说了那么多，并不等于改掉上述这些毛病就万事大吉了。我前面强调"基本要求层面"，说的也是这个意思。我相信，再过一段时间，或许就是现在，当你再读这篇作品的时候，自己也会发现还有可打磨之处。这就是进步，就是提高。

周迈老师点评

陈　倩

军中风骨

三月江宁万物舒，寥廓梅山瑞气融。
开合舒卷任天铺，物我人行丹青中。
建党九十降狐父，气象浑成锦绣丛。
军中多有铮铮骨，弹扫征衫尘万斛。
禹甸空前开泰路，国魂凝处是军魂。

【点评】

你写的《军中风骨》一诗立意很好，抒发了军人在建党90周年之际，在古都初春时节，登高望远的真情实感和军旅豪情。特别是诗的开头，采用先写景后抒情的手法，是古诗中常用的"兴"，使全诗收到了自然展开，层层递进的效果。

需要注意的有两点：一是押韵存在问题，不知是有意还是无意，诗中用了两个韵，而且是交叉互押，不仅没有产生良好音乐的美感，反而让人感觉音韵上有点乱。二是扣题不够紧。题目是《军中风骨》，诗中只有"铮铮骨""军魂"的字眼，没有把登高望远和军中风骨的必然联系表达清楚。

你文笔不错，又喜欢写诗，这在你们同龄人中非常难得。希望你学点传统诗词，打牢文学基础。相信插上诗歌的翅膀，对你的事业和人生都会大有裨益！

郑　磊

江城子·爱民固边

十年韶华献国邦，英雄汉，破风霜。走村串户深谙民生状，访贫问苦朝夕忙。鬓发苍，又何妨？　　挥汗驰骋守边疆，顶骄阳，涉泥潭。衣带渐宽犹有少年狂，一片丹心报河山。爱民郎，固边防。

清平乐·服务星

消霜融雪，真情处处现，服务周到语亲切，一笑春满人间。　　大好韶华过却，报国为民无怨。梦想不曾稍歇，洁然犹浸明月。

【点评】

你写的两首词立意很好，思路清晰，语言流畅。不仅写出了自己爱岗敬业、无私奉献的真情实感，而且抒发了军旅豪情。相比而言，江城子写得更好些。

需要注意的有两点：一是有几处表达不够准确。如"鬓发苍，又何妨？"，你才30多岁，说"鬓发苍"有点言过其实；"衣带渐宽犹有少年狂"，有点词不达意。总之，引用古人佳句，应赋予新意，简单照搬效果不好。二是没有按词谱填词。"江城子"和"清平乐"都是词牌，你只是按每句字数写，没有考虑平仄和押韵。看来你对传统诗词还没有入门。

希望你学点传统诗词，打牢文学基础，那对你的事业和人生都会大有裨益！

魏节老师点评

池长超

寒山哨影

雪铭寒山夜无眠，天光人影印哨前。
雄关漫道忠贞骨，誓保万家灯火圆。

【点评】

你的这首《寒山哨影》，讲述了寒山雪夜、哨兵上岗，展现了保卫国防、守护家园的子弟兵之情怀，有景有情，语言流畅，用韵标准，但存在两个问题。

一是在格律上存在平仄不合之处。此诗是七言绝句中的仄起平收式，首句应为"仄仄平平仄仄平"，而你的首句"雪铭寒山夜无眠"是"仄平平平仄平平"，建议改为"雪漫寒山夜不眠"。第二句应为"平平仄仄仄平平"，而你的"天光人影印哨前"是"平平平仄仄仄平"，特别是第6字"哨"处必须用平声，建议改为"天光哨影未松弦"。古诗词对格律平仄的要求非常严谨，创作诗词有三步：第一步，严守格律、符合平仄；第二步，语言通顺、内容正确；第三步，精妙。第一、二步均易做到，第三步则需长期的修炼。

二是内容上有值得商榷之处。第三句"雄关漫道忠贞骨"，你对"漫道"二字理解有误。"漫道"是"徒然说""枉然说"的意思。"漫道"就是"不要说"。也就是徒然说（不要说）娄山关坚实如铁，所谓"真如铁"只是"漫道"而已。赵朴初当年写过专文，介绍毛泽东《忆秦娥·娄山关》词含义，指这里的"漫道"就是"别说"的意思。毛主席的原意是，不要说娄山雄关像铁一样的艰险强固，如今我们红军迈着大步就穿越过去了。按这个意思，"漫道"与"忠贞骨"就连不起来了。成了"不要说雄关忠贞骨"，这就不对了。故改为"边关多少忠贞骨"，其中包括古今守边将士。尾句"誓保万家灯火圆"，本句应为"仄仄平平仄仄平"，第三字"万"，应平却仄，易使本句成孤平句，你在第5字处改用了平声，这是本句拗救，避免了孤平，对的。但"万家灯火圆"不好理解，"灯火"怎么能"圆"呢？建议改为"誓保万家人月圆"，仍用原来的拗救方法。中国人爱用"月圆"比喻亲人团聚特别是夫妻团圆，填词也有"人月圆"的词牌。

改作：

寒山哨影

雪漫寒山夜不眠，天光哨影未松弦。
边关多少忠贞骨，誓保万家人月圆。

刘德林老师点评

谢练勤

江城子·维稳将士战洪魔

昆仑炎夏雪成洪，浊流凶，害无穷。勇上沙堤，将士寸心忠。堤滑水深无畏险。填溃口，显神通。　　维民生命数头宗，下龙宫，势如弘。艰苦谁言，百姓赞高风。烈火真金诚不负，人合力，缚蛟龙。

【点评】

诗言志，词抒情。一般来讲，此类题材用词牌形式不好写，容易流于概念化和口号。作者尝试描写军人抢险这一突发事件，立意很好。铺陈基本有序，格律、平仄、用韵正确。《江城子》又名《江神子》《村意远》，单调35字，7句5平韵。唐人词单调，宋人始作双调。此词以"维稳将士战洪魔"为题，用双调展现了地处昆仑山下我军官兵抢险救灾的画面。上片写雪化成灾，部队紧急出动奋勇抗洪的气势。下片写人民军队为人民，不畏艰险抗灾成功，得到人民群众赞誉。总体构思鲜明。但上下层次欠清晰，有的语句意思重复，且不准确，用语有的口号化，削弱了诗词意象形象生动的艺术魅力。如上片中"浊流""害无穷""将士寸心忠""无畏险"等，应尽量实写，以场景取胜。下片过片处用"维民生命数头宗"多余，行动本身已说明，应以实际抢险形象自然过渡承接上片为好。"下龙官"不切且龙与韵重。以"人合力""缚蛟龙"作结与上意重，且与全词不能一气贯通。

词与诗的不同之处，词除单调外要分段。上片与下片之间的关系，意象上要做到若断若续。如双调填词，上片结韵是上拍意思的完结，称之"前结"，也叫"过拍"。下片的结尾叫做"后结"，也称"歇拍"。下片首句为"过片"。填词要注意在起句、过拍、过片、歇拍等处意气贯通。因此，除掌握词的格律、平仄、用韵等基本规则，最主要是用语遣词，做到形象生动，虚实结合，情景交融。下据作者原意，稍作修改，供参考。

改作：

江城子·将士战洪魔

　　昆仑炎夏雪消融。水成洪，激流汹。飞步长堤，抢险号声浓。土石沉沉投溃口。争分秒，势如虹。　　肩扛背负影匆匆。锁奔龙，显神通。有难当先，维稳赖青松。蹈火赴汤无反顾，人民赞，是英雄。

兵团老兵气贯长虹

硝烟弥漫舞雄风，屯垦戍边春复冬。
戎马一生何谓老，夜阑犹自喊冲锋！

【点评】

　　此篇立意很好，构思亦巧妙。以鲜活的语言，烘托出一位兵团老战士"老骥伏枥，壮心不已"之形象。结句尤为出彩。平仄、粘连、押韵也都合律。《作诗家法》曰："绝句之法，要婉曲回环，删芜就简，句绝而意不绝。多以第三句为主，而第四句发之……大抵起承二句固难，不过平实叙起为佳，从容承之为是。至于婉转变化工夫，全在第三句。若于此转变得好，则第四句如顺水行舟矣。"分析全诗，首句"硝烟……雄风"勾起，唯"弥漫舞"三字与下句有隔，此时环境已不是战时了，因此用"散处隐"符合"铸剑为犁"屯垦之境。第三句显平白，与结不顺，稍加修改即可。总之，此绝不失为军旅诗词佳作。

改作：

兵团老兵气贯长虹

硝烟散处隐雄风，屯垦戍边春复冬。
梦里绮怀戎马事，夜阑犹自喊冲锋！

申冀鹏

航

苦海孤舟任浪颠,朝阳一缕在天边。
含情美目难割舍,曼妙柔荑不忍牵。
雾锁迷航帆起晚,波摇板桨棹朝前。
轻歌笑看涛翻涌,壮志激扬云水间。

【点评】

此诗应是一首比兴抒怀之作。以"航"为题,寓意人生如一叶扁舟,航行在茫茫人海之中,引发如何面对复杂变化环境、理想、爱情以及困惑、曲折的心境。作品立意巧妙,情感细腻,胸襟豁达而豪迈,抒发出了军人憧憬美好,战胜困难之壮丽情怀。

作为七言律句,"航"用下平声"一先"韵,除结联"间"字出韵外,余无误。中二联对句基本正确。但遣词用语仍有值得斟酌之处。起句"苦海孤舟任浪颠"虽可用,与结句似有隔,立意还可博大高远些。"朝阳一缕在天边"句可酌,与颔联承接不顺,这里应是比喻牵系心中的美好目标。因承为颔联,或写意,或写景。颔联构思巧妙,用语,对仗还可打磨,"割"字出律,当平。对句中柔荑用语雅致,典故出自《诗经·卫风·硕人》:"如柔荑,肤如凝脂,领如蝤蛴,齿如瓠犀,螓首蛾眉,巧笑倩兮,美目盼兮"。荑指草初生的嫩芽,用来比喻女性的手,手如柔荑,指如青葱。中二联在律诗中最为要紧,涉及承转是否成功。如果起承铺展破题,那么颈联变之不隔,转而牵连,意境要相应相避而变化,与景与情相融。"雾锁……波摇"出对句较好,结句直抒扬起,情志顿出,好!韵与个别字稍酌即可。诗无达诂,用心笔端,必有所获。

改作:

航

阔海随涛搏浪颠,霓霞一缕映身边。
凌波秀目难分舍,舞袖柔荑不忍牵。
雾锁航标帆起后,风摇桨叶棹朝前。
轻歌笑对潮流激,壮志飞扬云水天。

樊正兴

古稀之年新长征

耄年不畏读经难,咬文嚼字添悠闲。
平仄声韵随心浪,四声节拍走泥丸。
心声吐尽浑身暖,苦练五更数九寒。
皓首增霜双鬓雪,融志佳作喜开颜。

【点评】

作者用毛泽东长征诗韵,抒怀此律明志,苦读经典,练习诗作,精神可赞!诗立意高远,比喻形象,虚实结合,情景交融,且首尾呼应,别开生面。构思基本符合七律起承转合要求。

但细读仍有不足可酌之处。一是联中平仄不符。诗为平起，格律应为：

平平仄仄仄平平，仄仄平平仄仄平。
仄仄平平平仄仄，平平仄仄仄平平。
平平仄仄平平仄，仄仄平平仄仄平。
仄仄平平平仄仄，平平仄仄仄平平。

　　七字句中平仄一三五可不论，但二四六须分明，对照一下可明了。除非古风，写律诗合平仄是基本要求。多练自然就会熟悉。二是粘连、对仗。律诗讲究对句与下联起句平仄同声。中二联须对仗，即词性基本相同，尽量严对，宽对亦可。诗中注意了此规则，因平仄未掌握好，易出错。三是用语词意须打磨，尽量诗意形象化，避免生硬不切。如"咬文嚼字添悠闲"句，前四字为成语，用此稍为生硬，"悠闲"意与此诗题诗旨有隔。"走泥丸"用此太夸张，用语欠妥，"皓首"与"耆年"及"鬓雪"意重，可不用。另步韵前人诗作，贵在韵同意不同，个别韵不合诗意也可换字，同韵即可。按诗意修改了一稿，评议与修改稿供参考。

改作：

古稀之年新长征

暮年何畏读经难，琢字雕文竟不闲。
平仄心声随韵转，阴阳节拍与琴弹。
襟怀吐尽全身暖，笔砚收时两袖寒。
庭外风霜添鬓雪，志融诗赋乐开颜。

张继领

敬业思

五九寒雪飞满天，爆竹声中知新年。
纵有相思难团聚，枕戈待旦万家全。

【点评】

　　《敬业思》一诗以身在军营过年为特定场景，展示了军人"一家不圆万家圆"之情怀，立意尚可。遣词用句基本符合起承转合七言绝句要求，结句之意大好。

　　主要问题在：平仄不合需调整，从转句看应平起，"知新年"为三平尾，为诗之大忌。一、二句稍作调整即可。转句"团"字出律，应仄。结句"枕戈待旦"为成语，枕戈意已明，"待旦"换两字更好。"全"用"圆"更确切。另全诗稍显直白平淡。

改作：

敬业思

消寒五九雪弥天，爆竹声中又一年。
纵有相思难聚首，枕戈换得万家圆。

朱延涛

高原战士

漫天飞雪舞高寒，独立风头志更坚。
纵使百花常误我，此心不改向边关。

【点评】

《高原战士》立意鲜明，表达了高原战士傲雪凌寒，坚贞不屈之高雅情怀。诗句情景交融，以特定的高原意象，粗犷豪放而又细腻的内心世界，显示出一个坚守边防无怨无悔的战士形象，令人感动。作品不失为军旅诗佳作。起句铺叙环境，承句直切主题。尤转句"纵使百花常误我"想象灵动，真切感人，可谓佳句，致结句顺理成章，内心情感跃然纸上。唯诗之第二句稍平直。一、二句酌调几字即可。

改作：

高原战士

漫天飞雪弄枝寒，傲立高原岂畏难。
纵使百花常误我，此心不改向边关。

郑玉伟老师点评

张艳杰

军旅赋

东风习习拂征鞍，暖日香山分外妍。
红叶吟来刚正气，千军万马镇边关。
奇谋善战谈兵法，提鼓操歌号角喧。
枕剑光辉威武论，士心将胆壮河山。

【点评】

《军旅赋》，可将题目改成《游双清别墅》。此诗中间两联对仗问题较大。首联讲"暖日"应是春天，这时何来"红叶"，讲《红叶》诗刊可以，但对"千军"亦不工，"吟来"与"万马"更不成对。"奇谋善战"对"提鼓操歌"，由于词性不同，故当重新构词。"谈兵法"对"号角喧"亦是同样。尾联"枕剑光辉"意思欠明朗。无论作诗填词，切不可草率从事。诗的改动亦不小，望斟酌。

改作：

游双清别墅

东风习习拂征鞍，暖日香山分外妍。
竹叶娟娟弥峻岭，桃花艳艳饰幽园。
元戎智妙谈良策，儒士才高献玉言。
喜见炎黄还夙愿，强兵富庶美河山。

白受素

参观台儿庄抗日战争纪念馆

此地当年抗列强，青松傲雪斗风霜。
沙场枪挑斩倭寇，壮志征伐为国殇。
慷慨歌声犹贯耳，激扬碑刻永留芳。
中华一统花枝灿，两岸同心赤县昌。

【点评】

这首诗较好地歌颂了抗日将士的战斗风貌。从艺术上看，作为律诗，除指出之处外，均符合技术要求，语言也较通顺，只是特色不够鲜明，应把台儿庄战斗的特点，即不同于其他战斗的地方写出来。写诗不能如一些机械零件那样有互换性，而是一定要写出"物"们各自的不同。

颔联中的"枪挑"与"征伐"对仗不太好，试改为"拼搏"。颈联对仗工稳。

我往往指出缺点较多，是高标准要求，……望能理解。

改作：

参观台儿庄抗日战争纪念馆

此地当年抗列强，青松傲雪斗风霜。
沙场拼搏歼倭寇，壮志征伐为国殇。
慷慨歌声犹贯耳，激扬碑刻永留芳。
中华一统花枝灿，两岸同心赤县昌。

守望南海

南海碧波有雾漫，石油藏储价高攀。
贪婪老鼠垂涎尺，怯弱蚍蜉撼树难。
仰仗熊罴放伎俩，图谋海域昧心肝。
焉知法眼通三界，奋起金猴护主权。

【点评】

颔联对仗工。第六句与上联意思接近。

这首诗讽刺了一些国家对我国领土的觊觎和奢求，表现了我国的严正立场及捍卫领土主权的决心。但从艺术上看，写得仍然较平，笔锋还不够犀利，我所改的只是一种提示，仅供参考，望自己再推敲。要加强句与句之间意脉联系。

改作：

守望南海

南海碧波雾迷漫，石油藏储价高攀。
贪婪老鼠垂涎尺，怯弱蚍蜉撼树难。
仰仗熊罴施伎俩，可怜鹰犬失尊严。
焉言白骨精多变，十亿金猴护主权。

王树令

赞"雷锋团"

全团自觉学雷锋，五十年间战旗红。
筑路架桥担重任，维和异国建新功。
练兵实战科研领，破障攻坚专业通。

保国为民遵使命,传人辈出尽英雄。

【点评】

《赞雷锋团》首句"全团自觉"四字太白,试改为"峥嵘岁月"。第二句"五十年间战旗红"中的"旗"应为仄声,试改为"历尽风霜旗益红"。

律诗的技术要求没有问题,作为一般的诗还是可以的,但离好诗尚有距离。如评议方面,虽较流畅,但多为直白、平实之语,诗感不强。应特别注意学习好诗中的好诗,去体味人家的语言。我试改几处,不能解决根本问题,如能有一点启示才好,仅供参考,自己再仔细推敲吧。

改作:

赞"雷锋团"

峥嵘岁月学雷锋,历尽风霜旗益红。
筑路架桥担重任,维和异国建新功。
练兵实战科研领,破障攻坚专业通。
一路凯歌山水笑,鲜花簇簇献英雄。

朱思丞老师点评

米锶玮

黑山救火

连绵苍翠灰飞天,万卷火舌滚浓烟。
舟桥勇士连出手,昼夜奋战救黑山。

雄关拉练

紧急拉练赴雄关,烈日扬尘出外山。
汗洒重任五十里,官兵志坚载笑颜。

五公里武装越野

紧握钢枪催士征,十里征途卷狂风。
精兵一吼五岳去,西南猛虎谁争锋。

【点评】

这几首诗主要问题是诗意不浓,太过直白了。诗贵曲,诗的感觉是很重要的,有些话不要说得太直接,对于一些形象性不是很强的话也尽量避免。

第一首诗,首句"连绵苍翠"接"灰飞天"有些突兀了,不是很恰当,这句要么突出火势的凶猛,要么突出勇士救火的紧急,而连绵苍翠体现不出来这样的场景。可能你也是写实,但是诗词中场景的选择是根据主题需要而定的,从哪个角度写更容易突出诗的整体气氛、作者的感情，这个是需要一定功底的，并不是所见所闻都可以入诗。一般来说，只有一个是最合适的。从主题需要看，选择"连绵苍翠"并不合适，因为与救火的气氛不融洽。改为"烈焰照云灰飞天"，直接切入主题，极力渲染火势之大。这样第二句就不要再写场景了，为什么呢？因为诗的主题是"救火"，用一句铺垫场景就够了，马上要转到"救火"上来。绝句就四句，如果两句还没有切入重点，这样诗题就不稳了。三四两句太平淡了，没有给读者形象感，诗要塑造意境，要善于以小见大，你的后两句纯粹是概括性的话，是没有形象的，这样诗读来就没有味道了。

第二首，首句与诗题意义重复，要避免。绝句四句，一定要惜字如金，句句坐实。第二句的烈日扬尘，主语有歧义，要避免。第三句则不知所云，一般言"汗洒黄土"，"汗洒重任"语义不通，同时"重任"是虚词，没有形象，在诗中是没有画面感的，而且一次拉练，也不见得是"重任"。写诗一定要善于化虚为实，这里的实就是"形象"，没有形象，纯粹的说理、表态，不是诗。最后一句亦是如此，志坚也是缺乏形象感的。诗一定要写得有灵气，有诗味，诗不是公文，要写得那么清楚，一定要小中见大，曲意表达思想。古人讲练意，你可以慢慢体会，同样一件事，从哪个角度写更有诗意，要写别人看

不到的地方。这首诗稍作修改（最后一句是调侃的话，具体的数字在这里并不是真实的，但优势实实在在的，不直接说行军快，用风慢去衬托，这样才是诗的思维，体会一下）。

最后一首比前两首好一些，当然上两首的问题依然存在，比如"催士征"，不通，谁争锋，一般用作谁与争锋。当然，主要还是形象不够，说理性太强，诗的表达太直白又没有挖掘出太大的意义。下一步一定要善于思考，注意立意，捕捉细节，把诗写出味道、写出形象、写出血肉来，而不是空泛地去表达人人皆知的感情。

最后，还要强调的是思维跳动对写诗是非常重要的，诗区别于其他文体，一个很大的标志就是其形象的跳跃性。怎样避免总是陷进"死胡同"，还是要多读，这里面也牵涉一个谋篇布局的问题。四句或八句诗，每一句从什么角度写，这是有讲究的。尤其是律诗，要善于"移步换景"。我记得以前写过一首卢沟桥的诗，第一句是"抗战硝烟第一桥"，这是从它的历史地位的角度写的；第二句"登临未见水滔滔"，这是从现实所见的角度写的；第三句"凭栏远眺京都客"，这是从它的战略地理位置重要性的角度写的，第四句是"扶柱长怀虎士袍"，这是从心境的角度写的。后面四句也是这样谋篇的。散文写作有"形散神不散"之说，诗歌也是这样，虽然角度不同，但是思想是集中的。所以，你要学会诗词

的谋篇，这样就会突破思维的限制，把思想从死胡同中解放出来。盯着一个地方看，诗就呆板了。但是，一首诗的思想一定要集中，这是前提。如果写景，还有一种方法，就做"意境叠加"。比如"枯藤老树昏鸦，小桥流水人家"，枯藤、老树、昏鸦、小桥、流水、人家，六个景物，六个名词，中间没有连词。这就是用意境叠加来反映中心思想。叠加的可以是句子，也可以是名词，但是叠加的个体在情绪上要服从整体。你可以尝试一下，怎样用这种叠加的方式去写诗。记住，对诗歌来讲，意境间"似断实连"才是最好的。

改作：

黑山救火

烈焰照云灰飞天，汗流浃背裹浓烟。
腾�不知伤痕重，一心只为救黑山。

雄关拉练

号令一声出外山，身披烈日赴雄关。
风追雄师五十里，至此仍差二尺三。

五公里武装越野

手握钢枪脚踩风，十里宛如一步中。
归来却憾用时久，大喝三声又启程。

戍　边

戍守南疆铮如铁，骋驰风雨练朝夕。
守望边关朝国梦，汗血忠诚祭军魂。

【点评】

诗词是有着固定格式的文体，其中，押韵是最基本的要求。押韵一般押偶数句，多用平声，首句可以不入韵，但七言诗入韵居多。你的这首诗第二、四句最后一字分别为：夕、魂，就没有押韵（铁不入韵亦可）。什么叫押韵呢，就是押韵母相同的字，但是要避免重字。比如，我们说东、工、红，这些字就相押，但是不能一首诗中的韵脚都用"红"，同时，也要尽量避免重音字，如用了"红"字，就尽量避免再用"洪"字，因为这样读起来，音律不协调。当然，押韵还有一些讲究，你下次写诗，就依据普通话韵母相同的字相押就行了（要押平声，也就是普通话中一二声发音的字，有些韵母还可以通押，有空网上下载《中华新韵》看看）。

诗词作为一种文学体裁，要学会形象思维，这是基本要求。论文主要是阐发道理，说得越直接越好，但是文学作品不行，文学要通过塑造形象让读者去感悟其中的道理。从这个要求看，你的这首诗说理性太强，形象性不够，造成艺术性不佳。怎么理解形象思维呢？比如，我曾经有篇拙作（新诗），题目叫做"都市打工女"，里面有一段反映打工女背井离乡、伶仃孤苦，心中的苦痛只能默默忍耐、无人诉说的状态，怎样用文学的语言表达出来呢？我是这样处理的："赶在泪水涨潮前，她筑了一道渠。"泪水涨潮，形容苦痛之大；筑渠，反映隐忍之重。这就是形象思维，给读者以具体的可感的事物：涨潮、筑渠。如果直接说她很艰辛，有苦也只能默默忍受，就不是文学的语言了。创造形象还要合情合理，做到新奇有诗意。当然，对于这些，是登堂入室后，反映作品艺术成就高低的事情了。所以，从塑造形象讲，你的这首诗主要还是作者在说话，可感的形象不多，诗味就不浓了。这一点，以后要注意体会。你的诗中讲的道理也非常平淡，口号性太强，细节不够，缺乏诗意。以后你要学着抓一点来写，注意从细节中以小见大。比如，这首诗可以用一个具体的训练场景去反映你要表达的思想。同时，朝国梦，这是自己造的词，以后要避免。因为这些词，大家不理解。手头常备字典，多查查，积累词汇，以后写诗就会顺手拈来、随心所欲。汗血忠诚祭军魂，这句话也不通，读来不知何意，明显是硬凑的。

初学诗，要多读一些介绍诗词写作常识的书籍，给你推荐一本王力先生的《诗词格律》。用心学学，估计两个月就可以通晓诗词写作的基本知识了。平时多看多写多揣摩，我们也都是从你这个时候走过来的，只要坚持不懈，没有做不成功的事情。不计格律，试改如下。

改作：

戍 边

三尺钢枪不离身，塞风常伴戍边人。
朝迎枯雪入绝域，夜向界碑写军魂。

崔汉月

汽车兵

山高眺远坡道弯，深沟峭壁挨两边。
东风滚滚追狼尘，车轮稳稳碾泥丸。
去归运行云雾间，溪水流处有炊烟。
千里一日竞风流，铁马丹心戍边关。

【点评】

诗的优点是观察细致，能够抓住特有形象写，这点是很重要的。写诗首先要根据诗题，筛选形象，把景物拉近，让读者感知。这是写诗的最基本要求。作者这方面的意识很强，值得肯定。但是诗中还有许多问题需要克服。一是"狼尘"，属于自造词，有狼烟，没有"狼尘"这个词。一首诗写出来后，一定要反复推敲，对拿不准的字词要查清楚，不能滥用。这样就会积少成多，用时自然会得心应手。二是表述方面还不太准确、精炼。比如"去归运行云雾间，溪水流处有炊烟"，运行与去归一个意思。这属于用词没有好好打磨，古人云"吟安一个字，撚（捻）断数茎须。"推敲打磨诗句是一件苦差事，但是也是最锻炼人的。三是格律方面还没有过关。押韵一般压偶数句，首句可押可不押，其他奇数句不要入韵。押韵一般押平声韵，对应的奇数句一般用仄声。当然，古风有例外。这首诗句尾全是平声，但也不是句句入韵的柏梁体，读来缺乏起伏。可以适当加强对格律的学习，推荐王力先生《诗词格律》，然后一步一步按格律要求写诗作词。

我曾经当过汽车兵，这首诗写出了汽车兵特有的形象，读来倍感亲切。就这首诗本身提几点意见。首联中深沟与首句山高远眺，连在一起不是太妥切，改为悬崖。这两句要突出"远眺"，远眺应该看到很广阔的空间，所以首联要从大的空间上入笔。颔联中"东风"一般多指细微和风，接滚滚不妥，而且与整首诗的意境脱裂。这两句太平，须修改一下。可以接着上句写下来，把眼睛从远往近拉，写出看到的场景。每首诗都要有一个总体的架构，几句的排列都要有一定的考虑，这点作者可以体会一下。颔联也要改动一下。这里尊重作者的意思稍作调整。当然，律诗中间两联在句式上也要有变化。不计格律，对原诗试改如下。

改作：

汽车兵

长坡远眺天路弯，悬崖峭壁分两边。
奔逸绝尘追风雨，山高路险走泥丸。
朝别柳营乘云雾，夕临溪水见炊烟。
千里一日竞风流，铁马丹心戍边关。

翟景琨

老红军

银发老红军，晚节益忠贞。
一生伴戎马，皓首愈精神。热心
下一代，助学济困殷。宽慈逸后
辈，严正律儿孙。书画棋牌报，
文娱有童心。常忆峥嵘日，感怀
战友亲。功高轻羡宠，德厚令人
尊。淡泊晚年度，时时念党恩。
胸藏天下事，情系国与民。不计
功名利，自是长征人。

【点评】

这首古风整体不错，作者也有一定诗歌基础。整首诗写出了老红军老有所为、老有所乐的精神面貌和生活状态。提几点意见，首句"银发老红军"，与标题重复，改为"银发不染尘"，与"晚节益忠贞"对应起来。"热心下一代"，这句话有问题，可以改为"关心下一代"。"助学济困殷"，困殷属于自造词，而且这句完全可以荡开，改为"家国情殷殷"。"宽慈逸后辈"，宽慈应该是老红军的个人品格，而不应是"逸后辈"，逸后辈不仅难以说通，与前一句"关心下一代"语义上也有重复，可以改为"宽慈以为宝"，宋人何梦桂诗中有"宽慈以为宝"这个句子。"书画棋牌报，文娱有童心。""文娱"面有点窄了，而且上句已经罗列了文娱的几个方面，不用再点，可以改为"犹自有童心"。"常忆峥嵘日"，改为"每忆峥嵘日"。"感怀战友亲"，改为"倍感战友亲"（为什么这样改，作者体会一下）。"功高轻羡宠"，"羡宠"也是自造词，不改原意，改为"功高三缄口"。"淡泊晚年度，时时念党恩"。"晚年度"，说不通，改为"心平性淡泊"。"胸藏天下事"，这句话很难表现老红军的高尚情怀，改为"忧乐因天下"。"不计功名利，自是长征人"。最后这句弱了些，而且诗意不足。改为"平生绝名利，永是长征人。"当然，还可以改得更好些，作者可以自己体会一下。

改作：

老红军

银发不染尘，晚节益忠贞。一生伴戎马，皓首愈精神。关心下一代，家国情殷殷。宽慈以为宝，严正律儿孙。书画棋牌报，犹自有童心。每忆峥嵘日，倍感战友亲。功高三缄口，德厚令人尊。心平性淡泊，时时念党恩。忧乐因天下，情系国与民。平生绝名利，永是长征人。

李东东

春 雨

冰雪消融群山矮，细雨霏霏桃花开。
蜗居寒舍方数日，一片葱茏扑面来。

夏 花

夏日百花竞相艳，芳菲不过暑寒间。
深恐西风一夜到，无人识得暗自怜。

秋 风

风骤树摇叶飘零，金黄一地满落英。
谁言西风心肠狠，情到深处似无情。

冬 雪

不觉飞雪一夜间，惊看万物换容颜。
银装素裹虽妖娆，更爱素面昨日前。

【点评】

这几首诗整体来看还是不错的，尤其是作者具备关注细节的意识，这是难能可贵的。高手作诗，一般都是从小处着手，在细节上捕捉诗意，诗词一大忌就是泛泛而谈，大而空的诗多数缺乏形象美感，写诗时要尽量避免。

这几首都属于咏物诗范畴，针对这几首，谈几个具体问题。一是诗题要统得住全诗，炼一个好的题目难度也是很大的。这几首的题目，在"统"上不是太好。比如，第一首诗，题目叫做"春雨"，但是整首诗，雨的味道并不浓（你的重点放在了春上，实际上应该在雨上），这就造成了诗与题目之间的隔阂。二是要紧贴诗题捕捉诗意。还是以第一首为例，春雨有什么样的特点，怎样把它表现出来，这个考验作者的观察力。你从哪个角度写，同样是春雨，你能看到别人看不到的东西并把它融入自己的感情表现出来，这样的诗作才是好诗。这首诗中第一句虽然有些新意，观察也很细致的，但是首句并没有入题，后面几句又有些空泛。这样写诗就平庸了。绝句四句，首句没有切题是一大忌，以后要注意。第一句改为"洗净冰雪山见矮"，这样就既把作者的意思表达出来了，又紧扣了"雨"字。题目为春雨，第二句没有必要再重复细雨，改为"织烟凝雾伴桃开"，"织烟凝雾"是写春雨的状态，"伴桃开"则突出了春。三四句你的写法是由外入内，但是这样写太平淡了，不改原意，可以改为"心疑寒风摇玉树，开窗迎面绿先来"。这样第三句转的才够，同时也是触及心态。蜗居寒舍方数日，这种直描的手法对这首诗来说，不太适合。改后的最后一句，既写了春雨的效果，也写了自己的心态，又回答了第三句。一首诗的布局是多样的，诗既要善于谋句，更要善于谋篇，谋篇更难些，作者可以体会一下。怎样表达更好，四句怎样处理，要心中有数。

后面几首的问题也很多，比如第二首，题目叫做夏花，第一句重复题目，明显没有意义。秋风最后一句，更是不知所云。你可能打算套用"东边日出西边雨，道是无情还有情"。但是那首诗是一语双关，你这句纯粹议论在这里就不伦不类了，读者也不知所云。总体看，你下步在写诗中要注意以下几点：一是要加强"谋篇"，无论写什么诗，从哪里入手，选取哪些景物去表达。这个要下功夫。二是要学会取材，不是所有的东西都可以入诗的。尤其要紧扣诗题，要抓住形象。依第二首为例，夏日百花竞相艳，这是大而空的句子，既然是夏花，就要把夏花的特点写出来。这考验作者的观察能力，以后在这方面一定要多下功夫。三是要注意炼字和炼句，句子平庸，诗自然就不会太好。诗歌的最大特点是用形象说话，缺乏形象就没有诗意了。第二首中的"深恐西风一夜到"，形象欠缺了些，改为"常忧雁引西风至"，形象上就丰满了一点。这点也要体会一下，怎样创造更好的形象来。最后，要注意炼意。你的《秋风》诗不知所云，"谁言西风心肠狠，情到深处似无情。"估计没有人知道是什么意思，情到深处怎么体现出来的？要合理，这是最起码的要求。

改作：

春 雨

洗净冰雪山见矮，织烟凝雾伴桃开。
心疑寒风摇玉树，开窗迎面绿先来。

夏　花

长藤朱萼缀明鲜，芳菲不过转漏间。
常忧雁引西风至，满地落英有谁怜。

冬　雪

银霰凝琼一夜间，惊看万物换容颜。
银装素裹虽妖娆，更爱素面昨日前。

高原铁骑

巍峨群山冰砌就，万丈达坂使鹰愁。
自古天路少来客，唯见白雪舞山头。
缘何雪莲风中走，迷彩铁骑雪海游。
生命禁区多豪迈，无悔青春献金瓯。

【点评】

从这首诗看，作者观察很细致，句子的形式变换也很多。坚持写下去，相信用不了多久，一定会取得骄人的成绩。谈几点意见：

第一句，"巍峨群山冰砌就"，"巍峨"这个词虚了些（从诗的形象意义讲，形容词是抽象的，诗的功底应该体现在动词和名词上），改为"天畔"，与主题"高原"呼应。老杜诗中也有"天畔群山孤草亭"的句子。达坂，也是山的意思，虽然说法不一样，但是与群山重复了，改为"绝壁"，突出"险"字，以与群山区别开，也为"使鹰愁"作充分铺垫。"使鹰愁"，这样的表述白了些，改为"鹰见愁"。这样的好处是，"使鹰愁"是作者说出来的，这

样一改就是诗中的形象自己"走出来"了。

颔联"唯见白雪舞山头"与第一句重复了，而且题目叫做"高原铁骑"，如果到了这句，"铁骑"还没有出来的话，诗的题目就统不住了（没有一首诗已经过半了，主角还没有登场的）。保留第三句，稍作修改（天路与天畔等意境重复），以"生命禁区少来客"作铺垫，引出第四句，让主角"铁骑"赶快出场，只有这样处理，诗才能算作扣题。尊重原诗的意境，把下一句雪莲提前（这里的装甲车应该涂的是"雪地迷彩"，用"雪莲"形容也算恰当），改为"谁舞雪莲玉峰头？"发问，引起读者注意，唤出"铁骑"（虽然没有直接说破。同时，此句中的"山头"与第一句"群山"的重字要避免，改为"玉峰"）。

颈联是比较难的，因为这句要高度概括高原铁骑的形象来，这是非常见功底的，也是决定这首诗好坏的关键。由于没有亲身体会，对形象的理解不深刻，作者可根据自己的生活感悟仔细揣摩下，看看怎样提取最恰当的形象来。在我的印象中因为多数装甲车上都插着红旗，我从侧面改一句吧："旌旗拂日阴山动"（这也是写诗惯常的偷懒做法，正面把握不住，就"旁敲侧击"），因为有个"山"字，把第一句的"群山"改为"重崖"，以避重字。下一句"迷彩铁骑雪海游"，一是太平淡，二是又有

雪，意境不能重复，改为"铁甲生风任遨游"，以反映铁骑的精神（这句总体是写虚，前一句是写实），这样这联就是虚实结合写的，这也是诗词写作的基本技巧（一联之内，一虚一实。以后要注意，一联中的两句，不能停留在一个视角上，那样诗就会显得很呆板）。

尾联又陷入写诗的窠臼了，就是非要用两句表态的话去拔高诗的思想，这样反而损害了整首诗的意境。以后，结句还要注重用形象去说话，不要去空泛的议论表态，否则诗结完后，意境也就到此为止了，没有给读者留出想象的空间。我们常说，诗要"言有尽，意无穷"，一定要创造形象给读者留下想象的空间，这样的诗才是好诗。

尊重原诗意境和特点，不计格律，试改如下.

改作：

高原铁骑

天畔重崖冰砌就，绝壁千寻鹰见愁。
生命禁区少来客，谁舞雪莲玉峰头？
旌旗拂日阴山动，铁甲生风任遨游。
炮火雷飞寒塞上，天际霞光照金瓯。

王　超

观东北秋景再念乡情

云驰活野彩霞飞，两岸青苗映朝晖。
秋风又送平原绿，乡土风情总相随。

新兵入营有感

提笔携枪把兵操，穷秋犹梦旧战袍。
战马齐喑闻号令，铁骑直捣卷狂飙。
习武当如弓上箭，杀敌更练手中刀。
新辈奋发苗正壮，誓志强军气自豪。

【点评】

这两首诗与上几次相比，进步很大。这样坚持下去，一定会有很大成就。尤其是对语言的把握上，提高不少。"习武当如弓上箭，杀敌更练手中刀。"等句子写得也很有特点，可以看出作者在诗词学习上下了不少功夫。提几点意见：一是诗中还是有自造词，有些词用的依然不是很准确。比如，活野，不知为何义，这是很容易避免的。还是那句话，手头一本《辞海》，一本《古汉语常用字典》，一本《中华诗典》，争取每个词、每个字都查一查，有些词看似自己熟悉，其实并不一定完全理解，经常翻翻字典一方面防止望文生义，保证用词的准确性；另一方面这些工具书对字词的解释非常详细，大多有词语出处和例句，看多了也能够扩大知识面。希望下次寄作业时，一定要保证每个字、每个词都准确无误，哪怕用词平淡一点，也比用错了强。这是功夫问题，不是水平问题，希望作者留意。

第一首诗的问题是诗题为《观东北秋景再念乡情》，但是全诗中除了一个词"秋风",没有一句是写秋天的景色的,如果把秋风改成春风,我看更适合。诗一定要句句扣题,这首诗没有写出东北特有的秋天景色,也看不出家乡的秋色,因此,诗题《观东北秋景再念乡情》就没有统住全诗,诗读来就不伦不类了。同时第二句"两岸青苗映朝晖","两岸"读来落差太大,因为无论是诗题,还是第一句都没有点破"河流",这样读来就突兀了,诗的最后一句也是如此,与前面不连贯,让人摸不清头脑,明显是为了凑题而作。一首诗要认真考虑其连贯性,在诗的结构上,还要好好琢磨,怎么安排才合理。在选景上,也要认真考虑,不能东一句西一句,把诗写散了。同时,诗的格调、情感也很重要,我们讲情景交融,你的这首诗,思乡的情感就没有表现出来。最后,诗要写得有味,不是凑句。这首诗按照春天改容易一些,同时扣住两岸,改成《乘舟游春》吧,主要是提醒作者体验一下诗该怎样表达,怎样才能写出诗味来(格律不计)。

第二首诗问题也是这样,主要是用词不规范,很多地方拼凑的痕迹很重,诗读来没有味道。比如,"提笔携枪把兵操",首句就不知所云。"战马齐暗闻号令","齐暗"不准确。"习武当如弓上箭,杀敌更练手中刀",可以改为"练兵当如弓上箭,杀敌先练手中刀"。"新辈奋发苗正壮,誓志强军气自豪",这两句

平了些。不计格律,试改为:

改作:

乘舟游春

梳妆垂柳低蘸水,两岸青苗映朝晖。
船过草桥山更绿,因是春风正相随。

新兵入营有感

远辞故土披战袍,军歌一曲入碧霄。
言行有度随号令,训练无倦卷狂飙。
练兵当如弓上箭,杀敌先练手中刀。
平生不羡酒红绿,枪挑西风气自豪。

读《解放军烈士传》怀念巾帼烈士赵一曼

志壮山河愤寇仇,巾帼北战热血流。
逢生敢做刀尖鬼,视死不为阶下囚。
深深悼念怀一曼,凛凛忠贞耀千秋。
坚躯虽逝为革命,泪满珠河骨气留。

有感于团队一线指挥部建设

阔步高歌志气昂,龙腾虎跃练兵场。
三化建设赢主力,一线指挥谱华章。
讲求效率作风硬,务实标准技术强。
连载安全夺先进,标杆旗帜续辉煌。

思　亲

立身沧海志为家,书山任游闯天涯。
春风送暖还故地,共伴亲人品良茶。

【点评】

这几首依然存在上几次所说的问题，也就是用词错误和表达不准确的问题。同时，在语句上也可以做得更好些。逐一指出。

第一首，诗题中"怀念"，最好换一个词，怀念也就是思念的意思，接具体人或物时，多指作者熟识之人或物，比如怀念同学张三、怀念故乡。这里用怀念赵一曼烈士，不是很准确的，改成悼念好一些。另外，没有必要加上巾帼烈士这个词，大家都知道的常识，说出来就成了累赘了，以后标题一定要简明扼要。"志壮山河愤寇仇，巾帼北战热血流。""志壮山河"，是作者自造词，应该是气壮山河。"愤寇仇"，接"气壮山河"有些弱，改为"战寇仇"。"巾帼北战"，很别扭，改为"百战沙场"。"逢生敢做刀尖鬼，视死不为阶下囚。"这两句整体不错，但是"逢生"，不正确，只有绝境逢生，单独用"逢生"，就很难说通。改为"舍生"。"视死"，应该为"誓死"。"深深悼念怀一曼，凛凛忠贞耀千秋。""悼念"与"怀"一个意思，"怀一曼"，不如直接就写赵一曼。"坚躯虽逝为革命，泪满珠河骨气留。""坚躯"，也是自造词，改为"捐躯革命赴国难"，曹子建有诗"捐躯赴国难，视死忽如归。""珠河"，意思是文辞丰赡，若河流不竭。作者没有查清楚这个词的意思。

以后每个词一定要弄清楚，不要出现这样的错误。"骨气留"，也没有这样讲的。改为"捐躯革命赴国难，自有英名天地留。"

第二首，一线指挥部指部队党委机关，标题中最好再明确一点，根据你的情况，确定为团一线指挥部。从全诗看，你是想把你们团的建设都提到，可能是一首政治性的诗，这样就造成这首诗在艺术表现上的局限性。但是，总体看，这首诗没有突出你们团一线指挥部的特点，过于泛化了。你要好好琢磨一下，你们团一线指挥部的突出特点是什么，用什么样的现象去表现，这就是见功底的时候。

第三首，也存在以前的现象，就是意境太散，不够集中。思亲，读了前两句也没看出来思亲何在，读了全诗也没能体会出来。这是写诗的大忌，以后一定要避免。"立身沧海志为家，书山任游闯天涯。"立身沧海，是什么意思？志为家，更是不知所云了。书山任游后接"闯天涯"，这些都是硬凑的句子。写诗一定要看看是否符合逻辑和情理，不能东一句西一句，这方面一定要避免，诗本身字数很少，必须句斟字酌。而且，写诗一定要写出诗意来，没有诗意的诗，就是伪诗了。

改作：

读《解放军烈士传》
悼念赵一曼

气壮山河战寇仇，百战沙场热血流。

舍生宁做刀尖鬼，誓死不为阶下囚。
深深悼念赵一曼，凛凛忠贞耀千秋。
捐躯革命赴国难，自有英名天地留。

有感于团队一线指挥部建设

阔步高歌志昂扬，牛刀小试练兵场。
一线指挥生豪气，三化建设谱华章。
弹无虚发技术硬，身先士卒堡垒强。
安全达标夺先进，旗帜高举续辉煌。

题哨所

戍守神州处处家，哨所何言在天涯？
春风代我还故地，先邀亲人品新茶。

贺培玉

庆祝建党95周年暨有感于神威超算和长征七号等科技成就

神州大地屡华章，九五之师筑梦强。
长七奔腾星宇力，神威闪耀太湖光。
儿郎有志青春付，战线无形捷报扬。
筑梦初时盼惊喜，而今惊喜变寻常。

水调歌头·出海

青岛才离港，上海又别江。出航勇士，集结号下聚中舱。虽自天南地北，同为强军梦想，任务细思量。胸有向阳志，气势慨而慷。　　乘长风，破巨浪，赴大洋。电磁无影，微机天线做刀枪。猎物忽出又没，通信时连又断，侦索胜平常。沉稳哨前坐，合力射天狼。

【点评】

作者有一定的诗歌功底，对诗词格律也有一定了解，尤其在一些句子上，在诗的意境回旋上，展示了一定的才力。但还要进一步研究诗词的"门道"，这两首诗口号性、表述性的内容太多，而没有很好地假以形象寄托情感，所以深度不够、诗味不佳。诗不是论文，一定要用画面和形象表达作者的感情，也就是要做到情景交融。如果一首诗没有丰满的形象，即使感情再充沛，也只能说是赝品。这两首诗要表达的情感，在诗中直接说出来了，没有给读者留下想象的空间，读者也感受不到具体的画面，没有享受美的意境。所以，我们一直讲写诗要用形象思维，什么是形象思维？就是在诗歌创作中要创造形象，用动态和画面把作者要表达的抽象的意义呈现出来。古人说："诗贵曲"，说的就是诗要让人去感觉，诗的美感就在于它的形象性，能够给读者带来画面感、现场感，而不是直截了当地把要表达的情感说出来。

第一首诗，诗题《庆祝建党95周年暨有感于神威超算和长征七号等科技成就》就很不好，诗的题目或统管全诗，或补充内容，基本要求是表述要精炼，思想要聚焦，起到点睛作用。它不是一个筐，什么都能装。

你的诗题又是庆祝建党，又有感科技成就，分散主题，啰嗦琐碎。在诗的内容上，拼凑痕迹很重，而且错讹较多。比如，"神州大地屡华章"，"华章"是名词，前接动词，一般说谱华章，用"屡"显然说不通。"九五之师筑梦强"，九五古代指帝王，帝王之师？显然用错了词。"筑梦强"？语法错误，没有这种用法。颔联"星宇力"是什么力？神威如何能闪耀太湖光？诗中不少句子均是如此。初学写诗首先要讲究"准"，然后再争取"奇"。如果不能做到用词表意准确，那么诗的基本功就没有过。同时，诗中还有出律的问题。当然，这首诗的结句还是不错的。根据你的意思，这首诗题就改为"有感神威超算和长征七号等科技成就"，思想聚焦些。同时，诗题中提到神威超算和长征七号，诗中要有所体现，但是也不用在诗中把这个词说全。以超算、长征代替，就可以做到与诗题呼应互补了，这也是诗题的作用。

第二首词在意境上比前一首诗好一些，但是也存在表意不明、章法错讹等现象。"青岛才离港，上海又别江"，前面缺少介词，造成偷换主语，准确的意思应该是"（将士）在青岛离港"。"虽自天南地北"，应该是来自天南地北。"向阳志"，是什么志？这是自造词，"侦索"也是如此。下一步，每一个词、每一个字都要细细推敲，拿不准一定要查查字典，不能想当然。查多了，积累多

了，词汇量大了，写起诗来定然就得心应手。电磁无影，无影多余了。根据你的意思，可能你全诗要表达的是电磁侦听和对抗，这半阕都要聚焦这层意思写，渲染出电磁对抗的氛围来。电磁无影这句，要衔接下文，指出对抗的意思。"微机天线"，不如雷达光电。"猎物忽出又没"，有些突兀，这里最好再聚焦点，可以直说"信号忽强忽弱"。"侦索胜平常"，"胜平常"？难以理解。最后一句没有画面感，改为"舰长屏前坐，画策射天狼"，就有了一定的画面感。

改作：

有感神威超算和长征七号等科技成就

方闻超算谱华章，又报"长征"入九苍。
四海佳音既接踵，千秋意气自飞扬。
壮心冲破云霄路，鸿业堪争日月光。
筑梦初时盼惊喜，而今惊喜变寻常。

水调歌头·出海

昨日离青岛，入沪便出航。轩昂勇士，集结号下聚中舱。不分天南地北，同为强军梦想，任务细思量。胸有凌云志，气势慨而慷。　　乘长风，破巨浪，赴重洋。电磁对抗，雷达无线是刀枪。信号忽强忽弱，通信时连时断，侦测静听忙。舰长屏前坐，

画策射天狼。

菩萨蛮·小雪未雪

上楼邀月清歌唱，唱歌清月邀楼上。醇酒待诗新，新诗待酒醇。　　冷风吹梦醒，醒梦吹风冷。怀卷卷珠帘，帘珠卷卷怀。

唱和诗友离队

相拥难忍泪花奔，祝愿声中涌旧痕。
百里穿梭争胜负，一团篝火共寒温。
光阴已把娇羞褪，风雨唯将血性存。
解甲身归心尚在，明朝续梦待儿孙。

提问：

1. 颈联另作："摸爬滚打娇羞褪，历雨经风血性存"，请问老师，有时诗词里用到成语，是用成语好呢，还是改成其他词？

2. 第七句另作"此日身归心尚在"，"此日"与"明朝"相对，另作好还是原作好？

【点评】

12月份作业收到。看到你对11月份创作思路和一些疑问进行说明，非常高兴。所谓道理越辩越明，把自己的想法说出来，然后大家探讨，不仅能够加深对诗歌本身的理解，对掌握诗歌技艺、提高创作水平都是十分有益的，望继续坚持，尤其是要把自己的疑虑表达出来，大家在探讨中消除疑虑，这也是诗歌培训的主要目的。根据你的说明，我这里作几点补充。

首先，关于诗题，"庆祝建党95周年暨有感于神威超算和长征七号等科技成就"，你指出是说明性文字，一般来说诗题要简洁，说明性文字可以在诗题后作个小序，你说可以省略，这里不多说了。关于我说"诗有出律现象"，主要是指诗"长七奔腾星宇力"和词"赴大洋"，"长七奔腾星宇力"依照新韵为"平平平平平仄仄"，而不是指你列举的特殊格。至于你说苏轼也有在"大"处出律的先例，我想说的是，无论哪句诗词，都可以从前代诗词作品中找到出律的例证，初学者还是要依格律为上。由于格律问题只要稍微细心一下就可以了，你也基本掌握了诗词格律知识，而且古今大家一直强调不要因辞害义，因此只点一点，不再赘言。这里我重点讲讲语法和用词问题。

为什么我说"屡华章"不妥，以及"青岛才离港，上海又别江"必须改，这里就牵涉到语法问题。华章是名词（偏正），屡是副词，按照语法规范，除某些特定语境外（主要在口语中，如"很绅士"之类），副词不能接名词（参见现代汉语、汉语语法），所以，改为"谱"。"向阳志"，为什么也说不通，这也是语法问题。"向阳"是介宾结构，后面一般不能单接名词，多接动词、形容词或句子（补语）。比如，"向东（走）"、"为人民（服务）"、?"对群众（友善）"等。"向阳开"，"开"是动词，它句式符号是（向……开），"志"是名词，"向……志"，这是什么意思？"青岛才离港，上海又别江"，你说是化用了毛主席的"才饮长沙水，又食武昌鱼"，我想这个"化用"太牵强，估计没有人能够看出来。用典即"据事以类义，援古以证今"，主要有两种，一是引用故事，二是引用语句。你既没用毛主席的故事，也没引用语句，因此，不能算作用典。实际上，毛主席的"才饮长沙水，又食武昌鱼"是用典，典出三国时孙皓迁都武昌，百姓不愿流离故土，有"宁饮建业水，不食武昌鱼"之说。毛主席的诗是引用语句。当然，这不是我们讨论的重点。我说"青岛才离港，上海又别江"必须改，为什么呢？你的原意其实是"于青岛（才）离港，在上海（又）别江"，加上两个介词就构成介宾结构的并列短语，主语就是"将士"（省略）。如果前面缺少介词，后面的宾语短语就成了事实主格结构，主谓宾齐全：青岛（主语）才（副词）离（谓语动词）港（宾语），后一句一样。所以，这两句就成了两个独立的句子，主语分别是"青岛"、"上海"，而不是将士。介宾结构不能省略介词，不然主语就会变化，比如：（我）比他跑得快。如果省略介词"比"，就变成"他跑得快"，这是一个独立句子，主语也就由"我"变成了"他"。我们回过

头再看看毛主席的这两句"才饮长沙水，又食武昌鱼"，这是一个典型的省略主语的独立主格并列结构"（我）（主语）才（副词）饮（谓语）长沙水（宾语）"，后一句亦是如此，主语一直是"我"。"青岛才离港，上海又别江"是两个结构完整的独立语句，所以我说讲不通，因为青岛（主语）如何"离港"，上海（主语）如何别江？诗词因受字句限制，一定要断清主语。我给你改成："昨日离青岛，入沪便出航"，这个句式的语法结构是："（将士）（主语）昨日（状语）离（谓语）青岛（宾语），（将士）（主语）入（谓语）沪（宾语）便出航（补语）"。这两句的主语依然是"将士"。诗词创作中最常见的语病就是偷换主语，你的这两句就犯了此毛病，不知这样说你能否明白。现在，很多杂志刊出的诗作也有很多语法错误，我想我们还是要严格要求自己。因为我入伍前在地方大学读的中文系，所以对语法问题很敏感。有人说诗词可以摆脱语法的束缚，实际上从古代诗词看，有语病的很少，当然为了增强表达效果，一些在句式上有所调整，比如杜甫"香稻啄馀鹦鹉粒，碧梧栖老凤凰枝"，则另当别论。其他的如意境叠加等，已经成为了诗歌特有的表现手法，这个也要有所区别。

再说说另一个问题，即用词的规范问题。你说"九五是切合建党95周年，九五之师是指党这个群体"，为

什么我说要尽量避免，因此每个词都有约定俗成的意义，我们可以引申，但也要有所遵循，基本要求就是不能让大家看不懂或引起歧义。"九五"一直指的帝王，不能因为是纪念建党95周年就认为"九五之师"是"党的群体"，那等到建党100周年，我们以"一百之师"指代党的群体估计你也不同意。尤其是纪念建党这样的政治性很强的作品，一定要敏感、规矩，不要让大家产生联想的空间，所以，我说不能用"九五之师"。另外，专有名词能否简称要看官方表述和民间的习惯，否则不能轻易简称。"长征七号"似乎没有被简称为"长七"，所以，这里不能随便简化。你说"侦索"是"侦察搜索"的简称，这也是不允许的。因句式所限，初学写诗的人往往会简称缩写，这是诗词创作的大忌。我记得《中华军旅诗词》组织钟振振、杨逸明等同志在南京召开的诗词研讨会上，钟振振就讲过这个问题，他还举个例子说有人写诗把"华夏腾飞"简略成"华腾"，怕别人不懂还加上注释闹出笑话。我们写诗一定要尊重汉语的严肃性，不能随意自创词（常见的有合并、颠倒顺序等），像你的"侦索"就是这样。如果大家在写诗的时候随意合并词汇，这样就造成汉语表达的混乱。我一贯的意见是除非古代有此用法，或者"辞海"中有这个词，否则坚决不能用，决不能自造词。

再看看你这两首诗。这两首诗整体不错，诗能够知道注重形象创造意境，而不是通篇描述性的话，便是登堂入室了。先解释一下你的疑问。你说"有时诗词里用到成语，是用成语好呢，还是改成其他词？"我想这个要具体情况具体分析，一般来说不用刻意回避成语，很多时候成语会产生回旋的效果。比如，"山重水复疑无路，柳暗花明又一村"。从你的这首诗来看，"摸爬滚打娇羞褪，历雨经风血性存"要比"光阴已把娇羞褪，风雨唯将血性存"好一些。为什么？因为"光阴已把娇羞褪"还是说理性的话，在形象上欠缺些，而且光阴如何把"娇羞褪"？没讲清楚。同时，这两句是通过你说出来的，比较主观，又隔了一层。"摸爬滚打娇羞褪，历雨经风血性存"则更加直接客观，所以说好一些。不过"娇羞"多用来形容少女，这里最好改一改。第七句用不用另作"此日身归心尚在"，使"此日"与"明朝"相对？这个大可不必。不过结句一定要荡开，这样才能使全诗生色，其实你的第七句和第八句意义上没有分开，"解甲"、"身归"、"离队"又过于重复，而且这两句还缺少形象。可以放开视野，改为"解甲仍怀边塞月，清辉留梦待儿孙"。引入一个月亮的形象来，把"心尚在"的抽象意义，形象为"怀边塞月"（二者意义相同，但一抽象、一形象，诗词就是要化抽象为具体，体会一下。当然，边塞月可能并不贴切，主要是让你体会形象化用问题，你的诗总体看还是形象不够，下一步在这方面要重点加强），诗意就丰满一些。颔联"百里穿梭争胜负，一团篝火共寒温"，"穿梭"是动词，"篝火"是名词，对仗不工，要改一改。"一团篝火共寒温"比较好，很形象。改前一句为"千里沙场争胜负"，让意境开阔些。

词我觉得现在不要这样刻意写，因为"诗言志"，更注重情感意境，而不是形式，否则就是本末倒置了。当然，看得出你花了很多工夫，但这样也造成意境上的单调重复，反而影响了词的效果。诗词因为受字句限制，讲究在有限的字句内能够容纳更多的内容。因是特殊形式，这里不作修改。

改作：

唱和诗友离队

相拥难忍泪花奔，祝愿声中涌旧痕。
千里沙场争胜负，一团篝火共寒温。
摸爬滚打优柔褪，历雨经风血性存。
解甲仍怀边塞月，清辉留梦待儿孙。

涂运桥老师点评

朱建辉

汉家公主

西域自古中国地，细君解忧千秋伟。
柔肩载起大汉梦，和亲远嫁日月犟。
民族团结史有典，炎黄血脉时空追。
中华儿女多才志，慨然古今福州蔚。

【点评】

公元前118年左右，张骞第二次出使西域，乌孙国国王昆莫向汉朝廷求婚，江都（今扬州）王刘建的女儿细君与楚（今徐州）王刘戊的孙女解忧先后嫁给了乌孙国国王。汉家公主细君、解忧远嫁西域，给伊犁历史留下一段千古佳话。这首诗歌颂了和亲政策，作者用历史事实证明新疆自古以来就是中国领土不可分割的一部分，对细君、解忧公主表示了由衷的敬意。

按中华新韵看，这首诗押韵，但存在平仄混押的问题，如"伟、蔚"应用平声。无论从七律的哪种格式看，全诗平仄问题较多。以七律仄起首句不入韵检查，"古、大汉、远嫁、史"等处应平，"国、忧、千、族、时、然"等处应仄。"自古"、"古今"意重，宜避其一，"古"重字，律诗所忌。"翚"用在诗中不切，查词点，它有两个意思：1.飞翔；2.古书上指有五彩羽毛的雉。"蔚"虽押韵，但有凑韵之嫌。

改作：

汉家公主

西域从来华夏地，君看公主别宫闱。
柔肩担起汉家梦，纤手凝成史册辉。
铁马金戈凝旧影，葡萄美酒注新杯。
中华儿女多才志，最是和亲梦又回。

新兵（选其二、其三）

一日生活

号声频传军歌伴，直线方块把兵练。
训学写唱基本功，军中铁纪无戏言。

紧急集合

哨音急骤响耳畔，疑有敌情在眼前。
披星戴月狂疾走，点将台前把军演。

【点评】

这是以《新兵》为主题的一组军营短歌，立意很好，五首小诗如五幅画面，生动传神，军营气息浓厚，抒发了入伍新兵"保家卫国永向前"的高尚情怀。缺点是不合格律，有些诗句空洞。诗是语言的艺术，讲形象思维，不是政治口号，军中术语。

看第二首。按新韵看，二、四句押韵，但存在平仄韵混用。"练"应用平声。"传""兵""学""功""无"应用仄声，"块""唱""戏"应用平声。"直线方块把兵练"，太抽象，一般读者难以理解，不若"烈日炎炎袖未翻"，让人一目了然，具体可感，训练的严格和辛苦尽在其中。三、四句非诗家语，口号化，宜重酌。练兵为什么，一句话，就是为了与敌人交战时能打胜仗。

改作：

一日生活

号声频起军歌奏，烈日炎炎袖未翻。
操练千般谁退缩，明朝前线敌营掀。

【点评】

再看第三首。从新韵看，二、四句押韵，但平仄韵混用，"演"应用平声。有数处不和律，如"响""耳""月"应用平声，"星""疾""前"应用仄声。"披星戴月"为合律，不妨调换为"戴月披星"，其意不变。"耳畔""眼前"气象太小，声势不够宏大。

改作：

紧急集合

哨音急骤传天畔，疑有敌情边塞前。
戴月披星狂疾走，沙场点将勇争先。

参加武警后勤应急
保障实兵演练有感

闻令集结

指挥中枢一令传, 警徽闪动声震天。

人车装备迅聚集, 奔赴疆场磨利剑。

快速机动

车流滚滚阵飞烟, 山野大漠难阻拦。

兵贵神速勇挺进, 先期到位握胜券。

战地宿营

陌生地域阔无边, 沟壑纵横接远天。

后勤尖兵多才志, 安营扎寨一瞬间。

应急演练

应急演练情多变, 医食供修非等闲。

保障模式多样化, 全线辎重任检验。

【点评】

这组绝句是作者参加武警后勤应急保障实兵演练有感而发, 表现了武警后勤官兵高昂的斗志、严明的纪律和娴熟的技能。演练是随时为了参战, 准备在任何情况下都有打胜仗的把握。该组诗如四幅画面, 军旅特色鲜明, 感情真挚, 非参战者难以道出。不足处是作者对格律还未能熟练掌握, 诗的形象性稍缺。

其一, 按新韵看, "传" "天" "剑" 押韵, 但存在平仄混押的问题, 如 "剑" 是仄声韵, 宜改用平声字押韵。平仄不协较多。

改作:

闻令集结

红旗招展敌情传, 闪闪警徽声震天。

装备整齐营外列, 疆场奔赴靖狼烟。

其二, 按新韵看, "烟" "拦" "券" 押韵, 但存在平仄混押的问题, 如 "券" 是仄声韵, 宜改用平声字押韵。平仄有数处不协, 如 "大漠" "速勇" "胜券" 处应用平声字替代。

改作:

快速机动

车流滚滚阵如烟, 山野横空大漠连。

神勇奇兵天网布, 先机抢占敌营前。

其三, 按新韵看, "边" "天" "间" 押韵。第二句与第三句失粘, 即平仄应该对应。这首平仄问题较少, 如 "纵" 应平, "勤" 应仄, "才" 应仄, "瞬" 应平。

改作:

战地宿营

陌生地域阔无边, 沟壑纵横连远天。

武警尖兵多斗志, 安营扎寨战情研。

其四, 按新韵看, "变" "闲" "验" 押韵, 但存在平仄混押的问题。"变" "验" 宜改用平声韵字。平仄存在几处不协律, 如: "式" "线" "检" 应平。诗题已经言明

"应急演练",首句此四字宜避之。"多"两次出现,宜改其一。绝句关键在于三、四句转结出彩。这里似报告用语,非诗家语。

改作:

应急演练

战场演习情千变,医食供修非等闲。
模式无穷堪保障,敌营勇夺凯歌还。

丘建伟

党的群众路线教育实践活动

群众路线抓实践,蹲连住班解兵情。
师职干部当模范,三严三实正品行。
彻夜未眠立哨塔,钢枪紧握至天明。
豪情万丈忆征程,戎马生涯多飘零。

【点评】

以中华新韵七律仄起首句不入韵格式检查,押韵,平仄多有不合。二联、三联失粘,没有对仗。

"线、立、忆"等处应平,"实、班、严、程、多、飘"等处应仄。从此诗来看,作者对七律的格律尚不熟悉。这首诗,主题鲜明,抒发了在"党的群众路线教育实践活动"中的体会,诗中"彻夜未眠立哨塔,钢枪紧握至天明"这一形象高大感人,是诗的语言。其余诗句,可说非诗之语言,不过宣传语言而已。诗题

《党的群众路线教育实践活动》过大,不够明确,写来就比较空洞。作者将"群众路"、"师职干部当模范"等直接放入诗中,是诗之大忌。结句"戎马生涯多飘零","飘零"用在这里不甚妥当,本义指轻柔物随风自空中飘落,引申为飘泊流落、散失、凋谢衰败貌等含义,宜删。

改作:

下连队站岗有感

月落岗楼舒望眼,钢枪紧握至黎明。
豪情总在征途上,红日一轮胸海生。

冬季野营拉练

号响三更催梦醒,紧挂戎装似流星。
涉水跋山扛枪炮,日行百里绕金陵。

【点评】

这首《冬季野营拉练》,写实为主,抒发了作者不辞辛劳,为打胜仗而不断进行拉练、演习的亲身感受。以中华新韵七绝平起首句入韵格式检查,有数处不合格律。"响、梦、醒"处应用平声字,"催、流、枪"处应用仄声字。首句"醒"是仄韵,应押平声韵。"紧挂戎装"两个词组合在一起,颇让读者费解。拉练也是一种战斗前的演练,不妨把拉练也作为一次战斗来描写。"日行百里",将"百"改为"千",虽是夸张,却更形象生动,形容速度之快。"千里

江陵一日还",如果"百里江陵一日还",其效果大打折扣。"千里莺啼绿映红",后世有人认为不妥,改为"十里莺啼绿映红",道理一样。

改作:

冬季野营拉练

号鸣三更梦犹惊,明月肩头又出征。
弹雨枪林何畏惧,日行千里赴长城。

钢八连

冲锋陷阵首其冲,铁壁铜墙尽是空。
奋勇争先不畏险,坚甲利刃建奇功。

【点评】

以平水韵七绝平起格式首句入韵格式看,该诗押韵,除"不""甲"应用平声字外,全诗基本合律,"冲"字重复,宜避之。

这首以《钢八连》为题的七绝,赞扬了该连不畏困难险阻,敢于奋勇争先,为国屡建奇功的群体英雄形象。

"冲锋陷阵、铁壁铜墙、奋勇争先、坚甲利刃(坚甲利兵)"皆为成语,成语入诗亦可,但须化而用之,且宜少不宜多。四句连用成语,有堆砌之嫌。诗词宜用诗家自己语言为上,诗重形象,强调个性,不同科学强调共性,道人所未道方为高妙。若无新意,自然诗的艺术感染力欠缺,让人读来难以感动。胸藏丘壑,笔涌

波澜,诗有了鲜明的主题和意向,更要借助于精美的语言来表达。言之无文,行之不远。

改作:

钢八连

冲锋破阵若旋风,铁壁铜墙血染红。
守卫边城安畏险,沙场百战不居功。

米锶玮

长相思·战友结婚

穿戎装,牵新娘,寸寸相思万尺长,灯笼红透房。　　走海疆,送痴狂,已去时光花泪香,相拥战友旁。

【点评】

《长相思》,双调三十六字,上下片各三平韵,一叠韵。全词合韵,但没有押叠韵。平仄有数处不合。"海"应平,"拥"应平。第3字"装"和第6字"娘"应该用相同的字,第21字"疆"和第24字"狂"应该用相同的字。"花泪"改"花蕊"更合结婚情景。"已去"改"惜取"。这首词描写了战友结婚,词味浓郁,非常适宜《长相思》词牌来写。

改作：

长相思·战友结婚

着戎装，爱戎装，一寸相思万尺长，灯笼红透房。　　赴边防，守边防，惜取春风花蕊香，相依战友旁。

白求恩医务士官学校

石门城外喜难收，翘首张望校入眸。翻山越岭来求学，万丈青春建高楼。

【点评】

这首绝句，以中华新韵七绝平起首句入韵格式检查，押韵。平仄存在七个问题。"望""岭""丈"应平，却用了仄声字。"山""求""学""春"是平声字，按照格律，应用仄声字。作者对七绝的格律句式不太了解。首先有必要熟悉七绝的四种基本句式和平仄要求。相关资料很多，书籍和网络上都有，在作业后我已附资料，可多花点时间熟悉。用新韵来言，个人理解普通话的一、二声就是平声，三、四声就是仄声。押韵字的韵母相同。当然这只限于中华新韵。中华诗词学会倡导平水韵、新韵并用，双轨制并行。对初学者来言，新韵更容易掌握，不妨就用新韵来创作诗词，更快上手。事半功倍。掌握了新韵后，再逐步了解平水韵。

改作：

白求恩医务士官学校

石门城外喜难收，翘首蓝天校入眸。越岭翻山求索路，青春万丈建高楼。

李东东

冬　训

大漠扬歌惊日起，雪窝夜宿数星稀。如烟罡气眉沾雪，冰火两重汗透衣。

【点评】

这是一首仄起首句不入韵格式的七言绝句，从平水韵或是中华新韵来看，除"两"字应用平声字外，格律掌握较好。"稀""衣"押韵。"冰火两重汗透衣"句中"两"字不合律，造成该句孤平，宜改，或是第五字以平声救之。诗中"雪"两度出现，个人以为可以避其一。试同作者商榷，愚意将"雪窝"改为"黄沙"，与首句一脉相承，也暗与古人诗意相合，更富于诗味。在大漠黄沙中安营扎寨夜数星，别有滋味，军旅气息尤其浓烈。结句试改为"冰火千重透甲衣"，诗不可太实，"冰火两重""汗透衣"两个意象太具体，故稍易之。特别绝句的结句，要让全诗升华，让人读来要有余韵悠悠之感。

改作：

冬　训

大漠扬歌惊日起，黄沙夜宿数星稀。
如烟罡气眉沾雪，冰火千重透甲衣。

昆仑演兵

挺进雪域立苍茫，号令群山红蓝方。
旌旗今朝谱新曲，高歌强军创辉煌。

【点评】

　　这是一首立意高昂的演兵进行曲，为强军，为打胜仗作准备。我军在昆仑演习，歌颂了我军挺进雪域，旌旗今朝谱新曲的实兵演习活动。

　　按照平水韵七绝仄起首句入韵格式看，全诗押韵，平仄多处不合，失粘。"雪域""谱"应用平声字，"苍""山""红""朝""歌""辉"应用仄声字。"旌旗今朝谱新曲，高歌强军创辉煌"，第三句转是全诗关键，结要余韵悠扬，读来有回味。作者的这两句太实，口号化、政治化强，乃宣传语，非诗家语。

改作：

昆仑演兵

雄师雪域立苍茫，号令风驰战敌方。
谁把旌旗峰顶插，高歌一曲醉何妨。

范连杰

边疆哨兵

塞外凉亭边，银月映黄土。
万家团圆时，谁知思乡苦。
塞光塑铁衣，死守边疆路。
为国守边疆，身似顶天柱。

【点评】

　　此诗立意甚好，体现了边疆哨兵的风采，读来感受到作者"为国"的一片真情。在格律押韵遣词上存在问题。用韵上，按新韵论，首句不押韵。按平水韵论，首句和第六句不押韵。平仄失调失粘，颔联、颈联没有对仗。诗是语言的艺术，"死守"用在这里不妥。"死守边疆路""为国守边疆"过于直白，与诗题重复，尤其"边疆"一词反复出现。诗中"塞""守"重了，宜避之。

改作：

边疆哨兵

塞外故人稀，寒光塑铁衣。
钢枪生露水，银月映军徽。
许国身长别，思乡泪暗挥。
万家团聚夜，谁在倚窗扉。

张蛟龙

镇北台

塞北秋色寒，群雁阵阵南。
明月出东山，忽惊同飞伴。
边刚侵金甲，霜露透征鞍。
夜阑犹北望，独上镇北台。

【点评】

镇北台位于陕西省榆林市城北4公里之红山顶上。距离红石峡仅2公里，距离榆林市区仅7公里，建于明万历三十五年，台依山踞险，居高临下，控南北咽喉，锁长城要口，是古时重要关隘和军事瞭望台。是明代长城遗址中最为宏大、气势最为磅礴的建筑物之一，素有中国长城"三大奇观之一（东有山海关、中有镇北台、西有嘉峪关）"和"万里长城第一台"之称。

镇北台作为历史上的军事要塞，戎装在身的作者登临此台，不禁百感交集，抒发了"征鞍"未卸的军人壮怀。该诗按中华新韵五律仄起入韵式看，除结句"台"不押韵外，基本协韵，但存在平仄通押的问题，如"伴"押仄韵。

读其诗，感觉作者对律诗的平仄、对仗等显然还不了解，如欲登堂入室，建议先仔细研读王力先生的《诗词格律》。另外，该诗遣词不够凝练，如"边刚"等费解。诗题已点明"镇北台"，结句可省去该词，以免累赘。首句已言"塞北"，尾联又道"北望"，显然重复。由于环境恶化，如今"雁"已难见，何况"群雁"？

改作：

镇北台

塞北不知寒，登高明月残。
干戈天外起，青史曲中弹。
守土狼烟灭，从戎社稷安。
夜阑君莫问，霜露透征鞍。

唐福东

神剑赋

哀牢山下兵戈动，飞来峡口战旗翻。
笑看夷洲风雷起，踏平东海岂可还。

【点评】

理解这首小诗，我们先必须熟悉哀牢山等四个地名。哀牢山，一条位于我国云南省中部的山脉，为云岭向南的延伸，是云贵高原和横断山脉的分界线，也是云江和阿墨江的分水岭。哀牢山走向为西北至东南，北起楚雄市，南抵绿春县，全长约500公里，主峰称哀牢山，海拔3166米。飞来峡口，在清远市境内，作者部队驻地。夷洲，一作夷州，古地名。语出三国吴国丹阳太守沈莹《临海水土志》及陈寿《三国志·吴书·孙权传》。史载孙权曾派卫温、诸葛直抵达夷洲。通常认为夷洲就是台湾。东海，位于中国大陆与九州岛、琉球群岛和台湾岛之间的西太平洋边缘海，钓鱼岛在其内。

这是一首歌咏人民解放军的七绝，读来能感受到作者的报国情怀。有王昌龄《出塞》"万里长征人未还"之志。主要问题在于堆砌地名，哀牢山、飞来峡口、夷洲、东海这四个名词组合在一首小诗中，显得零散，没有用一根线串成珍珠，全诗缺少灵动，虚实没有很好地把握。修改时以清远市内"北江"为线，将四句诗连成一气。其次，按平水韵解读，不合韵律。按新韵来看，押韵，但不合平仄。"来"字应仄，"口"字应平，"旗"字应仄，"雷"字应仄，"可"字应平。建议作者用新韵时最好注明。第三，"踏平东海"之意个人认为尚可商榷。现在世界潮流毕竟以和平和发展为主流，尤其我国外交以和平共处五项基本原则为主。兵法讲攻心为上，攻城为下，不战而屈人之兵方为上策。题目太大，不妨小中见大，就以"从军"为题。

改作：

从　军

一缕朝霞营帐外，飞来峡口战旗翻。
北江东望风雷动，保卫海疆安可还。

常晓峰

关门沟感怀（新韵）

边关不见关，处处是高山。
春到五六月，夏来三两天。
秋巡云下走，冬练雪中还。
义既担国重，安能负茂年。

【点评】

按照中华新韵五律平起首句入韵格式检索，全诗押韵掌握得很好，平仄有数处不合。"五""六"普通话都读仄声，诗中应用平声字。"春"应仄，"夏"应平，亦可不改，只要不出现孤平。"三"处可平可仄，建议用仄声字更妥。"云下走"，尤其"走"，诗味欠缺，宜斟酌。"义"用在诗中不贴切，改"志"可否？春夏秋冬，没有必要一定按照季节次序展开，适当错落，更有韵致。

这首五律是作者关门沟戍边的感怀，抒发了作者为了国家的安危，将大好盛壮之年奉献给了祖国边关的情怀。起句开门见山，直接点题切入，描写了作者所在边关的地理环境的艰险，画面独开，境界顿出。颔联以春、夏交代写边关的气候特点，颈联以秋、冬的云下、雪中的季节衬托作者戍边的状况，尾联直抒胸怀，总揽全诗，点出肩头的重担，戍边的责任和伟大意义，而作者献身国防的价值亦体现其中。

改作：

关门沟感怀（新韵）

边关不见关，处处是高山。
夏鸟鸣营畔，春花落马前。
秋巡云外望，冬练雪中还。
志既担国重，安能负茂年。

杨光雄

卜算子·中秋警营（新韵）

银汉漾金波，武警邀明月。利剑高悬入碧空，战果争秋色。　　靓女盼郎归，耆老思儿切。铁哨弥坚镇孽殃，彻夜难安歇。

【点评】

这首小令表达了作者中秋警营执勤为民"镇孽殃"，而"彻夜难安歇"的报国情怀。该词用新韵，首先除个别字出律出韵外，基本符合平仄押韵要求。如上阕"战果争秋色"之"色"字不押韵。下阕"歇"字处应用仄声韵。其次，遣词造句有几处值得商榷。"战果"一词不太贴切。"靓女"，一般解释为年轻靓丽未婚的女子，广东人称呼"美女"为"靓女"。按词意，似是指妻子，不如改用"新妇"恰切。"耆老"一般泛指老人，不如直接用"老父"一词更通俗，更具体。"铁哨弥坚镇孽殃"这

句诗颇让人费解，"铁哨"搭配"弥坚"不太通，"孽殃"一词生硬，宜重新推敲。

改作：

卜算子·中秋警营（新韵）

银汉漾金波，武警邀明月。利剑高悬入碧空，塞外红旗烈。　　新妇盼郎归，老父思儿切。为保平安卡点巡，夜夜心如铁。

雷晓宇

长　征（藏头诗）

长河重山万里遥，征途险阻谁人料？
精魂常与日月存，神魄总为民族耀。
永固江山国运盛，放歌春秋心气高。
光炳千古红军旗，芒辉九州儿女效。

【点评】

今人咏长征诗很多。这首七律高度赞扬了长征。作者以"长征精神永放光芒"作藏头诗，表达作者由衷的敬意和对今日祖国强盛的歌颂。长征，毛泽东是这样总结的："长征是宣言书，长征是宣传队，长征是播种机。"长征也是一次战略大转移，长征途中，天上每日有几十架飞机侦察轰炸，地下几十万大军围追堵截，路上遇着了说不尽的艰难险阻，我们却

开动了每人的两只脚，长驱两万余里，纵横十一个省。其影响深远，波及世界和后世。我们今天的幸福生活可说与其分不开。这也是长征先烈的愿望。

这首七律，按照平水韵读，押韵平仄都存在问题。按照新韵读，虽然押韵，平声仄声韵混用。如"遥""高"押平声韵，"料""耀""效"押仄声韵。七律颔联颈联，即第二第三联应该对仗。作者对律诗的格律尚未掌握，平仄对仗失粘就不一一列出。全诗遣词不够精炼形象，如"光炳""芒辉"等词生硬，不宜用在诗中。既然写长征，当紧扣这一主题，原诗作者抒情太多，形象描写少，显得空洞。建议应截取长征中的某一二个镜头，不然让人看不出是写长征。另，个人不主张写藏头诗，为了藏头容易凑字，生造词语。"光炳""芒辉"显然就是因词害意。

改作：

长 征

星星之火遍天烧，险阻征途斗志高。
泸定桥中枪弹洒，娄山关上战旗飘。
长河万里延安赴，热血满腔华夏浇。
浪打金沙云挽袖，红军一路气凌霄。

张建林

破阵子·伏狮

马驰鹰飞草长，幡卷烟袅牧归。百里营帐连地青，万副金盾映日辉。春临霰雪飞。　　圣火喜降峰暖，天路高架云危。长剑斩狮雪山笑，将士饮血羌笛悲。秋风凯歌回。

注：此词作于2008年5月4日。3.14打砸抢烧事件后，部队在甘肃藏区执行维稳任务。当时已是晚春，然而任务区依旧大雪纷飞。时值奥运会在西藏采集火种，青藏铁路通车，维稳任务取得阶段性胜利，喜事连连，故作。

【点评】

作品表达了作者执行维稳任务获得阶段性胜利，以及时值奥运会在西藏采集火种的喜悦情怀。词要依谱填写。《破阵子》词牌《钦定词谱》仅有晏殊一体，此调始自此词，宋词俱照此谱填写。

该词格律多有不协。"卷""帐""盾""降""路""雪""饮血"字处应用平声。"青""山""歌"字处应用仄声。韵合《词林正韵》。词有生活体验，只是词味稍浅。既然作者加注说明创作缘起，题目"伏狮"可更改。将士为国饮血，何"悲"之有？

改作：

破阵子·执行任务胜利
并贺奥运圣火采集

马驰鹰飞草长，幡翻烟袅牧归。百里连营军纪严，万副金盔映日辉。春随瑞雪飞。　　圣火珠峰采集，天梯高架云垂。拔剑誓师挥热血，铁马冰河战鼓催。凯歌将士回。

赵长春

旅京抒怀（三首）

月明星稀寒潭静，夜深乡异鼓未停。
艳羡孩童耍鞭炮，哪得闲来听蝉声。

军人自古多离别，独酒他乡空对月。
元宵佳节团聚日，分明怕听鞭炮声。

驽马自知蹄力浅，不用扬鞭自奋蹄。
小器晚成终不悔，一生最恨是聪明。

【点评】

这是作者旅京时写下的一组绝句，抒发了"军人自古多离别"、为保安宁，"哪得闲来听蝉声"的为国献身的高尚情怀。

先看第一首，按新韵，"停""声"押韵。但平仄多有不合，而且失粘。"明、潭、童、得、蝉"应用仄声，"未、羡、耍"应用平声。"乡异"不若"异乡"通顺。起承转

合乃七绝常用章法，讲究起要切题，承要连贯，转要新颖，结要含蓄。既然是异乡月明之夜，末句突然用"哪得闲来听蝉声"作结，与前面的铺垫脱节，读来让人费解。

改作：

月落星稀潭水静，异乡深夜鼓难停。
孩童窗外耍鞭炮，忽忆儿时唤母声。

接着我们来看第二首绝句。它抒发作者在元宵佳节，独在异乡为异客，思念亲人的情怀。按新韵看，这首绝句主要问题在不押韵。平仄上也存在几处问题，如"宵"处应用仄声，"炮"字处应用平声。既然点明"元宵"，"佳节"便是赘词。全诗立意不错，发自真情，稍改几字即可成篇。

改作：

军人自古多离别，举酒他乡对月倾。
最是元宵团聚日，分明怕听放鞭声。

再看第三首。"不用扬鞭自奋蹄"是作者引用的臧克家先生的咏牛名句。将成语大器晚成，改为"小器晚成"，这里虽然作者是表示自谦，但易生歧义，显然用词不妥。"小器"指某人气量小，心胸容纳事物如器皿小一样，容纳不了多少。肚量浅窄、偏狭，也作"小气"。北宋司马光《训俭示康》："孔子鄙其小器。"一般用作贬义。结句与前三句

意断，没有一气呵成，让人不知所云。"一生最恨是聪明"，"聪明"何尝不好？为何"恨"，诗中读不出作者的"恨"。这句诗疑受苏东坡的影响，东坡有诗道："人皆养子望聪明，我被聪明误一生。"但作者没有理解东坡的真实意思。诗中引用过多，个人以为不宜，尤其七绝，总共28字，字字千金，用前人成句浪费笔墨，不如自作新诗。

这首绝句无论按平水韵，还是新韵看，"蹄""明"都不押韵，而且平仄不协。

改作：

犁田驽马汗沾泥，不用扬鞭自奋蹄。
辛苦一生终不悔，故园回首柳塘西。

谭　杰

边塞早春感怀

江南地已绿，塞北天还寒。遥问大鸿雁，何时出吴关。捎来书与信，寂寞孤独看。牵挂虽觉苦，职责更要担。若为边疆事，千秋也不还。

【点评】

这首诗表达了作者在边塞早春时虽牵挂故乡，却舍小家，以身许国的大爱之情。作古风读，立意甚佳，但诗味欠缺，军旅气未能张扬。从新韵看，全诗押韵工整。有个别诗句可推敲，"江南地已绿"，不如改为"江南春草绿"，地泛指，用春草更点明早春气息。"大鸿雁"，不若去掉"大"更好。"书与信"一般作"书信"。"寂寞孤独看"，"寂寞""孤独"意重，取其一即可。"牵挂虽觉苦，职责更要担。"等用语过于直白，少含蓄，读来感觉是决心书。结句"若为边疆事，千秋也不还"乏味，"边疆事"太笼统，无人物形象可感，"还"诗中反复出现，宜避其一。

改作：

边塞早春感怀

江南春草绿，塞北天犹寒。遥问云边雁，何时至吴关。是谁捎书信，寂寞营中看。霜雪何辞苦，职责千斤担。前线烽烟起，男儿杀敌还。

余镇球

看《三八线》感怀

荧屏牵目忆当年，似有炮声鸣耳边。仇恨填膺从义旅，青春淬火勒燕然。天嗔战犯凶残罪，人诵英雄胆剑篇。真个男儿谁惜死，冲天豪气壮山川。

【点评】

按七律平起首句入韵格式看，全诗合律押韵。除"鸣"可平可仄，建议用仄声字。"天"两出，建议可避其一。这部《三八线》电视剧，以李长顺为抗美援朝英雄群体的代表，热情歌颂了李长顺因家园无辜被战火毁灭，愤然参加志愿军，他不怕牺牲、英勇顽强的"冲天豪气"。该律是诗人的观后感怀，发出了"真个男儿谁惜死"的慷慨豪迈之音！读来让人振奋。除个别字词可打磨外，布局转承有致，全篇立意高远。如将"牵"改为"注"，"鸣"感觉力度弱了，改"震"可否？"胆剑"改为"可爱"，魏巍《谁是最可爱的人》家喻户晓，影响深远。余意不妨取"可爱"二字替"胆剑"。

改作：

看《三八线》感怀

荧屏注目忆当年，遍地炮声震耳边。
仇恨填膺从义旅，青春淬火勒燕然。
天嗔战犯凶残罪，人诵英雄可爱篇。
真个男儿谁惜死，一腔浩气壮山川。

播　种①

长征战鼓震山乡，播种机轮下井冈。
冰雪化融传暖意，蒺藜铲尽换甘棠。
栽秧结实丰仓廪，植树成材获栋梁。
稔岁欢歌犹在耳，复兴号角又高扬。

注：① 长征是播种机，毛泽东语。

【点评】

按照七律平水韵平起首句入韵格式看，该诗格律押韵掌握很好。颔联、颈联对仗把握也不错，作者的诗词功底较好。该诗命题、立意甚高，有新意。诗词是语言的艺术，个别字词尚可商榷。如"化融"不如"消融"恰当。"化融"谓为教化所融合，"消融"指雪原、冰川、海冰等形态上的雪或冰的损耗。或指物体消失、融化。"栽秧"可改"插秧"，"插"较"栽"形象生动，更符合农人在水田中的动作。尾联"犹""又"音近，且部分含义重叠，可避其一。结句"复兴号角又高扬"，非诗语，口号化。

改作：

播　种

长征战鼓震沙场，播种机轮下井冈。
冰雪消融传暖意，蒺藜铲尽换甘棠。
插秧结实丰仓廪，植树成材获栋梁。
稔岁欢歌须纵酒，红旗漫卷好还乡。

代友纪游

战友乘邮轮出游，谈到所经所历，十分开心，我据其所述，而作此诗。

邮轮鸣笛启航时，送别无须折柳枝。
浪涌涛汹心起伏，鸥翔鲸跃眼高低。
东西南北天连海，日夜昏晨霞接曦。
梦里依稀波拍岸，耳闻目睹尽为诗。

【点评】

按照平水韵平起首句押韵格式检查，"低"是（八）齐韵，不在（四）支韵内。除"低"与全诗韵稍不合外，格律对仗都较好。代友表达了邮轮出海的壮阔胸怀。"浪涌涛汹""波"意重，留一可也。在一首七律中，不宜复出。"拍岸"改为"裂岸"，更显海浪的汹涌澎湃。"耳闻目睹"气势弱了，不若"长风万里"能压住全篇。

改作：

代友纪游

战友乘邮轮出游，谈到所经所历，十分开心，我据其所述，而作此诗。

邮轮鸣笛启航时，送别无须折柳枝。
浪涌云飞心起伏，鸥翔鲸跃月参差。
东西南北天连海，日夜昏晨霞接曦。
一梦依稀惊裂岸，长风万里尽为诗。

郑和清

血的宣言书

——纪念长征胜利80周年

万里长征斗志昂，冰天雪地赤脚量。
红星闪耀飘丝带，阻击冲围戏饿狼。
血溅金沙江岸草，风餐露宿不彷徨。
先驱卅万捐身去，血染红旗代代扬。

【点评】

按照中华新韵七律仄起首句入韵格式看，全诗押韵，除"击"应仄，"傍"应平外，平仄掌握较好。颔联与颈联对仗欠工。该诗直抒胸臆，过于口号化，诗味不够，略显空洞。遣词造句上，缺少敦厚之旨，过于直截了当。诗要曲说方妙。"戏饿狼"等词缺少形象，不若"豺狼"。"斗志昂""代代扬"等词语，可以放在任何诗中，宜忌。纪念长征胜利80周年的诗词不妨从小处着墨，从细节入手，以画面代替口号。从个别领导人物入手描写更好下笔。

改作：

血的宣言书

——纪念长征胜利80周年

万里长征北斗航，冰天雪地赤脚量。
红星闪耀延河畔，血溅金沙岂彷徨。

万绿湖

绿满群山波绿澄，欢声笑语沸声应。
船中皓发映湖碧，不倦弥勤眼福盈。
旅船掀起千重浪，露壁云锋幽景行。
船动环山景旋归，白云瑞彩祥光升。

【点评】

按照中华新韵七律首句仄起押韵格式看，全诗押韵，格律十余处不合，如"映""壁""景""动"等字应平，"福""船""锋""幽"等字应仄。重字如"绿""声""船""山""景""云"。一首诗中可以有重复的字词出现，但不宜太多。建议作者先多尝试创作绝句，熟练掌握了绝句的格律后，再写律诗。

"船中皓发映湖碧，不倦弥勤眼福盈。旅船掀起千重浪，露壁云锋幽景行。"颔联、颈联失粘、没有对仗。写景诗词不能紧紧停留在具体的物像上，更要变成胸中之景，借景抒情，情景交融，抒发自己的思想。不可四处用力，突出重点描写为好。诗词来源于生活，但更要高于生活。作者描写万绿湖的景色较为平淡，感情不够强烈。

改作：

万绿湖

绿满湖山花满眼，朝阳一缕百禽鸣。
轻舟掀起千重浪，傲立潮头自在行。

张光彩老师点评

刘一民

北戴河鹰角亭观日出

晨起爱散步，海风拂面吹。秋高天气爽，河汉众星稀。巨输灯光闪，疑是星辰低。逶迤海波路，游人行如飞。登上鹰角亭，翘首望晨曦。朝霞赤变金，海水相映依。银盘托金桔，娇嫩水欲滴。宫灯天际挂，出水带穗葳。朝日冉冉起，游人带兴归。途中争见独，胸中映余晖。

【点评】

刘一民同志写的《北戴河鹰角亭观日出》以喷薄激越的感情，精密精微的观察，细腻生动的笔触，描写了日出前后环境的变化和日出过程、形态及个人的感受，是一首耐人体味的作品。

此诗不足之处如下：一是写日出过程过细，笔墨太多；二是内容有些重复，反映个人情感的字不多；三是有的词生僻，不妥帖，比如"穗葳"系自造词，用它形容太阳刚离水的情形词不达意，故改为"桃绯"。

改作：

北戴河鹰角亭观日出

晨起欣散步，凉风迎面吹。秋高天气爽，河汉泛光辉。轮吼灯光闪，疑为星疾垂。逶迤观海路，游客步如飞。鹰角亭中眺，抬头悦彩霓。朝霞赤变金，海面相映依。银盘橙桔托，娇嫩让人迷。宫灯天际起，出水见桃绯。朝日冉冉升，媪翁带兴归。途中争所见，胸内布余晖。

赠刘孚学长

同窗十载相切磋，解难释疑受益多。
若水三千茫如海，只求一瓢解饥渴。
良师施教谆谆意，吾辈鲁敦茫茫弱。
夕阳风光无限美，老骥伏枥奋上坡。

【点评】

《赠刘孚学长》，第一句"同窗十载相切磋"，其中"切"字仄声，应用平声。第二句"解难释疑受益多"，其中"难"字平声，应仄声。第三句"若水三千茫如海"，关键是"若水"指什么？如系古水名，即今雅砻江，属金沙江支流。从刘孚同志的经历看，长期战斗工作在西北，同此水无关。可能是"弱水"之误，其亦古水名。古时凡水道因水浅或当地人不习惯造船而不通舟楫，只用皮筏交通者，认为由于水弱而不胜舟，均

称"弱水"。古籍中称若水者有名的即多达十条。刘孚同志在《老来学书》诗中有"弱水三千里，一瓢差可尝"。诗下注明典出自佛语；第四句"只求一瓢解饥渴"，"渴"字仄声，出韵了。第六句"吾辈鲁敦茫茫弱"，其中"鲁敦"一词书上查不到，恐系自造，"弱"字出韵，不合平仄。第七句"夕阳风光无限美"，第二字"阳"属平声，应改为仄声。第八句"老骥伏枥奋上坡"，多处不合平仄，故有较大改动。

改作：

赠刘孚学长

同窗十载学常磋，解难释疑受益多。
弱水三千茫如海，只求一瓢解饥磨。
良师施教谆谆意，吾辈长嘘面色酡。
夕照风光无限美，老驹奋蹄迅爬坡。

常晓峰

忆江南·冬

边关好，冬近玉尘飘。野雉惊栖腾秀羽，骁兵巡境踏银涛。披甲带风刀[①]。

注：① 披甲，雪挂身如披铠甲。

十二月一日送老兵

声声道珍重，涕泪不胜情。
风雪知人意，关山伴送行。

【点评】

仲冬，看到守卫在黑龙江边防团机关干部常晓峰同志的新作《忆江南·冬》词和《十二月一日送老兵》诗，倍觉亲切。它好像又把我带回到了离别三十年前的第二故乡黑龙江，一股感情热流驱散了冰天雪地的严寒，勾起了对兵营生活的美好回忆。

好诗不在篇幅长短，而在于文辞精练，感情丰盈，耐人回味。晓峰身居边关，任务繁重，作诗填词的时间不多，挤点空闲，写小令短诗已属难能可贵。词中的"野雉惊栖腾秀羽，骁兵巡境踏银涛"和诗中的"风雪知人意，关山伴送行"可谓佳句。对上述作品，我没有多大的修改意见，如词中"冬近玉尘飘"，是指下雪的话，将雪当成"玉尘"似不妥，不如改成"冬近雪花飘"；再说诗，如按古绝可以不改，如以五绝正格要求，则有可改之处；"声声道珍重"不合平仄，改为"声声言保重"较好。"关山伴送行"中的"伴"字，若改为"晓"字，亦富有拟人化的特点。

改作：

忆江南·冬

边关好，冬近雪花飘。野雉惊栖腾秀羽，骁兵巡境踏银涛，披甲带风刀。

十二月一日送老兵

声声言保重，洒泪不胜情。
风雪知人意，关山晓送行。

柳营书怀（二首）

自古男儿爱战场，丹心不负淬刀枪。
北疆风雪华年伴，总把戎装作盛装。

盛世几多名利场，此身偏爱伴钢枪。
韶华漫道筹边尽，白发犹能献武装。

【点评】

《柳营书怀》两首绝句，把好男儿赤心报国，不畏风雪严寒，淡泊功名利禄，手执钢枪，保卫神圣领土，贡献青春年华，甚至身老边疆的坚守信念高尚情操，表达得淋漓尽致。无疑，这是很有价值的军旅诗。第一首无需修改，第二首我仅改了几个字。第三句中的"筹边"，我觉得"筹"字带有筹谋、筹策、筹划之意，是属于战略、战役范畴，属于高级将领的事，故改成"忧边"，作为基层最怕边疆出事，整日寝食难安。第四句"献武装"，概念宽泛了一些，再说上首诗最后一个字已有"装"字，两个"装"字离那么近，显得有重复感，故改成了"守朔方"。

改作：

柳营书怀（二首）

自古男儿爱战场，丹心不负淬刀枪。

北疆风雪华年伴，总把戎装作盛装。

盛世几多名利场，此身偏爱背钢枪。韶华漫道忧边尽，白发犹能守朔方。

白受素

破阵子·我军医疗队远航

海上白衣战士，医疗舰船扬帆。救治非洲伤病患。浪里军医施妙丹，救人夺命还。　　十字悬壶行善，畅游拉美丁湾。义务诊疗仁术现，友谊真情万古传。

【点评】

此作《破阵子·我军医疗队远航》内容充实，有景有情，不错，只要作者有兴趣，肯用功，悉心钻研，定可百尺竿头更进一步，写出更多更好的诗词来。

这首词作属晏殊体，双62字，上下片各引字5句3平韵。白同志的作品上片对了，可下片漏了一句，少了5字。这样的词若投稿即为废稿，故切切不可马虎。再者，词中上片末尾两句"浪里军医施妙丹，救人夺命还"，同前句"救治非洲伤病患"意思有些雷同，建议改为"浪大风狂施妙丹，功高宾主欢"。其次下片中的"悬壶行善"拟改成"悬壶济世"意思更宽泛些；"义务诊疗"改成"救死扶伤"，境界更高些；另外"友谊

真情万古传"一句改成两句"凤舞龙飞行动轩，友情千古传"。

改作：

破阵子·我军医疗队远航

海上白衣战士，医疗舰船扬帆。救治非洲伤病患。浪大风狂施妙丹，功高宾主欢。　　十字悬壶济世，畅游拉美丁湾。救死扶伤仁义现，凤舞龙飞行动轩，友情千古传。

菩萨蛮·英雄罗阳

茫茫大海波涛卷，战鹰起降辽宁舰，利刃刺苍穹，浩然中国风。　　铁肩担重任，冲破牢笼阵。祖国敬英贤，捐身碧血丹。

【点评】

这首词好。上片以茫茫大海为背景，写"波涛卷""战鹰起""利刃刺"等，背景写得壮阔雄奇。下片写人物的英雄事迹，用"铁肩担""冲破""捐身"等，写出了英雄报国的忠勇，也写出祖国和人民对英雄的敬爱。语言有力，自然流畅，无口号，有形象，读之朗朗上口，可见学习之进步。

滑 停

浪淘沙·出海

无风三尺浪
东海之上
海鸥放歌多嘹亮
水天一色尽苍茫
惊涛拍樯

战舰驶大洋
执戈束装
履职尽责明使命
万里游弋卫海疆
无上荣光

【点评】

作者为东海舰队某登陆舰支队新闻干事，熟悉海军，热爱海军，有较强的海军意识。此作有感而发，有的放矢，内容好，言之有物。字数、句式与南唐后主李煜《浪淘沙》同体，属本词之正体。尽管与格律基本不合，尚有修改基础。其主要问题有四点：

其一，题目《浪淘沙·出海》，意思不够明确，可以理解为在内海，也可以理解为到大洋，而不大响亮，建议改为《浪淘沙·出海远航》。这样既可以体现当今国家军队的海洋意识和远航能力，亦可振聋发聩，鼓舞士气。

其二，书写格式不合出版要求。不应一句一行，而应整首连排，上下片（三、四者亦同）中间空两格。这样既美观又节省版面。另外，（原作无标点符号）应加标点。当然，古时是没有标点的，现在出版物的标点是后来加的，不一定都合适。今天作诗填词，可根据语境标点，不一定依猫画虎，照搬照抄。

其三，押韵不准。此词为双调54字，上下片各27字4平韵。原作一、二、三和五句应押平声韵，结果第二、三句押了仄声韵，第四句应押仄声韵，结果押了平声韵。

其四，大部不合平仄。严格说来不按词谱填词，算不上真正的词作，具体意见详看改作。

改作：

浪淘沙·出海远航

舱外浪涛狂，碧海茫茫。群鸥鸣叫气轩昂，天水同蓝云飘渺，相伴朝阳。　　战舰驶汪洋，威震八方。扬旗亮剑显锋芒，万里巡航家国卫，无上荣光。

仝 飞

清平乐·《炮声报》

大势更名，报魂永不变，创新发展竞风流，献祖国华诞。　　贺兰山下厉兵，激情舞剑挥毫，文武谁于争锋，炮声声声扬名。

【点评】

看了兰空某部助理员仝飞写的《清平乐·炮声报》，作了一些修改。《清平乐·〈炮声报〉》，这首词意思清晰一些，但《炮声报》原名叫什么未交待，似应加注；“报魂”一词应不甚确切，不是每种报都单独有一个魂，可以说爱国主义是所有报刊的灵魂；“谁于争锋”的“于”字应用“与”。这首词主要问题是上半片句尾押韵不对和多处不合平仄。此词双调46字，上片22字4仄韵，下片24字41句3平韵，却用了平声韵。其他请看改作，不一一指出。

改作：

清平乐·《炮声报》

报名更换，醒目军魂焕。开拓创新功劳建，献礼中华寿诞。　　贺兰山下屯兵，同心携手豪英。欣睹战神风采，炮声阵阵雷鸣。

于海洲老师点评

余镇球

浪淘沙·回家感言

脑里旧农家，灾祸相加，频仍旱涝绝桑麻，如虎苛捐尤索命，逼卖儿娃。　　耄耋返回家，怒放心花，小楼配上竹篱笆，此是儿时追蝶处？停着名车。

【点评】

贺知章有句云：“少小离家老大回”，时过境迁，或许江山依旧，而人事已非，自会引无限感慨。此词开篇忆旧，用示现法，追述旧中国“苛政猛于虎”，天灾人祸，使贫苦农家百姓处于水深火热之中，甚至被迫卖儿鬻女，惨状令人目不忍睹。写的是黑暗的一面。下片著题，返家（当是回到故乡）后情景大变，一句“怒放心花”，写出了对故乡之观感。何以心花怒放？盖乡民的小康生活，今非昔比也。接下只用两句具有代表性的景物，就概括出满心喜悦的原因：“小楼配上竹篱笆”，居所何其幽雅？“停着名车”，生活之富裕，可谓“不着一字，尽得风流”。此何处也？原来就是作者“儿时追蝶处”，紧扣"回家"诗题，行文得法。全篇无一句赞语，无一个颂词，而新中国之成立，尤其改革开放以来，祖国农村的沧桑巨变，不言自明。词用旧声韵，完全入律，只是"儿"字两用，有"犯重"之弊。只四句之短诗，以不犯重字为佳。

芷江受降坊

血字牌坊血铸成，人间正义胜骄横①。
倭奴终作俘囚献，謦示强梁莫妄行。

注：① 受降坊是按"血"字的形状建成的。

【点评】

此诗写抗战胜利受降纪念坊，咏物抒情之作也。首句两个"血"字反复，妙！以"血"字点题，一实（"血字牌坊"，受降坊状如"血"字）一虚（"血筑成"，是无数先烈用鲜血和生命换取的抗战胜利），堪称警句。何以取得胜利？接以"人间正义"作答。第三句写实，侵略者必败，历史已做出证明，是转。末句收结，从而得出警示："强梁莫妄行"，对贼心不死，妄图翻侵华旧案的某国右翼领导人发出警告。虽只四句小诗，而起承转合，结构完整，表现出一位老革命军人，不忘前事，关心时事的情怀。

不足的是，有两处文字失误：

一是"骄横"的"横"不读平声，而读去声，是仄，不宜用作平声韵脚。查辞典可知。对于多音多义字，用时一定要谨慎，有时不能只看某字在某一韵部。多音多义字，应当"按义取读音，按音定平仄"。

二是"謦示"当属笔误（我猜想是电脑敲键之误），按句意当作"警示"。謦，读qǐng，可组成"謦欬"一词，读qǐngkài，指咳嗽。看来诗中是用错了。这也给我们以"警示"：写作发稿，一定要细心校对，不要把含有错别字的稿子投出去。

以上个人拙见。未必得当，仅供参考。

改作：

芷江受降坊

血字牌坊血铸成，人间正义胜骄横。
倭奴终作俘囚献，警示强梁莫妄行。

雷海基老师点评

赵永卿

边疆春天系列（三首）

春 雪

昨日温高衣减单,今夜朔风寒流变。

漫天精灵纷飞舞,妆点边关数重山。

春 雨

蒙蒙细斜夹雪花,挥别严寒草未芽。

边塞春日时令短,几场雨霖算入夏。

春 草

去冬寒早遭雪崩,沉眠冻土蕴无声。

喜雨一场滋甘露,吐绿摇首笑春风。

【点评】

第一首《春雪》。写出了边疆春天气候多变的特点,一个"妆点边关",又把写景诗变成了军旅诗,热爱边疆之情跃然纸上。不足之处,用韵宜尽量用一个声调的。单、变、山,三字虽都是寒删部的韵,但单、山是平声,变是仄声,平仄韵混押影响吟诵的效果。"衣减单"的含义不够明朗,"寒流变",用在这里也不妥帖。第三句转到雪上来是对的,但用"精灵"代称雪,不合语言习惯,

读者不易懂。"数重山"是山多,重重叠叠,含困难之意。用来赞美边疆不是很妥当,且按格律要求,此句的平仄应与首句相同:仄仄平平仄仄平,"重"字是平声,故改用仄声字"里"。"边关万里",尤显祖国边关阔大,壮丽。"万"字是极端数量词,有增添雄浑气势之效,如王昌龄"秦时明月汉时关,万里长征人未还。"毛泽东"红军不怕远征难,万水千山只等闲。"皆雄健豪迈。

改作:

春 雪

昨日温高衣是单,北风一夜骤来寒。

长天飞洒梅花雪,妆点边关万里山。

【点评】

第二首《春雨》。首联写景细致而形象,通过春末景色的描写,道出了西北边疆春季短暂的气候特点:雨雪相加,草寒未芽,雨来即夏。第三句转得恰到好处,前连春后引夏,为夏天的突然到来作铺垫。不足之处,与前一首一样,平仄韵混押,花、芽是平声,夏是仄声。自然客观的描写多,意境的力度不足,缺少人文色彩,没有把"我"写进去,故结句改为"雨声送夏到农家。"点出雨和夏是相伴的,且夏是雨送来的,一直送到农家。既有人情味,又道出了农家的喜悦。诗中就有我了。首句的"细

斜"二字好像是说雨,不如直接把雨写出来,以呼应题目,又便于牵引出结尾的"雨来即夏到"之义。次句的"挥别",不如"洗去"有力度,"洗"字与上句的雨水雪水配置更合理。

改作:

春　雨

蒙蒙雨雪洒如花,洗去严寒草未芽。
边塞三春时令短,雨声送夏到农家。

【点评】

第三首《春草》。写出了春草不怕冬寒冰冻的坚强性格,笑迎春天的乐观精神。

首联写冬寒,尾联写春来,第三转到春雨,即通前面的冬天,又牵后句的春风绿,恰到好处。需改进的是,一、语句的连接稍欠流畅。首联尾联都如此。二、有的字用得不够精确。如,"遭雪崩"。崩是塌下来之意,与实际情形不太相符,且与下句的"沉眠"搭配不够顺当,遇雪崩就可能压死了,怎么沉眠?故改用"封"。"蕴无声"配搭不甚合理,既然没有声音,那蕴藏什么呢?改成"了"字,是了结、结果之意,睡觉了,结果就没有声音了。结句的"吐"字与"笑"字搭配也不够顺当,"笑"是高兴,"吐"则不甚雅。改作将平仄略调整了一点,为不

因词害意,上联与下联调整成一样的。这种格式也是格律诗的一种叫"折腰体",因其第二、三句的第二、四平仄未粘(不一致),如腰折断了一样。唐朝王维有诗"渭城朝雨浥轻尘,客舍青青柳色新。劝君更尽一杯酒,西出阳关无故人。"上联与下联的平仄格式是一样的,属折腰体,因其诗中有"阳关"二字,所以,也有人将这种体叫"阳关体"。

改作:

春　草

不理冬寒大雪封,沉眠冻土了无声。
待到甘霖自天降,点头披绿笑春风。

总结:

这三首一组的诗,都写边疆春天,是一种以小体式写大题材的好方法。每首都有好的立意。章法也较严谨,首句起头,次句承接,第三句转折,第四结尾。尤其是转得都比较自然,通前引后。结句都有较好意境。对春天的观察也比较细致,且能用自己的心去体会,写出自己的心声,这是诗人首先要具备的。用韵基本准确。但韵的平仄声混用,不合格律,也妨碍诗吟诵的韵律美。语言的流畅性、准确性还有提升的空间。选用词要考虑与前后的词照应,与诗的整体意境相谐,有助于烘托主题。题目的"系列"二字多余,因有三首字样。《边疆春天三首》即可。

一联两句之间的关系，大致有三种情况：对仗式、流水式、顺接式。或用字接，或使意通。第二与第三句之间，也要或用字接，或使意通。才使诗作气脉贯通，气象完整，否则有散乱之感。

三月三日游
乌鲁木齐南湖（二首）

雨霁光风备是晴，曲栏幽径游人空。
柳丝牵衣留不住，来也匆匆去匆匆。

诗家最爱是清景，唤取拙荆又呼童。
调墨莫惜三缸水，哪怕笔架一时空。

【点评】

两首诗均有立意，诗中有我。第一首写南湖风景秀丽却游人稀少，抒发了惋惜之情。但在营造意境上力度不够。上联应力求写出南湖景美却空寥寂寞之态，以引发惋惜之情。第三句"柳丝牵衣留不住"，精彩。拟人手法，美景挽留游客之情态跃然纸上。但末句缺主语且文字啰唆，未拘平仄。

第二首更好些。写出了爱护环境的时代心声。且写景形象生动："唤取拙荆又呼童。"首句有气势，点出了主旨，总领全诗。第三句转得自然而且跨度大，转到了与"清"对立的"墨"上，结句由第三句牵出，十分自然，有言外之意，兴味无穷。只是第三句表述不够精当，与南湖照应不

紧，故将"三缸"改为"此湖"。虽未拘平仄，我依然认为是好诗，只作文字改动。第二句"唤"与"呼"意重，故改"招手"。

总的看，作者有诗的灵性，能从自己独特的角度观察与思考，以诗的美学观去构思。题与诗相称，题取得也好。但对格律诗的基本知识不够熟悉，还需在章法的严谨、语言的流畅、艺术手法的熟练等方面下功夫。

作者初学选择七言绝句是好的，在格律诗的几种体式中，七绝是最易上手的。七绝的章法很讲究，也很明显。

绝句章法一般由一、二、三、四句分别担任起、承、转、结。元·杨载《诗法家数》："绝句之法，要婉曲回环，删芜就简，句绝而意不绝，多以第三句为主，而第四句发之。""大抵起承二句固难，然不过平直叙起为佳，从容承之为是；至如宛转变化，功夫全在第三句，若于此转变得好，则第四句如顺流之舟矣"。第一句起。绝句篇幅短小，开端一般不宜迂回曲折，或随意铺排，而应直入本题，从靠近诗的主旨着笔，或写景，或叙事，或抒情，平平道来，从容承接。第二句承。承接第一句，作为第一句的引申、补充、扩展。第三句转。要在前两句的基础上转出新路，拓出新意、深意。通常是转的弯子越大，角度越新，既出人意料又在情理之中，诗就越能动人。第四句结。往往是诗的最精彩处，是作

者画龙点睛之笔。结句一好，全诗尽活，顿然生辉。结句应如撞钟，余音袅袅。结句要"语绝而意不绝"，言有尽而意无穷。结句是承接第三句，又或隐或露地照应前边一二句。

改作：

三月三日游
乌鲁木齐南湖（二首）

雨霁风和波未兴，径幽栏曲码头空。
柳丝伸手难牵住，纵有客来行也匆。

诗家最爱是清景，招手拙荆又呼童。
调墨莫染此湖水，哪怕笔架一时空。

飞　鹰

逆流盘旋伸翼展，犀目利爪白云边。
俯冲威猛鸟兽抖，孤胆翱翔迪九天。

【点评】

　　写了鹰的犀利威猛之状，但形容词使用过多，描写不够形象，既写鹰的犀利，又写威猛敢斗，还写孤胆高飞，诗意不够集中。押寒部平声韵，但首句"展"是仄声，按律应平声韵。平仄未拘。语言的流畅性亦不够。四句的诗字数有限，应集中写一个意思，或抒情，或阐理。改作集中写鹰飞得高远，"巡游万里"言其远，"宿白云边"言其高。并提出鹰飞得高远，不仅凭其翼之长，更需借助风之力。以明做事不仅自己要有

实力，还需借助他人之理。题目，"飞"字可省，诗中已含飞之意。

改作：

鹰

日出巡游万里翩，夜归家宿白云边。
不唯双翼展三丈，更借长风上九天。

惊　沙

狂风怒吼啸荒原，摧棚掀帐袭人面。
东飞西舞衣里钻，原在山后落山前。

【点评】

　　写了飞沙的危害之状，但全诗都是描述，抒情阐理不够着力。平仄未拘。押寒部的平声韵，但次句"面"是仄声。韵分平仄，不宜混用。第二联的流畅性不够。改作从流沙之害入手，抒固沙治沙之意，生发治理环境的愿望。使诗有了主旨、灵魂。题目，"惊"字与诗意不甚合，且过于直白。

改作：

沙尘暴

飞沙蔽日暗无边，难见田园难见天。
何日风尘有家住，不流山后与山前。

总结：

　　两首诗共同不足，是诗中无我，缺乏主旨。"诗言志"，一首诗，需

表达人情事理,才有内涵,才有感染力。章法亦有点乱,主要是尾联不够流畅,问题在第三句转得不好,没有带出第四句的情或理。"俯冲威猛鸟兽抖""东飞西舞衣里钻",均未有效发挥转折的作用。

绝句的第三句,是关键句,担任转折的作用。第三句的转,要在前两句的基础上转出新路,拓出新意、深意。通常是转的弯子越大,角度越新,既出人意料又在情理之中,诗就越能动人。一般说来,绝句写作,后两句比前两句更重要,第三句的转折句尤其重要。"转"不仅是一般意义的转折。在绝句里,由人的活动到景物状况、由别人行动到自己行动、见闻,由过去的人事到如今的情景,由现在的情景想象将来的情景,由眼前情景到视外情景。用意宜在第三句,第四句只作推宕,或作指点,则神韵自出。清·施补华:"第三句是转舵处。"舵转好了,方向对了,船便顺流而下,胜利地到达终点。

达坂城印象组诗

山

远黛近褐中夹青,泼墨国画层次明。
偶有经纱绕似无,雄踞南北阴急风。

水

源于山头冰雪白,融消无极顺势来。
曲折雕蚀至田园,滋青养绿喜开怀。

树

叶疏枝虬逆风长,百龄半枯诉沧桑。
新苗依旁汲土壤,和谐自然孕顽强。

草

云白天蓝铺绿毯,风摇野花缀期间。
牧人牛羊乐作画,悠然自得色更佳。

【点评】

第一首《山》。原作写出了山的特色。但黛与墨是同一个意思。"泼墨国画"太虚,且泼墨国画的层次明并不是其显著特点。"偶有经纱绕似无,雄踞南北阴急风。"这一联上下句意不贯通。"无"字处应用仄声字,因其余三句都押平声韵,故改"马"字。结句的意思令人不好理解。改作前两句写现实中看到的感觉,后两句写远望产生的意象,如一匹骏马在云中奔驰,表达山的雄浑大气,也是作者的胸中之气。就有兴味与张力了。

改作:

山

逶迤百里接天青,远近高低层次明。
遥望云中飞骏马,一声长啸蹄生风。

【点评】

第二首《水》。原作有较好的立意,表达了雪水为农业作的贡献。

起句和结句都较好，起句点出水自山上雪来，结句讲雪水为农民带来了喜悦。不足的是用词方面有不妥当处，如第二句的"融消无极"词意不明朗，第三句的"雕蚀"词意也不明朗，第四句"滋青"与"养绿"是一个意思，"喜开怀"的是谁？从原作看像是水。从诗的立意看，农民（也是作者）喜开怀更合适些。田园绿还不是喜之时，摘果丰收才是喜之时。

改作：

水

泉从雪里下高台，曲曲弯弯顺势来。
待至田园半年后，老农捧果乐开怀。

【点评】

第三首《树》。通过百年老树表达成长需经风雨历沧桑这个道理的立意很好。首句点题，次句用拟人手法——老树诉沧桑，结句抒情，都相当好。不理想之处是语言的流畅性不足，第三句未承接第二句的"诉沧桑"，却去写新苗、土壤、和谐自然，这样写不能顺利牵引出意志坚强的主旨来。坚强需从磨炼中来，与风雨比较才能显现出来。故改。第二联是第二句老树的诉语，就流畅了。另，"逆风长"的"长"，有平仄两读声，这里应该是仄声，而诗是押平声韵，桑、强都是平声。"十丈长"的"长"是平声。

改作：

树

百岁树高十丈长，游人对面诉沧桑。
曾经多少风和雨，长大全凭志坚强。

【点评】

第四首《草》。写出了草原的美景：云白、天蓝、野花、牧人、牛羊，以及牛羊悠然自得的情态，这个悠然自得的情态，也是作者在草原上得来的，与读者共享。不足的，一是用韵有跨越韵部现象，如间（删韵）与佳（麻韵）不是一个韵部。"毯"是仄声。二是个别语句不够顺畅，如第三、四句连接不够流畅，且"悠然自得色更佳"句意不顺，且"悠然自得"是情态，不是颜色。第三句写了牛羊，接下来写了"悠然自得"情态，就应再接下去写牛羊又会怎么样。"不思家"，就强化了草原美的魅力。因为"草原美"是诗的主旨。

改作：

草

无边绿草映云霞，点点白红是野花。
几处牛羊夕阳里，悠然自得不思家。

总结：

四首诗作均有积极健康的立意。用韵基本正确，上联写景下联抒意的布局法也大致可以。不足之处：1.基本不拘平仄声。我都按格律改成了绝句。2.对绝句的写作方法不够熟悉。3.一联之间两句不够流畅。一联两句之间的关系，大致有三种情况：对仗式、流水式、顺接式。或用字接，或使意通。第二与第三句之间，也要或用字接，或使意通。才使诗作气脉贯通，气象完整，否则有散乱之感。

写诗的大致过程是：首先是立意并选韵。立意，就是有了诗的最后两句，确定了诗的主旨。有了后两句也就选择了韵，最后一字即是韵。

其次续首联。如作绝句，有了后两句就续写前两句，即首联。写首联的思路是，如何牵引出尾联，用首联自然过渡到尾联，上下一脉贯通，首尾呼应。

再审核诗题。一般是写之前大致有个题目，诗写完后再审核题，看题与诗是否相称，或题与诗是否符合作诗的主旨，根据主旨修改诗或题。如作七律，先有了尾联，确定了用韵，再续首联。据首尾二联的情况，构思中间两联对仗句。进而调整平仄、字句。

如杨万里《小池》"泉眼无声惜细流，树阴照水爱晴柔。小荷才露尖尖角，早有蜻蜓立上头"。作者先有"小荷才露尖尖角，早有蜻蜓立上头"之意并成诗句。荷在何处？小池中。那么就从小池入手，池水由泉水积成。先写泉水，泉水在日光下照见树阴。泉水树阴中有小荷，就联通了尾句小荷才露尖尖角，早有蜻蜓立上头。结尾"头"字，属尤韵，则选择"流"、"柔"韵字。此诗与按观察的顺序写。但构思用的是逆向思维，先有"早有蜻蜓立上头"的结果，再寻找原因。写成的诗，则按顺向思维安排，依照观察的次序写下来，以符合读者的思维习惯。诗题取《小池》，与首句连通，又与诗中泉、荷呼应。

也可以说作诗是以核心句为主，核心句一般是结句。如苏东坡《题西林壁》"横看成岭侧成峰，远近高低各不同。不见庐山真面目，只缘身在此山中"。作者先有"不见庐山真面目，只缘身在此山中"之意并成诗句，这句是诗的核心。之后写如何得到这个观点的，诗中已点明是观庐山。怎么观的庐山？横看侧看，远看近看。看的结果，都不一样。尾句末字用"中"字，选取东韵。则首句"峰"字、次句"同"字自然产生。诗题，本可取"观庐山"，但诗中已有庐山二字，就选用诗在何处写，为何写，题为《题西林壁》。整首诗便成了。

边疆春天（二首）

缕风和煦雪渐融，榆杨枝头暖意浓。
谁言边塞无春日?峭寒乍暖总相容。

峭寒几里遥观雪，山头浮白隐显约。
虽非花红柳枝绿，春驻心中不可缺。

【点评】

　　第一首第三句不俗，用疑问式转折，有气势，且紧扣"边疆春天"题意，但接下来的结句与这句之意不够和谐。理应顺势牵出边疆春意，不应扯上"峭寒"。第二句"榆杨枝头暖意浓"置末句倒挺合适。诗中不宜两个"暖"字。"榆杨"不如"胡杨"，以显新疆特色。因将第二句的意思移至末句，就改用表示春天特征的燕子代替这一句。用韵可以，但未拘平仄，我依格律改为七绝。

　　第二首立意不错，借写雪山春景抒自己永葆青春之志，结句有一定力度。但第三句的转，与结句关联不够紧。第二句含义不够清晰。首句"峭寒"二字与全句不谐，在乌鲁木齐望的雪山应该是博格达峰，向东看。四句诗的尾字不宜全是仄声，如押仄声韵，第三句末应用平声。"缺"字用在此处，力度不够，又是全诗定韵之字，有改的必要。未拘平仄，我依格律改为七绝。

改作：

边疆春天（二首）

东风和煦雪消融，紫燕归来戏院中。
边塞谁言春未到？胡杨枝上露芽葱。

向东百里仰观雪，隐隐白山云带风。
未见天边柳枝绿，青春原已驻心中。

庭院组诗

番　茄

信手栽下不择土，黄花开后缀珍珠。
风催雨促莫敢懒，如今粉面胭脂涂。

豆　角

妻惜豆角恨鸟鹊，红黄蓝紫幌子多。
我夸狡猾白头翁，一晌过后又前科。

黄　瓜

青叶点黄花，一果一枝杈。
藤蔓似蛇游，眨眼爬竹架。

韭　菜

冬来不怯冷，四季绿当庭。
临炊割一把，回看又喷青。

【点评】

　　第一首《番茄》。前两句写景叙事，后两句抒情，用姑韵，第三句转得也不错。不足是结句的立意不够高致，且与前面几句连接不够自然。土是仄声，珠、涂是平声，"信手"与"不择"是一个意思，即比较随意。第三句"催""促"是一个意思，"莫"字不够准确，"莫"是劝诫之意。首联写景应尽量形象具体。

改作：

番　茄

信手阶前栽几株，黄花开后缀珍珠。
风吹雨打未偷懒，日后提篮摘果蔬。

【点评】

第二首《豆角》。立意好，构思巧妙，用对比手法，生动有趣。通过鸟鹊偷豆角这个故事表达豆角长得好，因而诗好读。首联写妻，第二联写我，层次分明条理。不足的是，语言表达有的不够清晰精确。如"夸狡猾"，狡猾不值得夸。又如诗的主旨是写种豆角，应写种豆角的好心情。通过鸟鹊偷豆角来反衬豆角好，更添艺术魅力。平仄不合近体诗格，按古风改。押平声韵，第三句尾字"翁"宜用仄声，以增添韵律感。

改作：

豆　角

妻恨鸟鹊偷豆角，眼前架上空荚多。
我喜豆角长得好，引来鸟鹊犯前科。

【点评】

第三首《黄瓜》。立意很好，用黄瓜藤蔓向上爬景象表现了向上奋斗的精神风貌。首联写静态景较形象，尾联写动态，且有言外之意。不足处，"架"是仄声，"花""杈"都是平声，尾字韵以平声韵为好，尽管此诗未按七绝写。尾联的意境未全出来，"爬"应是重点词，主旨所在，"眨眼"表达的是快，与现实情况不符。即便主观感觉快，又能表达什么意思呢？故改为"向上爬"，表达有

心向高处之意。诗意就立得住了。第三句转得不错，将诗由静转至动。但押平声韵，尾字"游"应用仄声，以增添韵律感，否则，四句的尾字全是平声，读来少了抑扬顿挫之感。

改作：

黄　瓜

青叶点黄花，一果一枝杈。
藤蔓慕高处，天天向上爬。

【点评】

第四首《韭菜》。立意不错，写出了韭菜坚持本性的品质，寒冬依然绿，割了又生绿。不足的是，个别词不够精准，如"四季"与"冬"意思重叠，且与上句"冬"的意脉接得不紧，故改为"依旧绿"，既然冬天依旧绿，其他季节自然也是绿的。诗的平仄不合近体，可看作是古体。

改作：

韭　菜

冬来不怯冷，依旧绿当庭。
临炊割一把，回看又生青。

冬训（二首）

枪口结冰凌，须眉霜气浓。
练兵正当时，意志最坚定。

驰骋冰原不畏寒，夜宿雪窝笑入眠。
长驻天山西北望，边疆安稳梦最圆。

【点评】

第一首《打靶》。首联写景较形象。但尾联空泛，与首联连接不顺畅，故而令读者不知写的是训练什么课目。我定位为打靶训练，故题为《打靶》，以此专写弹发的那一瞬间。首句的"结"字有点多余，冰当然是结的，"结"字可以省，"挂"字更形象些。押庚东韵，但平仄声混用，尾字韵"定"是仄声。第三句末字又是平声。改作，用平声韵，第三句尾字也就改用仄声字了，以增强韵律感。

改作：

打　靶

枪口挂冰凌，须眉霜气浓。
连声震天响，靶靶不离中。

【点评】

第二首《行军》。首联写静态景较形象，首句写行，次句写宿，第三句转到自己，相当好，只是"驻"字用得不妥，此字与首联的意脉不通，已经睡觉了，如何驻而望呢？更可惜结句意涵不够清晰明朗。故将第三句的"驻"字换成"梦"字，将尾句的"梦"字移过来，意脉就通了，"边疆安稳"四字与全诗意境不谐，为扣"圆"字，改作就写月了。"月圆"，可以用月圆喻合家团圆，生活

美满。边疆和故里一样和谐圆满，意境就出来了。取题为《行军》。《冬训》为题比较大，两首诗写的是冬训中的某个具体项目，每首诗宜以这个具体项为题，以便引领读者顺其自然进入诗境。

改作：

行　军

冰原驰骋数重山，夜宿雪窝渐入眠。
梦上天山西北望，边疆故里月同圆。

总结：

《庭院》《冬训》这六首诗写景都较形象，可以看出作者善于观察，并从中捕捉灵感。更重要的是诗中有"我"，如"信手栽下"，"妻惜""我夸"，"临炊割一把，回看又喷青。"，"须眉霜气浓"，"西北望"，都是"言志"的具体表现。这也是几首作品有一定新鲜感的原因。不足的是，诗意不够集中，体现在尾联比首联普遍弱一些。

欧承高

进军西康

荒村茅店宿街沿，天作围纱地作毡。
战士情深衣暖伴，黎明纪检问民安。

【点评】

诗描写了部队露宿街头，不扰民

的细节，通过一件具体事表现人民解放军爱护百姓、纪律严明的精神风貌。上联写景较细致形象，结尾写部队的纪律严格。布局安排有序。不足之处是：一、结句"黎明纪检问民安"有点生硬，不够通顺，纪检问的不是民安，而是违反纪律了没有。民安是结果，不是现象。二、第三句"战士情深衣暖伴"有点空虚，且与上下句连接不够紧密，游离于全诗所需要的情境。三、重复字或意相近的词多了些，如首句"荒村茅店宿街沿"，"荒村""茅店""街"在一句之中，浪费了篇幅，可以用这个篇幅增加更多内容，故改为"夜深露宿小街沿"，点明了时间和露宿，以引出后面的"天作纱房地作毡，月是床灯星是伴"露宿的景象，也呼应结尾的"民安"。四、题目有点过大。题是"进军西康"，写的只是露宿，犯了诗与题不相称的毛病。故题中加入"夜宿"二字，提示读者，诗是写军队夜宿的，以牵出首句"夜深露宿小街沿"。

改作：

进军西康夜宿

夜深露宿小街沿，天作纱房地作毡。
月是床灯星是伴，士兵不用扰民安。

邛海剿匪

阵地前沿送午餐，小张引路我挑篮。
忽来敌弹飞头过，初战告捷笑月圆。

【点评】

通过给前沿阵地送餐这件小事，表达解放军士兵不怕牺牲的勇敢精神和乐观主义，以小见大，体现了"通过塑造典型形象表达作者情感"这一文学艺术创作原则。以第一人称写，增添了亲切感，真实感。不足之处是，虽然上联精彩，但下联显得弱些，配不上上联，尤其是结句与前三句隔得太远，语句也显得有点生硬。第三句"忽来敌弹飞头过"，"来"与"飞"意思重了，"飞头过"亦不通顺。另，题目有点过大。题是"邛海剿匪"，写的只是火线送餐，犯了诗与题不相称的毛病，诗小题大。故题中加入"送餐"二字，以牵出首句"阵地前沿送午餐"。诗题，其主要作用是给读者起提示作用，或为诗作补充作用，交待诗的背景。

改作：

邛海剿匪送餐

阵地前沿送午餐，小张引路我挑篮。
身迎飞弹枪声去，换取满篮捷报还。

总结：

这两首诗，都以小见大，通过塑造典型形象表达作者情感，且诗中有我，值得称道。但共同的不足是：

一、诗与题不相称，题大诗小。题目未能充分发挥提示作用。

二、整首诗不够通顺。诗的通顺，也叫诗的气象完整，是诗的第一要点。元·杨载《诗法家数》云："诗之戒有十：曰不可硬碍人口，……"明·谢榛《四溟诗话》云："唐人诗法六格，宋人广为十三，曰：一字血脉，二字贯串，……"宋·姜夔《白石道人诗说》云："大凡诗，血脉欲其贯穿，其失也露。"明·江盈科《雪涛诗评》："凡诗拆看一句，要一气浑沦；合看八句，要八句浑沦。若一句不属一气，一篇不如一句，便凑泊不成诗矣。"清·沈德潜《说诗晬语》："诗贵性情，不须论法。乱杂而无章，非诗也。"现代赵仁珪《诗人解诗·学诗随笔》："古典诗词评价之标准不外有二：一为顺，二为新。……能将诗人之思想、情志、立意加以顺畅之表达，一气呵成，无任何斧凿痕及生硬自造语。"以上古今名家都将语句通顺，气脉贯通列为作诗的首要标准。所以，要特别重视诗的气脉贯通，即语句通顺的问题。无论诗词还是文章，首推气象。气是内在气息，象是外在形象。气息需连绵而有节奏，尤如一个人，气绝则亡，气乱则病。所以，一篇诗文，最基本的是两个条件，一是立意，二是气象。意要高远，是诗的灵魂，而气象是意的形态。二者结合，表现为意脉连贯，言辞通顺。做不到这些，便不成诗文，遑论佳作。诗写出初稿后，首先看看符不符合这两条。

三、结句均不够理想，我都作了改动。结句，往往是诗的核心句，诗的主旨所在。为避免构思诗时缺乏中心，诗显得散乱，一般是先有了结句，也就是有了尾联，才构思诗。有了结句，诗才围绕结句展开。

序　诗（二首）

听履声声叩万家，红军重返喜峰崖。
推窗眺望春风报，一战收官处处霞。

长嘶战马震横空，尽览强军踏万重。
风扫残星迎晓日，复兴圆梦满天虹。

黑牛湾之梦（三首）

山绕水来吾恋山，横牛朗诵咏诗还。
有朝一日从军去，别梦依稀恋故园。

岭上梅开伴我吟，随风入径醉温馨。
谁知廿里桥溪别，难舍花飞望断云。

飞身纵马跨长空，万里风云唤日红。
滚滚烟尘抬望眼，回眸一梦壮征鸿。

参　军（五首）

日出景乐满山红，照醒蜀江一牧童。
军号声声催战鼓，从戎搁笔喜东风。

人潮浪涌过桥东，江水欢腾共日红。
六友相逢惊见面，匆匆摄影笑峥嵘。

东西城过遇同窗，挥手赠银别路忙。
莫道书香偏厚爱，只缘梓里系情商。

书生无力学英雄,亦愿扫平乱世风。
放眼青山聆召唤,参军报国走西东。

汶江夜吼起哀声,苦望天星照渡程。
谁晓红军从兹过,家乡解放满城春。

问蜀榕树

榕树浓荫留倩影,不知何日再相逢?
遥观天下存知己,革命熔炉立战功!

【点评】

　　《家乡解放之一》改的理由是,题目《序诗》,与诗脱节,如果是所有诗的序,应该有个总题才,可又没有。故依两首诗内容取《家乡解放》。第二联上下句不怎么连贯,结句"一战收官处处霞"意思不够明了。诗应以"红军重返"为中心展开,表达喜悦心情。故改以"春风报"为依据,春风送来了喜鹊报喜声。虽然有两个"喜"字,限于前面的是专用名词,也只能如此。

改作:

家乡解放

步履声声叩万家,红军重返喜峰崖。
推窗已有春风报,树上亭前喜鹊喳。

【点评】

　　《家乡解放之二》改的理由是,"震横空"语意不够精确,震与横都

是动词。首联下句与上句意脉有点断,续不上,故改次句用"载得红军"接上句之意。结句"复兴圆梦满天虹"也是这个情况。虹,只能是一道,不可能满天。复兴圆梦与满天虹二者无法搭配,于理不通。故改用"晨曦染得","晨曦"接上句"晓日","染得"通后面"满天红"。

改作:

长嘶战马纵长空,载得红军破万重。
风扫残星迎晓日,晨曦染得满天红。

【点评】

　　《黑牛湾之梦之一》。改的理由是,题目《黑牛湾之梦》,梦字与诗脱节,诗写的是对家乡的依恋。首联的下句无来处,且与上下句都脱节,与诗题亦远。结句的"别梦依稀恋故园",梦到的应该是故园之景,而不是恋情。本诗重点在一个"恋"字,故首句改"绕"字为"恋","吾"字不如"人"字意含丰富,因为"我"字已隐藏在第三句中,可略。

改作:

黑牛湾之恋

山恋水清人恋山,黑牛默默卧田间。
有朝一日从军去,夜梦依稀是故园。

【点评】

《黑牛湾之梦之二》。改的理由
是，首句"伴我吟"三字与上下句之
意不贯通。"随风入径"的是什么？
应该是香，首句应有"香"字，次
句的"醉"不够精准贴切，故改用
"洒"，随风洒在路上。下联两句的
流畅性也不够，问题在"谁知"二字
用得有点随意，致这一联含意不清。
改用"今朝"二字，增加了时间概
念，与便牵引本句"别"字，铺垫下
句的"难舍"之情。

改作：

岭上梅开香味纯，随风入径洒温馨。
今朝廿里桥溪别，难舍山花望断云。

【点评】

《黑牛湾之梦之三》。改的理由
是，首句的"纵""跨"意相近，且
长空无边，不宜跨过去。首联下句与
上句接不上气，且"风云唤日红"，
于情理不合。下联的语言也不够顺，
且"望眼""回眸"是一个意思。
"回眸一梦壮征鸿"，梦的是什么，
不明确。应该是梦家乡——黑牛湾。

改作：

飞身上马纵长空，万里行程雨与风。
滚滚烟尘连日夜，家园一梦壮征鸿。

【点评】

《参军之一》。改的理由是，题
目《参军》只限于入伍那一刻，而
这组诗还写了更多生活，故改为《从
军》。首句"景乐"二字，不易理
解，像是景色欢乐的缩语，如果这
样，是不通顺的，全句也不通顺。结
句的"喜东风"三字意思不明确，且
与上句接不上，与全诗也不够谐。

改作：

从　军

一轮旭日满山红，照醒蜀江一牧童。
投笔离乡催战马，书生誓要立军功。

【点评】

《参军之二》。改的缘由是，首
联上下句次序宜颠倒一下，先写景，
后写人，才与第三句意脉连贯。不
然，由江水欢腾转到朋友相见就过于
突兀。结尾的"笑峥嵘"三字搭配不
够妥当，也不够雅，与全诗的意境亦
不合，故将首句的"桥东"二字换来
此处，"匆匆别桥东"，"别"字又
与上句的"紧拥抱"对照，以衬托友
情的真挚，离意的难舍。

改作：

滔滔江水涌春风，人浪旌旗共日红。
六友相逢紧拥抱，匆匆摄影别桥东。

【点评】

《参军之三》。改的缘由是，第三句与前后句均脱节，上句是"赠银"，这里应接上句的赠银并转换，如果离开上句的赠银，下面的诗就没有出处了。故改为，赠银不是因为你缺少银子，而是为了纪念。赠银，是本诗的眼，焦点，宜围绕它展开。

改作：

东西城过遇同窗，挥手赠银别路忙。
莫道书生银两少，只缘梓里系情长。

【点评】

《参军之四》。改是因为，第三句的"放眼青山"与上下句没有关连，"召唤"二字也没有主语，谁的召唤？

改作：

书生无力学英雄，亦愿扫平乱世风。
今日听从党召唤，参军报国走西东。

【点评】

《参军之五》。改是因为，第一句的"吼"与"哀声"意思重了，第三句的"谁晓"二字用得不妥当，且与第二句的"苦望天星"意脉不够连贯。哀声与苦望，都是营造盼解放的意思，是很好的，但第三句的转换不够顺畅。改用"何日红军桥上过"，就与前面的"盼解放"接上气了，结句的"家乡""城"也意思相重。

改作：

汶江夜夜起哀声，苦望天星照渡程。
何日红军桥上过，一声解放满城春。

问蜀榕树

榕树浓荫留倩影，不知何日再相逢？
遥观天下存知己，革命熔炉立战功！

【点评】

改是因为，首句"浓荫"二字有点随意，未能为下句作铺垫，改用"今朝"，与下句的"何日"呼应，强化了恋乡情怀。第三句与前后句离得远了，未能起转换作用，不利于牵引下句。结句的"革命熔炉"，是两个名词的叠用，有点啰唆，且显得句子有点生硬。

改作：

问蜀榕树

榕树今朝留倩影，不知何日再相逢？
请君莫怨我离去，革命军中立战功！

总结：

诗作全合律，每首诗写景形象生动，且都有一定意境。共同的不足之处有三：

一、问题多在第三句和第四句

上。这恰恰是诗的重点处。解决的方法是，先想好了第三、四句，再动手构思，前二句要牵引后二句，使第一联与第二联结成一体。

二、一联中上下句也要意脉贯通，语言流畅。写完之后多读几遍，看两句联在一起顺还是不顺。

三、这么多诗都写一件事，有重复之感，如第一组的一与第二组的四，第二组黑牛篇的一与三，皆有似曾相识之感。参军篇的第五应置第一组《家乡解放》。诗以短小精炼为佳，并不在多。

明·谢榛云："凡作近体，诵要好，听要好，观要好，讲要好。诵之行云流水，听之金声玉振，观之明霞散绮，讲之独茧抽丝。此诗家四关。使一关未过，则非佳句矣。"诗写完之后，不妨多读几遍，看是否达到上述四点，是否四关皆过。如一关未过，则推敲修改。

赞焦裕禄

吟春种麦植桐花，弘愿丰收雨后霞。
扬马挥鞭寻致富，焦同万众计桑麻。
裕民战略除三害①，禄奉无求治沓洼。
精力无边风点赞，神州曲颂傲中华。

注：① 三害：指内涝、风沙、盐碱之意。

【点评】

七律本不易作，若加上藏头就更难了。能写成这样就相当不错。原作

的主要不足是用字不够准确，造成文意不够顺，如首字"吟"字，与后面的每句第一字连起来文意不够顺，成"吟弘扬"，吟与扬都是动词，故改用"要"字。麦不是春天种的，故改用耘字，"耘春麦"。"雨后霞"与"丰收"的意思也接不上。马，不宜用扬字配。"三害""沓洼""精力无边风点赞"均语意不易理解。改作主要是尽量做到文字准确，意脉贯通。写七律，最好不要再藏头，因为藏头没有多少实际意义，陡增难度。改作，因第二联对仗不够工整，故不宜称为七律。

改作：

要弘扬焦裕禄精神

要耘春麦植桐花，弘愿丰收入万家。
扬桨江湖寻富路，焦君日夜计桑麻。
裕民战略去贫困，禄奉无求治碱沙。
精力全图福百姓，神州颂曲满中华。

幸福村学区老干部
团拜会之一

思绪腾飞寻虎年，东来紫气喜眉间。
冰天会晤问春暖，渔地弦歌笑宇轩。
首建平台迎异客，梦圆敬老乐今天。
举杯欢庆迎新纪，万里春光满目妍。

【点评】

表达了参加团拜会的欢乐情绪。主要不足是文字表达有几处不够精

准，贴切。如首句的"腾飞"，腾与飞，意相同，第二句的"东来紫气"与前后文字均不合。"渔地"，是钓鱼的地方，团拜会是在这里举行的吗？"宇轩"与前后句意也不合。"异客"的"异"字也如此。有的文字略显啰唆，可以精练准确些，如"欢庆"，庆祝活动自然欢乐，"春光满目妍"，春光自然妍，皆无需重复。重复了就少了诗味。题目加了"迎春"，以提示团拜会的时间、内容，便于读者理解诗描写的场景和氛围，读懂作者所表达的情感。

改作：

幸福村学区老干部
迎春团拜会之一

思绪如潮逢虎年，欣闻团拜喜眉间。
冰天把手温寒问，雅室歌弦笑语喧。
首建平台迎旧客，梦圆敬老乐今天。
举杯同庆迎新纪，万里神州满目妍。

幸福村学区老干部
迎春团拜会之二

夙愿树人咏采樱，乘除加减算难清？
嫩芽出土清风颂，秋水文章夜点评。
德蕴根深花绽放，月明始露满天星。
三心暖照神都外①，难忘佳期雪里情。

　　注：① 三心，指朝阳区胡会长在迎春团拜会上讲："组织这次活动是暖人心、得人心、稳人心的活动"。

【点评】

　　首句的含义不够明了，且与下句连接不够顺畅。颔联两句对仗不够工，"出土"是动宾结构，"文章"是并列结构。"清风"与"夜点"，清是形容词，风是名词，而夜是名词，点是动词。词性皆未工对。"根"与"始"也如此。"德蕴"，用得不贴切；"三心"，需要解释，不如直接用爱心二字。结尾两句的含义不便理解，且与前面的诗句隔得过远。"神都外""雪里情"都与诗的整体意境不甚融洽。

　　这两首诗都相当不错，主要是诗的气象不够完整。宋代大家姜夔有云："大凡诗，首推气象"。"血脉欲其贯穿，其失也露。"这两首诗的结尾均不十分理想。我的观点，作诗，宜先有了结句才开始构思。有了结句，就选定了韵。前面的诗句以牵引出结句为是。这样，诗围绕结句展开，就不至于松散，凌乱。

改作：

幸福村学区老干部
迎春团拜会之二

宿愿课堂育俊英，乘除加减有谁清？
嫩芽沃土晨浇灌，秋水文章夜点评。
地厚根深千尺树，月明云少满天星。
爱心普照同仁内，难忘今天师友情。

彭青松

小白杨

接过你手中枪
走进大山走进乱坟岗
沿着你踩碎的夕阳
巡逻路瘦长瘦长

木棉老了
像一位老班长
老去的岁月
老在哨所
老在剑麻的胸膛

依旧暖热的排房
像是你离开时
依依不舍的目光
山下灯火辉煌
我就是你
含泪种下的小白杨

你下山的轨迹
一棵棵小白杨
动情的唱
静静地凝望

【点评】

　　诗采取对话的方式，讲述了一个边境巡逻的故事，寄托了作者对边防生活的热爱，对戍边工作的留恋，显示出了较高的构思技巧，有一个好的意境。用比兴手法，将小白杨作为对象，鲜活而有趣，且易营造意境。通过小白杨、夕阳、巡逻路、老班长、木棉、排房、灯火等景物生动自然的描写，营造了具体而清新的诗境。押唐江韵，一韵到底。唐江韵是开口宏声，昂扬响亮，更渲染了雄豪气氛，增添了军旅韵味。语句的节奏感也不错，较强的韵律使诗作好读好诵。但也有一些可以改进之处，如：

　　一、观察和叙述的角度，要明确且稳定。原作的"我"与"你"两个角色，不够清晰。第三段"我就是你/含泪种下的小白杨"，小白杨是我。但首句"接过你手中枪"，这个"你"，从全诗看，只能是老班长。如果是老班长，这个小白杨怎么能"接过你手中枪"，接过手中枪的应该是作者。如果定位为我与老班长对话，那小白杨就是配角，小白杨不应用于诗题，也不应用来结尾。原作的开头以及上半部分都离开了诗的题目——小白杨，令读者难于入诗。如果"你"是小白杨，那首节、尾节都不通。如果班长是"你"，作者是"我"，诗题却是"小白杨"，且"我就是你/含泪种下的小白杨"。所以，出现了混乱。

　　诗题既然是"小白杨"，诗的起头应该从小白杨入手，是作者与小白杨对话，作者是第一人称——我，小白杨是第二人称——你。诗就是"我"与"小白杨"的诉说。诗贵简练，"我"字常可省略，用动词代替即可，如改作首句"挎着长枪"，

"挎"，是"我挎"的省略。所以，改作明确定位为我与小白杨对话，按这个思路写下去就顺畅了。

二、押韵，不宜句句押。如第一节四句全押，反而显得呆板，除首节第一、二句连押韵，其余隔句押更妥，变化中更显韵律感。

三、意境的厚度和张力有所欠缺。如"乱坟岗"，与诗的整体意象不和谐。结尾是诗的高潮，最精彩处，而"动情的唱／静静地凝望"，只是客观描写，没充分表达边防军人爱边防爱家乡的情怀。故改作为"动情的唱／那与界碑共度的时光／静静地望／那开着野花的边疆／千里之外／我夜梦的家乡"，以表达对边防的依恋，对美好边疆和家乡的热爱。

四、诗的吟诵有个音步，即节奏。一首诗，音步既要有一定的规律，即有序，又在有序中求变化。使之既有很强的韵律感，又不呆板滞塞。我为此作了一些语句调整。

无论新体诗旧体诗，其要点均不外乎：立意——深厚而高雅的真情实感；章法——起承转结的布局；构思——新颖多样的表现手法；韵律——声韵和节奏；语言——流畅、清新、鲜活、形象。在学习写诗的同时，学习一些诗词理论，阅读一些评论诗作的文章，也是有益的。

改作：

小白杨

挎着长枪

踏着你播洒的夕阳
弯弯曲曲
巡逻的路瘦长瘦长

木棉老了
像一位老班长
老在哨所
老在剑麻的胸膛

依旧暖热的排房
牵引你
依依不舍的目光
山下辉煌的灯火
看着你
老班长种下的小白杨

下山的路上
你
动情的唱
那与界碑共度的时光
静静地望
那开着野花的边疆
千里之外
我夜梦的家乡

王凯泽

中国护航编队大洋所遇

天际云峰起，溶溶宇内盈。
狂风奔恶浪，骤雨巨盆倾。
决眦腾龙斩，凝神稳舵征。
华人能驭海，洋上任航行。

【点评】

首联写远景，颔联写近景，颈联写人，尾联抒情。由远而近，由景及人，开合有度。起句"天际云峰起"，有气势，结句"洋上任航行"，更显豪迈，写出了我军的英雄气概。美中不足是，语言运用略显粗糙和生硬。如次句"宇内盈"，语意不甚明了，与上句连接不顺畅。尾联上句有"海"与下句的"洋"重复。颔联"狂风奔恶浪，骤雨巨盆倾。"语意不够明快，且未融入作者情感，没写出风雨与舰艇航行的关系，即扣舰艇航行这个主题不紧密。颈联上句"决眦腾龙斩"，来得过于突然，与前面的诗句离得太远，语意不易理解。下句"稳舵征"搭配生硬。结句"洋上任航行"，语义不够精准，容易让人理解为任意航行，且力度不足以配合上句。

题目的"所遇"太小，涵盖不了诗的内容。取题应"诗与题相称。""大洋"二字可省略。故改题目。

改作：

中国护航编队巡逻

天际云峰起，溶溶波不平。
狂风催甲板，骤雨打红旌。
纵使回流急，依然稳舵行。
华人能驭海，试看我长征。

三十年同学京城相聚

忆昔同窗志海疆，高歌齐步绿戎装。
今朝各业英才泣，相拥情添两鬓霜。

【点评】

借同窗战友重聚写出了军人为国防贡献青春的情怀，表达得自然。但在语言和句子的安排方面有所不足。如首句"忆昔同窗志海疆"，有点生硬，"忆"字是多余的，"志海疆"，过于简练，就不通了。次句"高歌齐步绿戎装"，既与前句隔得太远，又与后句没多少关联，于结句抒情也没多大帮助。第三句"泣"字用得不当，"各业""英才"亦不甚理想，"各业"缺形象，"英才"强调的是才。尾句"相拥情添两鬓霜。"文理有点不顺。上下句连接也不够流畅。此诗，上联应写分，下联写聚。有分有合，又共结为一体。

改作：

三十年同学京城相聚

昔日同窗分赴疆，一心不负绿军装。
今朝南北英雄聚，相看已然两鬓霜。

总结：

格律方面已没什么问题了，但语句、布局上还有提升的空间。布局，要紧紧围绕中心思想展开。所以，一般地说，诗先有后两句，这个是诗的中心。前面的都为这个中心服务。如《相聚》，要围绕为国防献青春年华这个主题，所有的语句与这个主题都应有逻辑关系。"一心不负绿军装"，就为结句的"两鬓霜"作了铺垫。"聚"，又为下句的"看"作了铺垫。"已然"呼应题目"三十年"。上联写分，下联写聚，二者有别，又有联系，又应题目，这就浑然一体了。

一首诗是一个大意思，一联是一个小意思（上下句不可无关联），小意思有机组成大意思。这就是所谓章法布局。建议多读古今写得成功的诗，仔细揣摩其中的布局，构思，以及联句架构，语言运用。语言不可自造，随意压缩，以顺口通畅为佳。

有志于诗者，在练习写作之时，需学习诗词理论知识。有了比较系统的理论知识，便知诗的优劣，看出所作诗的毛病。宋·姜夔《白石道人诗说》讲："不知诗病，何由能诗？不观诗法，何由知病？"诗法，即诗的理论知识。

有感中国援非防控埃博拉疫情

西非舞鬼神，牵动宇何人？
病毒笼千户，中医济万民。
躬耕同热土，仰望一星辰。
降世皆兄弟，当为骨肉亲。

【点评】

符合韵律，对仗较为工整，唯颈联"同"与"一"，"热"与"星"，二者词性不同，不够工稳。写当代热点，结尾抒发亲情。不足的是，有的用词不够贴切，与诗境有点游离，如"舞鬼神"离题有点远，"宇何人"，费解。颈联"躬耕同热土，仰望一星辰"离题也远了一些。尾联上下句不够流畅，且"皆兄弟"与"骨肉亲"是同样意思。

改作：

有感中国援非防控埃博拉疫情

西非流怪疫，牵动五洲人。
病毒侵多国，中医济万民。
诊巡在郊野，药喂至清晨。
莫谓他乡远，情同骨肉亲。

游龙胜

龙胜奇观有，梯田世界鲜。
如神工鬼斧，似链绕山延。
寨卧千般翠，农耕不尽天。
年年恩后重，粒粒祭先贤。

【点评】

合符韵律，对仗较为工整，唯颔联"斧"（名词）与"延"（动词），颈联"千"（数量名词）与"不"（形容词），二者词性不同，不够工稳。结尾抒发了一定情感。主要不足，题目有点大，龙胜的景观很多，无从下手。导致内容描写有点空泛，如"龙胜奇观有，梯田世界鲜。如神工鬼斧"都是概念性语。"寨卧千般翠，农耕不尽天"也是不怎么具体细致。所以，读后有空洞而松散的感觉。尾联上下句意脉和语言连接也不够顺畅，"祭"字用在这样的诗里，与整个意境不谐，且有些牵强。改为"秋来点头谷，粒粒敬群贤"。秋天来了，熟了的稻谷弯腰点头，弯腰点头是向为建设农村、耕耘农业、关心农民的人致敬，向建设龙胜美景的人致敬。问题的主要原因是题目太大，又没有一个中心。我没去过龙胜，网上查了一下，据此改写为只写梯田，重点写梯田的形态，以及产生的观感。

改作：

桂林龙胜龙脊梯田

寨卧青山下，田梯欲上天。
曾闻如玉串，今看是龙蜒。
块块云端里，条条垅绿边。
秋来点头谷，粒粒敬群贤。

落枕映射贪官

夏过风凉爽，贪心恋一秋。
夜眠觉未晓，晨起不回头。

【点评】

基本合符韵律，但有新旧声混用之嫌，"一""觉"，按旧声都是入声字，属仄声，则第三句"觉未晓"成了三仄尾。按新声"一""觉"属平声，则"一"字就拗了，因此处应用仄声。此作用落枕，不能回头，影射贪官沉迷贪腐不能自拔，是兴的手法，甚是巧妙。明写落枕，题目中有"贪官"，意在诗外。语言也比较流畅，布局合理。用字上有可改进处。如"凉"字，是问题的引线，宜置于落枕之前，与落枕紧连，置第三句更好，放首句就太早了，后面失去引力了。且"凉""爽"二字意思差不多。第三句与第四句连接不够顺畅，"觉未晓"，与"不回头"，在意脉上关联不紧，没有必然的逻辑关系。"晓"，是没天亮，还是自己不知道，无论哪个含义，与下句的关联都不大。题目"影射"二字过于直白，破坏了诗的蕴藉之美，故改为"兼题贪官"。

改作：

落枕兼题贪官

夏过金风爽，贪心恋一秋。
夜凉浑未觉，晨起不回头。

总结：

以上三首，都说明已有了相当的格律诗基本知识，显示出一定的功力，以后的潜力和发展空间相当大。但，写五律是格律诗中难度最大的，很少的文字对创作提出了更高的要求，过渡性语言少，字字如金，语言调度的空间小。所以，初学者，一般多练习七言的。要提高语言的准确性、流畅性，需写完后多读几遍，能感觉出有失和谐处，促使自己修改完善，以求气象完整，意脉贯通，语言流畅。

读导师宝书

绿荷雨后千层翠，红藕浓香十里盈。
手捧师书埋首阅，妻邀用膳数无声。

【点评】

以读导师书为题材，后两句相当精彩，作者埋头读书的形象生动有神。但有的地方还待商榷。

一是题目，"宝"字可以省略，因为诗的后两句已经说明这本书是很吸引人的，"宝"字提前暴露了诗意，使之失去了含蓄之美。另，题目要为诗的正文起引导或补充作用，尽可能具体些，又不要重复，最好标明导师姓名。

二是这是一本什么内容的书。从首联看，"绿荷雨后千层翠，红藕浓香十里盈。"展现的是荷花的画面，可以认为是画册。如果真如此，题目应用"读××导师画册"为宜。

改作：

读xx导师画册

池荷雨后千层翠，红藕清香十里盈。
人在书斋埋首阅，妻邀用膳数无声。

第一句的"绿"与"翠"意同，

故改"绿"为"池"。第二句的"浓"与"盈"有犯重之嫌，且荷花的香通常是清淡的。第三句的"师书"二字题中已有，不宜再出现，故改为"人在书斋"。

如果这是一本文字书，则首联的内容与所读之景不合，而应写文字景象。可以改为如下。

读xx导师《xx》书

芸笺字字眼前明，翰墨清香十里盈。
人在书斋埋首阅，妻邀用膳数无声。

海军招飞

铁甲巡航载战鹰，招飞居首选天兵。
科学标准还严密，规范流程并透明。
独有贤才能入伍，更无莠草混其中。
精通海上操天术，展翅腾云卫领空。

【点评】

写招海军飞行员，题材新颖。首联写招海军飞行员的必要性和重要性，起提示作用，为后面两联的严格挑选作铺垫，也给尾联的高潮埋下伏笔。作者表现了较好的布局章法能力。美中不足是：

一、第三联对仗不够工整。"能入伍"与"混其中"对之欠工。

二、用字方面还需多推敲，以求更准确，使诗句更加流畅。如"铁甲"的"甲"，指铁甲的兵器，范围广，"舰"字就显示了是特指海军。"招飞"，题中已有，于专业，且

"招飞"与"选天兵"是一个意思。"招飞行员首选飞行员",同义反复,不合逻辑。飞行员是兵的一种,"招飞"改为"招兵"就顺当了。联尾不够流畅,原因在于,第七句作为转折,要从招生转入未来的飞行员生活——保卫祖国领空,需从时间着手切入。有两个"天"字,宜去一个。"操天术",词语生僻,含义亦不够准确。"卫领空"的"卫"字不如"戍"字准确,亦不如"戍"字雅致。

三、题目"海军招飞",过于简练、专业,读者不易懂。题目是为诗的正文起引导或补充作用的,是读者首先接触的,一定要易读,利于引导读者。

改作:

招海军飞行员

铁舰巡航需战鹰,招兵居首选天兵。
科学标准应严守,规范流程并透明。
唯有贤才入军队,便无莠草混精英。
来年海上雄姿展,万里腾云戍领空。

满江红·中国梦

万古千秋,文明创、列宗祖圣。擎火箭,辨别南北,九寰一鼎。一万年轮番冷热,五千载不休衰盛。鸦片引、列强近邻侵,国之痛。　　世间变,雄狮醒。苍天揽,龙宫庆。党全局帷幄,百年双令。富强国家民振奋,民生福禄千年颂。世界凝、眸华夏同圆,中国梦。

【点评】

以中国梦为题材,有时代气息。基本符合词谱。上片写我国历史,下片写现在。以圆中国梦作结。布局合理。可以改进的是:

一、语句不够流畅。如,起句有点突然,且与后两句连接不够流畅。"擎火箭,辨别南北,九寰一鼎","鸦片引、列强近邻侵","党全局帷幄,百年双令","世界凝、眸华夏同圆",这几段也不够流畅。"百年双令"含义不够明朗。

二、尾段第一字应该是"领"字,起引领后面句子的作用。故改为"看"字。

三、用韵。此作用了东冬、庚青两个部的仄声韵,是按诗的新韵的。这个作法,如参加创作比赛,恐怕评奖人多数是不认可的。一般作法,填词需按《词林正韵》用韵,《词林正韵》的第一部东冬和第十一部庚青这两个部的韵是不通用的。

《满江红》字数较多,填写有一定的难度。初学者,宜在熟练写格律诗之后再学填词,且从字数少的小令、中调开始。

改作:

满江红·中国梦

阅览千秋,数列祖,功勋彪

炳。擎火箭，指针南北，文明引领。一万年轮番冷热，五千载不休衰盛。鸦片进、利炮坚船侵，国之痛。　　世间变，雄狮醒。苍天揽，龙宫庆。执长毫，欲绘九州新景。富国强军民振奋，山河壮丽文章颂。看全世界华裔同圆，中国梦。

周东葵

返老部队"访诗"纪事

　　——参观军史馆、营区文化设施，与基层官兵座谈了解对于总政的军旅诗词丛书的反响

一路转程柳营新，金戈铁马焕青春。
红花血染史诗壮，茂树叶繁东土深。
一股甘泉似醇引，两行灯影涌潮吟[①]。
笔挥毛瑟三千似[②]，四处诗碑动我魂[③]。

　　注：①③ 指营区主干道的标语灯箱和散置在草地上战士自创的格言诗。② 化用拿破仑的话。

　　讨论：首句强调"新"，但不合律。此句曾写作"风雨声中到柳营"，意喻时势，但"营"字出韵，可否作为邻韵用？颔联出句第五字拗，以对句第五字救。

【点评】

　　现实生活入诗，基本合律，诗中有我，尾联比较有味道："诗碑动我魂"，写出了诗的魅力，又道出了自己的真情。不足之处，题目交待不够清楚，文字有的不够精准，如"诗碑动我魂"，动魂的主要是诗，而不是碑，用"碑诗"更妥些。首尾两联的流畅性不足。"金戈铁马"过于虚。两个对仗不够工整，如"似醇"与"涌潮"，"似"是形容词，"涌"是动词。有两个"诗"字，两个"似"字，两个"一"字。诗的内容未涉及副标题所写，副题可以省去，将主要精神写入正题即可。

　　你说"颔联出句第五字拗"，教科书上有这种变格，即双仄尾第五、六字的平仄可颠倒用，无需救。"营"，属庚韵，与属于真韵的"春"、"深"、"吟"、"魂"不通用，故改用"新"字。

改作：

返老部队采访诗词活动

乍见军营杨柳新，老兵今又焕青春。
红花色艳依墙放，绿树根长入土深。
一股清泉流韵响，两行灯影伴人吟。
笔挥毛瑟三千似，难怪碑诗动我魂。

追　梦

　　——九二生辰书怀

惊雷阵阵唤耕晨，不待挥鞭蹄自勤。
两度探骊寻宝远[①]，三番犁垄企丰殷。
不甘混沌时辰度，欲攀峰巅蝶梦馨。
今晌访师归枥晚，更知岭上绮云珍。

（更知岭上凤麟珍）

注：① 指上半年曾两次到作战部队和院校访问。

【点评】

诗作合律，借生日抒怀有亲切感。不足之处，有些文字可以打磨得更精准贴切些，如首字的“惊”，与本句和诗情境均不甚和谐。“两度”与“三番”有合掌之嫌。“欲攀峰巅蝶梦馨”之句词意不够通顺，含意亦有点费解。“岭”与“峰”意相同。尾联的上下句意脉不够连贯，与诗的题目未呼应。第七句应该是作转了，准备引出结句了，不宜再叙与结句无关内容了。且“今晌访师归枥晚”，与诗题相去甚远，又与结句关联度不高，不能起到牵引“绮云珍”的作用。改为“回首百年程万里，更知高处绮云珍”以呼应诗题，其“高处”二字，即接上句“百年程万里”，又呼应第六句的“上峰巅”。注意，“攀”字平声，此处应仄。题目的“追梦”二字，多余，且可能限制读者对诗的理解和想象空间，副题即可用作诗题。

改作：

九十二岁生辰书怀

春雷阵阵唤耕晨，不待挥鞭蹄自勤。
两度探骊寻宝远，一生犁垄企丰殷。
不甘混沌时辰度，欲上峰巅日夜吟。
回首百年程万里，更知高处绮云珍。

总结：

从格律看，两作基本合律，也有较好立意。共同不足，一是虚化的形容词多了些，如“金戈铁马”、“探骊寻宝”、“蝶梦馨”，导致写景叙事不够清晰，缺少形象。二是结尾的意境未全出。原因是，语句不够顺畅，与前面呼应不够有力。作诗，一般的顺序是，先有了结尾两句，也就是有了诗的中心、主旨，再以牵引出这两句为要。作铺垫，点引子，铺路搭桥，将诗引至结尾处。三是诗的气象不够完整。如前首诗的“金戈铁马焕青春”，“红花血染史诗壮”，“冻土深”等，后首诗的“惊雷阵阵唤耕晨”的“惊”与诗句不够谐，“今晌访师归枥晚，更知岭上绮云珍。”上句与下句不够谐，与诗题也不够谐。所谓气象完整，通俗讲，是诗的整体要和谐，首尾呼应，脉络贯通，全诗围绕主旨展开，上下句相承或相对，诗与题相称，句句不离题。

解放军总医院建院深化改革

——建院六十周年确定改革方向以研究型为主

早年荒甸五棵松，今日杏林三月风。
医界领衔称航母①，远程会诊乐基层。
渊深敢探骊龙颔，穴险能寻真虎容。
尤喜春雷声贯耳，深耕沃土跃神农。

注：① 解放军总医院（三〇一医

院）现拥有三地四院，七千余床位，门急诊量日均万余，被称为"医疗航母"。

【点评】

所作合乎格律，但以更高标准衡量，似乎存在一些不足。一、诗意不够集中。前两联写的是医院，后两联则离题远了点。二、诗的正文与题目有点脱节。题的落脚点是改革，诗中却很少涉及改革。三、有的诗句与诗的主旨无关，如第三、四联。诗贵精炼，不容浪费。这类诗宜集中写一个点，表达一种情感。我试着以解放军总医院为对象改作，表现其规模大，医术精，医德好，受人尊敬。

改作：

解放军总医院
建院六十周年感作

早年荒甸五棵松，今已满园三月风。
床位张逾七千数，医师日有万人拥。
操刀去病多惊险，入夜值班少倦容。
岂怕下乡巡诊远，唯求大众健康中。

赞程庄大院门诊部新风

蔼蔼春风绿盈院，大医人性化愁颜。
登门诊病除脏乱，救命夺时转泰安。
比翼白衣天使降，空巢黄发管弦欢。
愚顽涕泪良知动，美丽家园不老泉。

【点评】

此作与上一首一样，合乎格律，也存在上述不足。题的重点是"新风"，诗中表现新风不足，也没有多少具体形象，空发议论，概念化的话语多了点。这类诗宜集中写一、二个新鲜事例，借以表达一种情感。此作与上一首的题材、内容差不多，写法也类似，且我对程庄大院门诊部的具体情况不了解，就不改了。

诗　愿
——解放军红叶诗社成立25周年抒怀

廿五年间领赋旗，得随骥尾也神驰。
丹心黄发蜂蝶梦，甘露春风草木滋。
仰首雄鹰欣鼓舞，横眉黠鼠怒揭嘶。
又闻天际春雷动，拙笔勤耕弄碧丝。

【点评】

所作合乎格律，但存在一些不足。一、诗意有点散。题目是写红叶诗社的，应紧扣诗社与诗来写。而诗作只首句扣题，其余句都扣题不够紧。二、题目用副题"解放军红叶诗社成立25周年抒怀"即可，"诗愿"是多余的，且与诗意不十分贴切。三、内容不够充实，除首联外，其余三联显得空泛，使其可读性不足。四、既然是抒怀，应围绕红叶诗社和军旅诗抒发自己的情感。依此思路试改作，供参考。另，语言方面，三首诗中相似的词多了些，如"春雷"两次，"黄发"两次，"春风"两次。"杏林""医界"是同义词，"三月风""春风"也是同义词。"三月风""春风""春雷"共出现五次。

改作：

解放军红叶诗社
成立25周年抒怀

二十五年高举旗，旌旗引导着军诗。
云笺提醒兵营忆，红叶相陪日月滋。
数首登刊长窃喜，老人学课不嫌迟。
今朝且看吟坛里，耀眼鲜花此一枝。

总结：

周老于诗的格律比较熟练，对仗工整。但按高标准要求，有些方面还需多加注意。如：

首要的，诗贵在立意。立意要高远，深刻。见人所未见。且立意需明确，清晰。要有真情实感才发，不可强作。以上三首的立意就显得一般。

其次，讲究章法布局。如写文章一样，有起承转结四个步骤，或者说是四个层次。诗要切题，紧扣主旨。

第三，要通过营造形象抒情发意。文学是通过塑造典型形象来表达作者思想感情的，诗作为文学的一种形式，也不例外。诗有形象，才有可读性、艺术性、感染力。所以，切忌空泛，堆砌概念性词语。

第四，要诗中有我。用自己的视角观察，表达自己的思想情绪。

第五，要虚实结合，不可写得太满。鼓所以声音洪亮，是其中间空，石头则相反。

为说明以上道理，不妨温习杜甫的七律：

蜀　相

丞相祠堂何处寻，锦官城外柏森森。
映阶碧草自春色，隔叶黄鹂空好音。
三顾频烦天下计，两朝开济老臣心。
出师未捷身先死，长使英雄泪沾襟。

诗题《蜀相》，是写诸葛亮这个人物的，但未直接写，而从诸葛亮祠堂这一侧面着笔。前四句全写祠堂，营造自然景观形象，可读性强，读来轻松自然。尾联才发议论，仅第三联正面写孔明。虽正面着墨不多，却是咏诸葛亮诗中的精品。这样做的好处是，通过写祠堂，引导读者从祠堂外景的具体形象接近诸葛亮本人，自然而从容地进入作者所要营造的物境与情境，接受作者发出的感慨，与作者共鸣。前四句虽是写景，却紧扣诸葛亮。

于无声处闻惊雷

"台独"势力支持的"太阳花"学运虽已落幕，但后续影响仍在发酵。岛内统派16个团体酝酿于凯达格兰大道举行民众聚会，诉求"新五四，民主法治"，即诉求"德先生"和"劳先生"。1919年五四运动诉求的是德先生和赛先生（民主和科学）。

"立法"厅中胡闹娃，逢中必反有玩家。
管他德赛先生事，有鬼腰撑"太阳花"。
正义兴师呼"法治"，文明起誓扫腌臜。

莫因数典离宗惑,且看惊雷震乱鸦。

【点评】

写当前热点,以表达思想情感,有现实生活气息。基本合律,对仗基本工整。章法布局也相当不错,首句写事为起,第二联写事件的消极面,第三联写社会对事件的正面反应,尾联发感想。诗意较为顺畅。可以商榷的是:题,有点空泛,且与尾句重,有犯题之嫌。副题,把"反服贸"和"五四"聚会两件事放一起,而诗的正文是写"反服贸"活动的。题改为专写"太阳花"学生占领"立法院"更恰当些,即"写一件事,表达一种情感。"事件的问题及诗的中心点是学生占领"立法院"——用暴力践踏民主和法律,故宜集中写这个点。

取题,宜紧扣诗意,尽量具体,既引导读者尽快进入诗,又帮助读者理解作者所表达的情感,产生共鸣。第三联的含义不够明朗,"正义"与"兴师","文明"与"起誓",搭配不甚合理,且离诗的主旨远了点。尾联上下句连接不够顺畅,既然"惊雷",上句就应从牵引"惊雷"的气象方面考虑。"惊雷"改"春雷",上句就好将占领"立法院"行为喻为寒流了。文字上,"霹"代"震",雷霹火烧之意。

改作:

闻台湾"太阳花"学生占领"立法院"28天有感

"立法院"中胡闹娃,逢中必反蠢玩家。
关他德赛先生事,有鬼撑腰"太阳花"。
天下岂能无法治,堂前谁忍有腌臜。
莫愁台海寒流重,且看春雷霹乱鸦。

十六字令·怀念邓公

钟!渔港当年动地声①。千山奋,草木向春荣。

钟!卅五年间起九龙。甘棠茂,能不念明公?

钟!患难由来育俊雄。真情永,明月共清风。

注:① 第一首"渔港"句强调南方谈话。改革开放早就提了。

【点评】

合符词律。用一组词表达一个中心,是比较好的方式,小体式写大题材。意境也相当好,写出了邓小平的功绩。可以商榷的是,第一字"钟",与整个作品不甚合,与题目也接不上,对词也起不到领的作用。词有"一字领",也叫"豆",一个字引领后面的句子。《十六字令》的第一字,都是"豆"。改用"公"字既接题又能引领后面的词句。另,各首词的意涵不够集中,且互相交叉,这一组词的含义就显得有点散乱而模糊。改作，第一首写邓小平南方谈话，第二首写三十五年经济建设，第三首写人才成长。"甘棠"，出自《诗经》，贤良人才之喻。因而移到第三首。题目，今年是邓小平诞辰120周年，直接以此作题是否更好些，更明确"邓公"的指向是邓小平。

改作：

十六字令·邓公诞辰
120周年感作

公，深圳谆谆敲醒钟。群山暖，万木向春荣。

公，经济翻番计策宏。小康日，谁不忆君容？

公，倾尽一生育俊雄。甘棠茂，明月共清风。

总结：

诗，首推气象，要求气象完整，气脉贯通。书法家名言"乍看一书，首推气象。气象夺人，自有佳处；了无生气，看它作甚？"元代杨载《诗法家数》"文脉贯通，意无断续，整然可观"就是讲诗的气象。不然就显得散乱无章。需自题目始，通篇为一体，毫无游离之字。要自然，流畅，整然。"诗文以不断不续为至，然须于似断似续处求之"。以上作业，第一首的第三联有点游离于诗的中心，第七句与第八句联接不够顺畅，与下句的主语"雷"，既不意通，也无字

接。三首十六字令的领字"钟"，与前面的题和后面的语句都连不上。再美的布，不能连成衣服，还是布。普通的布缝成合体的衣服，就是好衣服。再好的句子，不能融入诗中，为主题服务，也只是字，毫无生命力、感染力可言。写完之后，宜多读几遍，看有无气脉不甚贯通，气象不够完整之处。

征程回眸（两则）

—— 一九四四年盐圩之役战后

敌后少衣食，应时取自敌。
夺棉战陈港，攻堡无盐区①。
盐聚银山邈，军行蜃景奇。
小车推半月，一角岭边稀②。

注：① 陈家港在江苏阜宁之东，为敌伪掠夺物资的重要港口。② 我军占领盐圩期间，根据地群众日夜运盐，半个月只挖了"冰山"一角。

【点评】

诗的结尾用形象说明战斗缴获很丰，小车运了半个月，只运走了很少一部分盐，相当精彩。不足之处，一是有点散。一首诗字数有限，宜集中写一件事。结尾是诗的重点，这首诗的重点是盐，就应紧紧围绕盐来写，"夺棉"与"行军"就应省略。二是有的语句不够流畅通顺。如，"攻堡无盐区""军行蜃景奇""一角岭边稀"，语意不好理解。尾联"小车推

半月，一角岭边稀"，上下句接不上气。原作有的对仗不够工整，改作按古体对待，围绕"盐"字展开，用缴获的盐多说明我军作战机智英勇，战果丰硕。

改作：

一九四四年盐圩之役后

敌后少衣食，应时取自敌。
夜深入陈港，迅速占盐圩。
收缴战利品，数量有谁知。
小车推半月，盐山未见低。

东北野战军冬季
运动作战一景

皮袄挡风袭，靰鞡踩雪泥。
因寻战机故，打盹绕行西。
昨夜寒风烈，鼻梁冻蜕皮。
今朝酣梦里，犹唤复仇激。

【点评】

诗紧紧围绕题中"冬季运动"展开，特点鲜明，形象生动，语言较为流畅。结尾有余味。题与诗相称。美中不足是尾句"犹唤复仇激"的语意不够通顺明了。如果写成律诗有困难，可以写古体，不能因词害意。

宋代严羽云："诗用工有三：曰起结，曰句法，曰字眼。"起与结置于首位，可见十分重要。这两首诗的结尾都不够理想，而结句是诗的重点，也是诗意的最高潮，自然应该多下功夫。

改作：

东北野战军冬季
运动作战一景

皮袄挡风袭，靰鞡踩雪泥。
因寻战机故，打盹绕东西。
昨夜寒风烈，鼻梁冻蜕皮。
今晨酣梦里，端枪射向敌。

琼海初识（三首）

难得寒假海南游，可泛人间不系舟①。
苍狗浮云万泉汇，大千清静梦无忧。

初来琼岛便欢欣，高血压人忽变身。
世事多因条件制，得依天道始由勤。

大自然神惊万能，热泉百草各争雄。
舒筋活络调高压，一片仁心汤液中。

注：①"不系舟"源出《庄子》。唐白居易诗：岂无平生志，拘牵不自由。一朝归渭上，泛如不系舟。宋张孝祥《浣溪沙》：已是人间不系舟，此心元自不惊鸥。卧看海注与天浮。

【点评】

《琼海初识之一》。写出了海南游特色："人间不系舟"——游得自由自在。"清静梦无忧"——环境优雅，清幽宁静。以上两句可称佳句。但"可泛人间不系舟"的"可"字与诗的意境不够贴切，"可"，是或然语气，是可以，可能。而诗的起句写的是正在游，是肯定的。结句"无忧"是与"不系舟"呼应的，都是肯定语。故改"可"为"遍"，意为自在地游了海南许多地方。第三句的"苍狗浮云万泉汇"，形象不甚鲜明，且与"无忧""不系舟"的主题不够和谐，在形象和意脉两点上联接不够顺畅。

改作：

难得寒假海南游，遍泛人间不系舟。
一望波天千里远，林深清静梦无忧。

【点评】

《琼海初识之二》。写出了海南优良的自然环境利于养生之意。但尾联离这主题远了点，尤其是"勤"字与主题相距更远，高血压人养生不在于勤，而是重在调整心态。

改作：

初来琼岛便欢欣，高血压人亦爽身。
世事皆由自然好，应依天道放宽心。

【点评】

《琼海初识之三》。写出了浴海南温泉的好处，但诗有几处围绕这个主题不够紧密，如首句"大自然神惊万能"，缺少具体形象，与温泉离得远了。结句"一片仁心汤液中"的"仁心"也离开温泉了，故改为调整血压之功在一池温泉。也有个别字与

诗句不和谐，如"热泉百草各争雄"之意可以理解为一池热泉与百种花草争雄，如果是一个池子，与各种草争就与全诗意境不够和谐了。应该是泉池中的各种草互相争雄为好。故改为"入泉百草各争雄"，泉池中的百种药草互相争雄。"舒筋活络调高压"句，"舒筋活络"，有点啰唆。"调高压"，语意不明确，是往低调还是往高调？诗的本意是调低。

改作：

踏入山庄香气浓，入泉百草各争雄。
调低血压舒筋骨，功在一池汤液中。

迎新曲

欣逢新岁竞芳菲，检点时闻喜上眉。广拓甘泉惠公众，迈开稳步创常规。零容难匿蝇和虎，法正岂分尊与卑。雁阵偕同辟丝路，大洋樽俎处安危。输出高铁风云秀，发育金融玉帛随[①]。马啸人欢报捷日，三阳开泰信心追。

注：①"发育金融"句，指开发国际投资银行。"玉帛"含和平发展之意。

【点评】

这类题材是不好写的，但诗作写出了时代气息。不足的主要是尾联有点虚，含意不够清晰，且与前面几联搭配起来不甚和谐。语句方面有几处不够准确、贴切，如首句"竞芳菲"

三字，有点虚，没有形象，且与寒冬之景不合，故改为"见新梅"。二、三、四联对仗均欠工稳，我作了修改。我重点改了尾联，使之有含意，且呼应诗题，总结全诗。

改作：

迎新曲

羊年新岁见新梅，检点时闻喜上眉。重视民生惠公众，更深改革破常规。网张不漏蝇和虎，法正岂分尊与卑。陆地重开古丝路，海洋再展郑和威。投行创建金钱至，高铁长修货物随。且待明朝观世界，神州崛起万邦追。

纪念抗日战争胜利69周年：日本人反战同盟活动拾零

皖南泾县云岭1939年"五卅"晚会观看关于日本兵的话剧《兄妹》①。

相遇慰安门，知妻亦祸临。五雷轰顶怒，自刎"谢皇恩"。一死诚冤枉，不明侵略因。

注：① 剧情：一个日本兵在慰安所遇到亲妹妹，得知妻子亦遭同样厄运，愤而自刎。

【点评】

诗通过典型事例，说明日本侵略军的愚忠，是非常荒唐的，日本普通士兵也是侵略战争的受害者，选的题材和立意都相当好。不足的是具体表述上不够清晰明朗，语句不够流畅。如，"五雷轰顶"过于虚，改为男儿，自刎就有了主语。改作在尾联也加上了主人公，使之语句更流畅。将"死"字置尾句，更强化了悲情，更有张力。注释放在诗后读者不易看到。故改为副标题，让读者先读到，以利了解诗的背景，顺利解读诗意。

改作：

忆日本人反战同盟活动

皖南泾县云岭1939年"五卅"晚会观话剧《兄妹》，剧中，一日本兵在慰安所遇到亲妹妹，得知妻子亦遭同样厄运，愤而自刎。

相遇慰安门，知妻亦祸临。男儿凭一怒，自刎"谢皇恩"。此君真冤枉，至死不明因。

新四军教导总队教刺杀的日本教官

今朝演兵场，格外显精神。教练发洋话：目标侵略军。真知明气度，大海是胸襟。

【点评】

诗的语言比较流畅，但个别用词不够精准，贴切。如，"显精神"与全诗意境不是很和谐，日本教官教刺杀日本军人，不是精神，是新鲜、新奇，引人注目。尾联不够流畅，且"胸襟"缺主语，故改。

改作：

新四军教导总队教刺杀的日本教官

今朝演兵场，格外吸引人。教练发洋话：目标侵略军。莫疑君气度，大海是胸襟。

敌工股教咱战场喊话的日本人

"哇他喜矣嘎，新四义军呀。"中日工农众，原来属一家①。同遭战争害，同反日军阀。

注：①　列宁说：殖民地人民的革命运动是宗主国无产者的天然同盟军。

【点评】

语言流畅，描写生动形象，表达了一个鲜明的主题思想，觉悟了的日本人民，与中国人民一样是反对日本侵略战争的。不足的有三点，一是题与诗不够和谐，首句是日本人喊话，重心是喊话，不是日本人，故题目重新组合了一下。将"喊话"置于结尾，突显其重点地位，也利于衔接第一句。二是尾联两个"同"字，可以避免，减少重复感。注释可以省去，诗的第二意义明朗，无需解释。

改作：

敌工股日本人教咱战场喊话

"哇他喜矣嘎，新四义军呀。"中日工农众，原来属一家。同遭战争害，齐反日军阀。

总结：

这一组短诗比较成功，有具体形象，有作者情感。且用一组短诗表达一个较复杂的内容，是好方式。每一首写一件事，以小见大，以小聚合成大。采用古体诗式，押韵，大致讲究平仄。故在格律上无须过多要求。但古体诗更讲究韵味、含蓄。总题目有点繁琐，读者不易得要领，故简化了一下。语言的流畅性需加以重视，字句的斟酌也需多下功夫。初稿写出后，不妨多推敲、斟酌几遍。重点看诗的完整性（包括题目），流畅性。

诗的题目，总题目下的三首各自有了题，就不需标一、二、三序号了。三首有两首题目作了修改，第一首是题目有点繁琐，又有注释。

另一首《敌工股教咱战场喊话的日本人》，中心点是日本人，可诗写的重点是教日本话，题与诗不完全相称。清·乔亿《剑溪说诗》云"诗与题称乃佳。"清·吴齐贤《论杜》言"唐人作诗，于题目不轻下一字，而杜诗尤严。"他们取题既要简练，惜墨如金，又要诗与题相称。为使读者容易进入诗境，往往用副标题，即加上引语，而不作注释。诗的命题，是写诗一个必须面对且十分重要的问题，应十分慎重。我曾写过《谈传统诗命题的基本要求和方法》，最先发表在《江西诗词》、《红叶诗刊》转载过。说明现在很多人也重视这件事。

诗词体式是多元化的，不只是近体和词牌，用何种体式，可根据内容、题材以及作者偏好选择。周老这三首用五言六句式，也算是一种尝试，在近体诗占统治地位的情况下，有新鲜感。

诗教颂
——参加第二届当代中华军旅诗词颁奖会暨研讨会赋感

正赏斑斓红叶时，英才济济树诗旗。
卅年雪域油龙恋，千里戍人生死依。
诗沃校园丰硕果，根扎连队里程碑。
花飞花舞春深处，高唱红歌伴奋蹄。

【点评】

诗，总体上相当不错。首联扣红叶诗社，中两联写会议成果，尾联抒意。不足之处，一是以《诗教颂》为题不甚恰当，题目小了，涵盖不了诗的内容。其实，用副题就完全可以，还不需要注释。二是尾联未能紧扣全诗的"军诗"二字，第七句离题太远。故改作将尾联"军诗"纳入。并放到全军高度，面向未来。三是有的词不够准确、贴切。如首句"正赏斑斓红叶时"，"赏"字与全诗不合，不利于牵出后面的句子。诗写的应该是开诗会，不是赏红叶。故改为"恰在斑斓红叶时"。"树诗旗"三字略显生硬，与会议内容亦不甚合，故改为"英才个个竞题诗。"

改作：

参加第二届当代中华军旅诗词颁奖会暨研讨会赋感

恰在斑斓红叶时，英才个个竞题诗。
卅年雪域油龙恋，千里戍人生死依。
水溉校园垂硕果，根扎连队立新碑。
军营处处吟声起，曲曲雄词催马蹄。

总结：

这首诗，主要不足在结尾。结尾的意境不够鲜明，不够确定，且与前面不够和谐，读下来觉得不甚自然。诗的关键句，一般在结尾。抒情发意往往在结尾，如戏的高潮在谢幕之时。一般地，作诗需先有了结句，才开始作诗。前面几句只不过起到铺垫作用，把结句顺当地牵引出来。所以，没有想好结句（尾联）之前，不宜提笔写诗。否则，诗作无法具有力度，也不易成篇。全篇应以结句为中心铺展，否则会出现语句散乱现象。

王　超

志鲁甸震区

惊闻霹雳撼重霄，泪洒云山鲁甸摇。
断壁千条巍宇陷，残垣百里血魂飘。

神兵冒死寻生路，举国衷情架爱桥。
待到来年春野绿，风光祗令海天骄。

【点评】

诗从惊闻地震起，扣题，起得自然。以展望鲁甸未来作结，抒发了情感，令诗的高潮在谢幕之时。首尾呼应，中间两联对仗亦工。美中不足是有些语句可以打磨得更好些。如，"断壁""残垣"意重。"泪洒云山鲁甸摇。"意思不甚明了。如果作者，泪如何洒云山。如果灾民，又与"血魂飘"意思近似。尾联词意不够通畅。

改作：

志鲁甸地震

惊闻霹雳震重霄，欲去灾区奈路遥。
屋倒堰湖天地暗，人亡洒血哭声飘。
神兵冒死开生路，举国同心架爱桥。
待到来年看鲁甸，眼前风景更妖娆。

戍边吟

投笔从戎斗志燃，雄心浩荡挺揭竿。
长忧月夜八方静，誓保家国四季安。
守破边关披甲老，扎根荒岛枕戈眠。
忠魂漫彻云霄上，劳马奔途忘饮泉。

【点评】

诗合律。但内容有点空泛，概念性的语言多了些。布局不够严谨，写的场景有点杂乱，如"投笔从戎斗志燃，雄心浩荡挺揭竿"，"忠魂漫彻云霄上"。戍边，宜集中写一种边塞场景。写之前，要心中先设定好，是海岛，还是边塞，还是山林。不宜散乱。一句之中要通顺，一联的上下句也要文意相通。首、尾二联词意不够通顺。"斗志燃"的写法，未曾见过。

上房需搭梯，唱戏要有台。诗抒情，要搭梯垒台，先描写一下台上的布景，再出演员表演，借演员说出台词（抒情）。杜甫的"无边落木萧萧下，不尽长江滚滚来"诗，誉为第一七律，抒情愁苦。题为《登高》，借登高观景而抒情。岳飞《满江红》起句"怒发冲冠，凭栏处、潇潇雨歇。抬望眼、仰天长啸"。也是登高依栏观景，看到北方被金兵侵占而感慨。虽情感浓烈，却无强作之感。

另，诗的第一要求是要语句通顺，不能因平仄、对仗、用韵影响语句通顺。用日常语即可，不必另造词。写完后多读几遍，看看顺不顺。元杨载《诗法家数》云"诗之戒有十：曰不可硬碍人口"。硬碍人口，是诗的第一戒。

改作：

戍边

有志男儿要戍边，登车离去已三年。
练操磨破半身绿，站哨换来万户安。
邮票回回载乡恋，小营夜夜枕戈眠。

巡逻若遇饥难忍，一把干粮一碗泉。

闻战友喜得网络新闻
成果有感（三首）

展卷如临事迹长，报端网海著文章。
新闻不厌千番改，撰稿如潮笔底狂。

身怀妙笔笑扛枪，沙场来回若耳旁。
行文摄影出才艺，战地无烟日夜忙。

虽离战位梦犹长，短信时闻报道香。
执笔讴歌情意在，不惜心血换琼章。

【点评】

这几首诗写身边的事，也有不错的立意，语句较通顺，基本合律。唯第二首平仄有出律处，如将"沙场"的"场"字改为仄声，则是一首折腰体诗。突出的问题是，三首的内容差不多，每首的内容、文字有点散。就每一首分别看，不知道重点写什么，要表达什么。诗的篇幅短小，又重在抒情，一首诗宜只写一景、一事、一人、一物，表达一种情感。而一景、一事、一人、一物，表达一种情感，需要站在一个具体的角度，如照相一般，将这一景、一事、一人、一物，聚焦在要表达的意上。一首诗的所有文字，都围绕这个焦点展开。据以上道理，我改了两首，一首写白天采访，一首写夜里撰稿，尽量用原作的文字和韵。另，原作题目，有点

啰唆。依题看，核心是"成果"，而三首诗都是写过程，未见果，故改。结尾的"琼章"，这个用在结尾相当好。但这样搭配不常见。琼是指美玉，好文章通常用"华章"，且"琼章"都是闭口音、舌音，不如"华章"读来响亮，更合乎诗意。

诗不在写得多，而是要首首成功，每一首都有亮点。诗草拟之后，需多读几遍。依照一首成功诗的标准衡量一下，找出问题，逐渐解决，至自己较为满意为止。所以，需要学点诗的理论，用理论，也就是诗法对照对照，就知道自己诗的毛病了。

步韵朱思丞老师
《赠抗洪一线战友》之三

千载抗洪千载愁，滔滔灾患几曾休。
李冰夏禹龙人赞，河霸昏君水伯留。
袭浪吞亡犁旧巷，挥军救命跃红舟。
赤诚再筑英雄坝，众口皆碑数风流。

【点评】

诗作基本合律，首联切题，上句两个千字，下句一个问，有气势。不足的有：一是两个联句有拼凑痕迹，如"龙人""河霸"词生僻，"水伯留"这句意不通。二是"水伯"与"河霸"、"吞亡"与"救命"都是一个意思。三是"夏禹"对"昏君"欠工。颈联的"犁""跃"二字不够准确妥帖。次句的"灾患"的"灾"字亦如此。四是尾联"众口皆碑数风

流"，"风流"二字与原玉重复，且"风"字处应仄。口、碑、数，三个字都是讲、传的意思，显得啰唆。诗尽量不要用成语，用成语就没有诗家语味了。

改作：

步韵朱思丞老师
《赠抗洪一线战友》之三

千载抗洪千载愁，滔滔水患几曾休。
李冰筑堰功劳在，夏禹疏河史册留。
恶浪破堤冲旧巷，红军救命驾轻舟。
英雄再筑民生坝，义勇精神第一流。

步韵朱思丞老师
《赠抗洪一线战友》之六

险难饥困不言愁，安卧泥流作小休。
众手擎桥希望筑，只身补坝绿花留。
几根挂面填空腹，如数佳肴载满舟。
崇尚情操华厦德，红船代代领潮流。

【点评】

诗合律，写景细致。不足有三：一是个别字用得不够准确妥帖，如"只身补坝绿花留"，士兵是绿装，不是花。"花"字与诗的意境也不够谐。"挂面"二字并不能写出艰苦，吃上挂面倒是好的生活。二是颔联的主语混乱，"几根挂面填空腹"应该是指抗洪官兵，那"如数佳肴载满舟"呢？官兵又有满舟佳肴了？下句

应该是写老百姓的。诗的角度没把握好。三是结尾意义未出，"红船代代领潮流"，这个潮流是什么？救灾不应该是领潮流。

改作：

步韵朱思丞老师
《赠抗洪一线战友》之六

危难饥困不言愁，暂卧泥巴作小休。
众手擎桥希望筑，只身补洞大堤留。
士兵粗面填空腹，百姓佳肴载满舟。
莫道红军人已变，爱民代代未曾丢。

总结：

作者交来六首步韵朱思丞老师《赠抗洪一线战友》，短时间能写出这么多，说明有一定水平。但也有需注意处。一是七律是格律诗中最难的一种，若加上步韵就更难了。作为练习固然可以，但不是创作的好途径。即使熟练者亦不易出佳作。处在学习阶段者宜选难度低的体式创作。二是诗如文章一样，以通顺为首要。写完后需反复诵读，看是否有不顺处。三是诗以意为主，立意一般在结尾。这两首的结尾都不够理想。创作的次序，最好先有尾联，以尾联为主编造前面的。这样做，诗既有一个像样的立意，又可以以这个结尾为中心组织全篇，易避免散乱。步诗，既要从原作出发，又要有新意，与原作区别。如无新意，则不需和之。一下子和六

首，要出这么多新意，自然不易。明代程元初云："诗不可强作，不可徒作，不可苟作。强作则无意，徒作则无益，苟作则无功"。

提笔怀感

劲笔开锋舞长龙，天涯海角一望中。
雄心谱作军魂曲，喜弹人生壮志情。

【点评】

诗的构思蛮好，从提笔写诗文的角度构思成诗，抒发军人胸怀天下的情怀，表达要在军中做一番事业的雄心壮志。"天涯海角一望中""雄心谱作军魂曲"，两句形象生动，且有气势。首句的"笔开"二字破题，次句写作者提笔时的思维活动，承接较自然。第三句转到提笔写什么，既通前意，又引出结句的"壮志"情，自然而有力度。

美中不足的，一是没遵守七绝诗的平仄规则，作诗未拘平仄。二是文字表达有多处不够合理："劲笔开锋"文意不够顺。"天涯海角一望中"的"望"字与诗的意境不合，提笔写字之际怎能望天涯海角呢？但可装在胸中，故改为"天涯海角在胸中"。结句"人生"二字与诗的军人情怀扣得不紧，结句是诗的主旨，作者是写军人，第三句转到"军魂"了，结句自然要强化这个"军"，且要回答这个"军魂曲"的弹唱问题，故改为"谁唱安边壮志情"。军人的

使命是保卫祖国边疆安宁的。原作"喜弹人生"四字，弹是平声，依绝句格律此处应仄声，故改仄声字"唱"。"喜"字力度不够，且过于直白浅显，故改为疑问式，加大了张力，使之有余韵。依律改为七绝。

改作：

提笔怀感

笔入云笺舞巨龙，天涯海角在胸中。
雄心谱作军魂曲，谁唱安边壮志情。

诗赠老班长

从军风雨十六秋，戎装紧束胆志稠。
热血扬魂居勇士，青春驻海自风流。
十载艰辛成钢骨，一拍天地眷情柔。
卸甲犹存牦牛劲，丹心一片向神州。

【点评】

诗较好地表现了老班长将青春献给军队的精神风貌。章法较为严谨，第一联起到了总领作用，尾联写老班长退伍后的表现，也是作者对老班长的期望，有余味。中间两联的内容与全诗契合，对仗大体可以。

不足之处，一是对仗有的不够工整。第三联的"艰辛"对"天地"，"骨"对"柔"不工。对仗词性应相符才是。二是有的文字不够准确，语义不清。如"居勇士"，"一拍天地"，"胆志稠"，语意不够合理通顺。"十六秋"与"十载"矛盾。三

是有些用语扣诗意不够紧，如"向神州"，与军人精神扣得不紧，改用"向边州"，心系边疆之意。"牦牛劲"与军魂不甚合，且不够雅。四是有重复字，有两个"一"字、两个"风"字，"装"与"甲"，"军"与"戎"，"秋"（此处相当"年"字）与"载"，都是一个意思。诗语贵精炼，应尽力避免这种现象。依律改成七律。第六句改作"鞍马一别情意柔"。以通后面的"卸甲"句，使之更为流畅。

改作：

诗赠老班长

经霜历雨至今秋，提剑欲将壮志酬。
热血从戎为勇士，青春献海自风流。
熔炉十载精神健，鞍马一别情意柔。
卸甲犹存军旅气，丹心长久向边州。

总结：

　　两首诗反映出作者有一定的立意，也注意了章法布局，用韵准确，意象开阔，取题恰当。具备一定的诗词功夫。但对诗的格律不够熟悉，有的语句不甚流畅，流水句少。用词选字不够精当，显得有些散乱，亦即词语围绕诗的主旨不够紧凑。一首成功的诗，布局需紧紧地围绕诗的主旨展开，语断而意续。诗每两句为一联，上下句应成一体，或用字接，或以意通，要么是对仗句，要么是顺接句、

流水句。各联之间虽表达不同之意，但其脉络是贯通的。元代杨载云："一篇之中，先立大意，起承转结，三致意焉，则工致矣。结体、命意、炼句、用字，此作者之四事也。"有志于诗词者当在"结体、命意、炼句、用字"四个方面多下功夫。

圣诞节逢大雪降临有感

一望宽城尽紫灯，千村竞放百花红。
银装雪裹长青柳，玉露霜凝不老松。
尽洒人间存浩气，弥留正义贯云空。
虽无劲骨真魂在，愿化清白耀碧穹。

【点评】

　　用庚东平声韵准确，中间两联对仗基本工整。全诗有景有情，表达了保持贞洁的情怀。首句用"一望"起，承接了"圣诞节逢大雪"题，起得自然，为以后的诗句敞开了大门，颔联写雪的形象，承首联而来亦显顺畅。颈联转到写雪的内在品质，意义又进一步。尾联作结。全诗起承转结的章法较为严谨。但也有需推敲改进之处，如：首联全写灯，第二句仍没有写雪，使颔联的出现突兀，也没有接上题目中的雪。雪是诗的主体，灯不过是陪衬。故次句改为，"千家素白百家红"，呼应首句的"望"，且将红灯置于白雪之中。"一望宽城"，给人感觉是在高处远处望，才能见到宽阔的城。"城"是城市，人出门大致应该望见街道才是，不致一

眼就见到宽阔的城。"千村"与城市不合，"竞放"二字过虚，有点浪费笔墨。灯未必都是紫的，故改"万盏灯"。颔联写雪的形象有重复感，"银装雪裹"是一个意思，"玉露霜凝"与雪天不合，故改。"浩气"对"云空"不工，"浩气"是偏正结构，"浩"字是形容词，"云空"是两个名词并列结构。尾联的上下句中的"骨""白"字新声是平，旧声是仄，无论按新、旧声，都拗了，不合平仄格律要求。且"化清白"的"化"，不合理，雪本是白的，无需化。故改用"清流"二字，雪化为清清的流水映照天空。且"白"字改放在次句了，不宜再次出现。"真魂"，"真"字有点多余，还易使人有假魂之想。有"硬骨"二字，其力度足够了。"劲"是形容有力度的意思，不如"硬"字准确而形象。题目"降临"多余，有"逢"字足矣了。

改作：

圣诞节逢大雪有感

一望长街万盏灯，千家素白百家红。
园中雪裹长青柳，山上冰垂不老松。
遍洒人间张正气，暂留贞洁唤晴空。
虽无硬骨神魂在，欲用清流照碧穹。

赠伊人

雁雀双飞天地间，姻缘未许意自翩。
死生共患离难聚，风雨同心苦尽甘。
妙恋何言姿色美，孤身哪怕影形单。
心间自诩白头画，伴汝重游赛众帆。

【点评】

用寒删平声韵。除次句的"自"字不合平仄外，其余均合格律。全诗章法合理，语言流畅，景情相融，表达了对爱人的追求，对爱情的执着。首联有总领作用，写出了伊人与我的关系，和我的态度——虽未结姻缘，我仍独自追求。颔联承接首联写过往两人的情谊，颈联转到写自己对爱情的态度——不恋姿色美，和追求爱情的决心——不怕身影孤。尾联以"白头到老"的意作结，皆顺理成章。题目取得也恰当。但其中有需研究改进之处。如，重复用字较多，有两个"间""心""自"，"共"与"同"字在一联，意思重了，严格说来谓之合掌。起句"雁雀"二字不理想，雁雀是两种禽鸟，这两个是飞不到一起的，且雀不算是高雅美丽的鸟，一般用燕子、鸳鸯比喻情人，紫燕双飞，鸳鸯共枕。第五句的"妙恋"的"妙"字既不准确也与下句的"身"字对仗不工，故改用"情"字，"孤身哪怕影形单"句的重点在"孤""孤"字置身字后面可强化感情，且与句末的"单"字形成自对。"身孤"对"影单"，更富韵味。尾联上句"画"字用得不够准确，改"共"字，共同生活到白头之意。"赛众帆"之语，有点偏离主旨，一对情人为什么要去赛过其他许多人呢？只两人长久携手人生就可以了，故改为"携手君扬万里帆"。"白头共"写时间之久，"万里帆"指旅途之长，皆喻情意厚深。写出一首成功的诗，除讲究格律、立意、布局，还要重视炼句用字，达到语句流畅自然，用字准确精炼。贾岛诗云："二句三年得，一吟双泪流。知音如不赏，归卧故山秋。"卢延让诗句还有，杜甫诗云："吟安一个字，拈断数根须。"可见他们在字句上下多少功夫！写完第一遍后，需反复读，看有无不安妥的，多余的，还可以改得更理想的。久之，诗作自会长进。

改作：

赠伊人

劳燕双飞天地间，姻缘未许自翩翩。
死生不弃离难聚，风雨相依苦尽甘。
情恋何言姿色美，身孤哪怕影形单。
丹心欲与白头共，携手君扬万里帆。

赞通信女兵（三首）

清妆短发束戎袍，渺渺身姿搏浪涛。
凄风瘦影连忠曲，笑吐温情志倍豪。

星辰如盏月如刀，三尺机台蜷柳腰。
千军万马闻一唤，昼夜疾驰军务劳。

戎旅生涯转瞬消，滴滴热血尽洒抛。
熔炉淬炼巾帼志，侠骨豪情续锦瑶。

【点评】

用一组诗表现一个主题的形式，有更大的容量，更广阔的场景，表达更深厚的诗意。写女兵的题材也难得，且有不少生动的描写，如第一首的"清妆短发束戎袍"，第二首的"星辰如盏月如刀，三尺机台蜷柳腰。"其中"千军万马闻一唤"之句尤其精彩，形象地道出了通信的巨大作用和影响力。

不足之处，一是空泛的表述过多。如"渺渺身姿搏浪涛""昼夜疾驰军务劳""滴滴热血尽洒抛。熔炉淬炼巾帼志，侠骨豪情续锦瑶"这样的表述很难给读者留下深的印象。二是各首诗没紧紧围绕一个主旨。第一首不知写女兵在做什么。第二首好些，读后知道是写接收、发布军令。第三首的第一句像是写退伍，但第二句没接下来。三首诗宜写三件事，第一首可写架线，第二首写发布军令，第三首写退伍。

第二首，"星辰"是指时间，故改"晨星"，凌晨之星，言女兵值了一夜的班。"千军"与"万马"意思重叠，且"千军"处应仄声，故改用"十万雄兵"，"昼夜疾驰军务劳"句平仄失律，"军务劳"与全联之意不甚合，且空洞，缺乏意象。

第三首的第二句"戎旅"词生僻。第二句，接不上第一句的意思，离军营之时应该是依依不舍，不应出现"热血洒抛"的景象。

第三句的"淬炼"两个字是一个意思，重复了。有了"淬炼"，"熔炉"就可省略。"巾帼志"是女人之志，格调不够高。"侠骨豪情续锦瑶。"词意空泛。此诗像是用新声韵，"滴""帼"二字新声是平声，但"骨"新声也是平声，都按新声，"骨"字就不合律。这属于今、旧声混用，是不允许的。新旧声不能混用。

题目，宜将"女"字置通信之前，突出"女"的特点和重要。"赞"字不入题为好，使诗更含蓄一些。

炼字也是很重要的，"清妆""星辰""戎旅"这些词用得都不够准确或欠工稳。

绝句短小，容量有限，宜集中写一件事、一个人、一场景。一首诗应集中写一个主题。意蕴宜深不可宽。如写事，写之前应确定写什么事，紧扣这件事展开，不要离题。第一首诗的不足在不"明确"写什么。"意"是诗的统帅、灵魂，有了明确的立意，才能谋篇布局。一般的步骤是：

首先是立意并选韵。立意，就是有了诗的最后两句，确定了诗的主旨。有了后两句也就选择了韵，最后一字即是韵。

其次续首联。如作绝句，有了后两句就续写前两句，即首联。写首联的思路是，如何牵引出尾联，用首联自然过渡到尾联，上下一脉贯通，首尾呼应。

再审核诗题。一般是写之前大致有个题目，诗写完后再审题，看题与诗是否相称，或题与诗是否符合作诗的主旨，根据主旨修改诗或题。如作七律，先有了尾联，确定了用韵，再续首联。据首尾二联的情况，构思中间两联对仗句。进而调整平仄、字句。

改作：

女通信兵（三首）

素妆短发绿戎袍，架线登天欲比高。
千里军情伸手接，谁人不说你英豪。

晨星如盏月如刀，三尺机台蜷柳腰。
十万雄兵闻一唤，奔驰千里跃城壕。

军旅生涯转瞬消，一朝离去泪连抛。
三年炼就凌云志，来日腾飞望更高。

谢练勤

"三台"演绎精彩人生

师政委在政工交流研讨大会上指出："和田不是生活的好地方，但却是个创业的好战场。"他号召全体官兵要珍惜机会，切实上升到把赴疆维稳作为躬身实践的前台、展示才华的舞台、建功立业的平台的高度来认识，并付诸实践。

挥师千里靖胡尘，浴火天山百战身。
砺得"三台"添虎翼，硝烟散后说真人！

【点评】

完全合律，诗意紧扣"三台"。

上联写新疆大环境，下联写作者部队小环境，章法布局合理。不足，第二句"百战"与"浴火"连接不紧，且与现在部队和平年代现实情况不符。故改为"炼"字。下联上下句语意连接不够顺畅，"三台"与军人的关系，与军人使命的关系写得不明朗。"真人"用在此处，语意不够明确，且力度小，故改为"好军人"。题中"演绎精彩人生"，提前暴露了诗意。诗贵含蓄。序言也太长，只介绍"三台"含义即可。

改作：

咏"三台"

师政委提出把赴疆维稳作为躬身实践的前台、展示才华的舞台、建功立业的平台。

挥师千里靖胡尘，浴火天山百炼身。
若要新疆建功业，"三台"可塑好军人！

"四为"教育动员

坚持用正确的理念教育和引导官兵，确保部队始终能保持昂扬的精神状态。从今天起，在维稳部队中开展"为国奉献、为党分忧、为民解难、为团争彩"的"四为"专题教育。

维和战地竞风流，理念创新助善谋。
国事在前当奉献，党建有责要分忧。
替民解难何辞苦，为队争光力劲道。
赤子龙骧向东望，昆仑山麓著春秋。

【点评】

基本合律（唯第四句"党建"应平声），中间两联基本合律且基本工整，写军营身边之事，有时代感。不足，题与诗有点分离，写的是作者感受，不是教育本身，故改为《听"四为"教育动员感作》，副标题过长，介绍"四为"内容即可。内容有点空泛，缺具体形象，故改作首联写了部队执勤生活。中间两联分别写国、党、民、队，有重复啰唆之感。首尾两联应该是流水句，原作不够流畅。作者尾联抒情是对的，但上下句词意不够畅达，作者是江西人，故改以第一人称，第四句用"我"，第七句用"江南好男子"，这样写，会令读者感到亲切自然。

改作：

听"四为"教育动员感作

——部队开展"为国奉献、为党分忧、为民解难、为团争彩"的"四为"教育

维和维稳站前头，夏日巡街冬戍楼。
家国桩桩心挂念，军营事事我分忧。
英雄救难谁辞险，血汗为疆不惜流。
无愧江南好男子，昆仑山麓著春秋。

总结：

作者基本掌握了格律和写作方法，能观察、体会身边的生活并写入诗中，路子对。

诗与小说、戏剧、散文、故事等文学作品不同之处在于诗重在抒情。虽然都是通过塑造典型形象表达作者思想感情，而诗的特点是抒情，所以描写、叙述不宜过多。诗宜见景生情，睹物起意，从景物最特点处生发情意。写景状物须即形象又典型，不宜过多铺排，更不宜空泛。如杜甫的《蜀相》：

丞相祠堂何处寻?锦官城外柏森森。
映阶碧草自春色，隔叶黄鹂空好音。
三顾频烦天下计，两朝开济老臣心。
出师未捷身先死，长使英雄泪满襟。

是写诸葛亮的，前四句写景，形象生动，有问有答，有色有声，有树、草、鸟、阶之形态，动静结合，易触动读者五官。只第五、六两句写诸葛亮，最后两句发感慨。写诸葛亮的两句，前写其才，后颂其德。诸葛亮一生事迹很多，诗只选三顾茅庐隆中对的三分天下之计，和辅佐刘备父子两件事，如画龙点睛。第一、四两联流水句，二、三联对仗。对仗显文辞端庄典雅，流水使诗意生动畅达。既有韵律之美，又朗朗上口。可熟读此诗，从中味得七律诗真谛。

孔令梅

念奴娇·《政工条例》

博大精深，要读遍，新修《政工条例》。科学发展千锤炼，铸我政工之剑。时代课题，"三个确保"，辉光照红天。精雕细琢，核心价值齐鸣。　　励志永葆优势，八十余载，旌旗挥长空。依法治军匡正气，化作千钧神力。巨流推进，雄师振奋，同志须努力，铸军魂，统领百万军心。

【点评】

此作写出了《政工条例》的一些特点，抒发了强军的雄心壮志。且上片着重《政工条例》特点，下片着重抒意。结尾有气势。但是，词，需按词谱而作，有平仄、押韵、对仗的规定限制，故作词谓之填词。《念奴娇》，苏轼之后，又名《大江东去》或《酹江月》。双调，100字，故又名《百字令》，上下片各十句，四仄韵。此作在平仄、用韵上有多处不合词谱。我用红色标出的字是押韵字，共用例、剑、力、天、鸣、空、心，七个韵字，分属四个韵部，且天、鸣、空、心都是平声。建议填词时依照词谱。96个字以上的属长调，作起来难度更大。如有兴趣，可学点填词知识，先选字数少的小令练习。请参考习近平同志《念奴娇·追思焦裕禄》，该词上片用"地、雨、系、气"四个仄声韵，下片用"洗、去、意、碧"四个仄声韵，均为词的第三部支微韵。

古　镇

布幌在瓦砾檐下招摇
搅动千年氤氲
记忆拉回
看不透墙里的钢筋水泥

人群在青石板上聚集
品评满眼古色
低头细嗅
闻不到苔藓的年老芬芳

纪念品说不清纪念什么
土特产找不到原产家乡
熙来攘往演绎着古老的繁华
骄傲得丢失了本来模样

【点评】

相当好的讽刺诗，借写古镇讽刺不知保护环境，不珍惜文化古迹的行为。有现实意义。诗言语形象而又简练，语句具节奏感。先写映入眼帘的布幌，再写人群，由物而人。最后写"骄傲得丢失了本来模样"，点出了主题。先写表面的"布幌""古色""纪念品"，后写深藏的"钢筋水泥"，失去的"年老芬芳"。由表及里，由浅入深，结尾抒意点题，步步引导读者。语句结构既有一定规律，又长短参错，富于变化。更略为押了"阳"韵，读来朗朗上口，有吟唱之韵味。此作说明作者有写诗的才能，是一支潜力股。为了增加语言的韵律感，我稍加改动。首句将"布幌"与"招摇"换位，押了韵。第一段末字改为"藏"，也是为了押韵。"苔藓"改"雕栏"，是考虑"苔藓"都是活生生的，不是古代的，雕栏可以是以前留下的，这样子更合乎情理。"砾"是碎石，用在此处不够妥帖、准确。

有些自由体诗，语句不讲究对称性，更不押韵，虽然是作者的自由，但诗既然叫诗歌，就是要吟唱的，没有节律，不押韵，就没有吟唱的优势了。社会上的歌词和戏曲词，几乎全押韵，有的句句押，有的隔句押。我认为，自由体诗也以押韵为好，至少每段的末字押韵。

改作：

古　镇

招摇在青瓦檐下的布幌
搅动千年氤氲
记忆拉回
想不到钢筋水泥在墙里躲藏

聚集在青石板上的人群
品评满眼古色
低头细嗅
闻不到雕栏的年老芬芳

纪念品说不清纪念什么
土特产找不到原产家乡
熙来攘往演绎着古今的繁华
骄傲得丢失了本来模样

郭保罗

菩萨蛮·有感南昌舰退役

海疆终有今朝别，犹怀甲午成心结。赤子念前仇，赋闲非所求。　怅然辞岗日，北海风云激。遍告后来人，毋忘强国魂。

【点评】

词像是依宋代楼扶体，两仄韵，两平韵。上阕入声十七部，下阕入声十八部。借南昌舰退役抒发爱国护疆之志，立意高远，情调昂扬。上阕写退役之时，下阕写退役后。开合有度。语言较流畅，意脉贯通。

不足处，一是写作角度不够清晰明确，题目是有感，是作者口气。首句"海疆终有今朝别"与结尾"遍告后来人，毋忘强国魂"，却是南昌舰口气。二是有的句子不够顺畅，如"海疆终有今朝别，犹怀甲午成心结。"海疆是主人了，海疆怎么怀甲午心结。主人应该是南昌舰。三是有的词语不够准确、妥帖。如"北海风云激"，北海的含义太小，与词的意境不符。"遍告后来人，毋忘强国魂"中的"遍"字与诗的情境不够谐，与前句连接不够顺，显得生硬。"强国魂"一词，魂是一种精神，用在这里与南昌舰也不够般配。南昌舰应该是守海疆，护国

门。改作为南昌舰口气写，故题目去了"有感"二字。

改作：

菩萨蛮·南昌舰退役

今朝虽与海疆别，犹怀甲午旧心结。赤子念前仇，赋闲非所求。　怅然辞岗日，四海风还急。且嘱后来人，毋忘护国门。

江城子·春之咏

梅君来后百花忙，扮家乡，巧梳妆。国色园中，彩凤又朝阳。旖旎春光怜爱侣，轻拂面，暖心房。

细风垂柳杏荫旁。着鹅黄，舞霓裳。闪闪晴波，兰棹弄沧浪。料想伊人凝目处，疑定是，有情郎。

【点评】

词完全合律，有景有人有情，写出了春天的景色美与人情美。语言比较流利，意脉连贯，是一首相当好的作品。美中不足是有些用词欠妥帖，以致影响了词的合理性，如"梅君来后百花忙"，写春天的，应该是东风或春风来了才有百花。不知用这个"梅君"有什么出处。梅花虽然也有春天开的，但是一般冬天开，梅用来指冬天。故"梅"字改"东"字。东君是春神，宋·周邦彦《蝶恋花》："午睡渐多浓似酒，韶华已入东君手"。

"细风垂柳杏荫旁。着鹅黄，舞霓裳"这应该是一段话，第一句结束应逗号，而不是句号。后两句如果写花草，则是颜色，霓是七彩之色，包括了黄色。如果写人，则鹅黄也是衣服之色。这样也影响了词的流畅性。从整体上看，还应该是写花草，故改为"小桥垂柳杏荫旁，着鹅黄，散幽香"。又如"国色园中，彩凤又朝阳"国色二字是指全国最美丽的意思，与园搭配不甚合理。"旖旎春光怜爱侣，轻拂面，暖心房"。春光可以怜爱侣，但如何拂面，似乎不太通情理。"闪闪晴波，兰棹弄沧浪"。波与浪，表达的是同一个事物，不是在波上弄浪，应该是湖中弄浪。这就使这几处的上下句语意不够连贯通畅。

另，题目《春之咏》其意是春的咏叹，如果这样，则应以春天的口气写，而词却是用作者口气写。故改为《春游》。

上下阕都是先写景后写人，虽然以往也有人这样写。但这样做难免有上下雷同之感，不如上阕写景下阕写人抒情有变化，有新鲜感。

改作：

江城子·春游

东君来后百花忙，扮家乡，巧梳妆。喧闹园中，彩凤又朝阳。一路和风怜爱侣，轻拂面，暖心房。　　小桥垂柳杏荫旁，着鹅黄，散幽香。十里平湖，兰棹弄沧浪。料想伊人凝目处，疑定是，有情郎。

总结：

从这两首作品看，格律娴熟，立意和章法布局都蛮好。共同不足是造句与用字尚有改进余地。词的一段与诗的一联一样，前后句的语言要流畅，诗意要贯通。一段词的首句是领，如果这一段三句以上，更要注意流畅性，保持这一段的完整性、和谐性。创作诗词一定有一个明确的观察或叙述的角度，从而确定用什么人称和语气。一首作品只能用同一个角度。这两首都有人称多元而显得有点乱的问题。《菩萨蛮》是作者和南昌舰两种口气，《江城子》题是春的口气，词是作者口气。词的大部分篇幅是写春，而重点又是游的见闻。故改作统一用游的方式写，增加了"一路"这个词。这就明确告诉读者，作者是春天游赏，在游赏过程中看到了这些景和人。

如果要改进上述不足，最好先从写诗入手。诗的用韵，语句比词简单明朗，如果有问题，容易发现。而词的用韵变化较多，句式比诗复杂。如这首《菩萨蛮》用了四个韵部的韵，句式有两句的，三句的。把握的难度要大点。通过写诗，待章法、押韵、造句、用字都熟练了，诗的语言流畅，文意贯通顺达了，再填词可能就比较容易了。

马旭升

游台湾北回归线
夏至赋兄弟词

我与太阳合个影,北回归线赋心声。
纬经交织肢连体,筋脉同源缘重情。
光照辛劳双茧手,风吹奋进七旬程。
炎黄天上当期盼,骨肉谐行旋彩琼。

【点评】

　　游台湾北回归线,借"回归"二字,抒发渴望台湾回归的心情,又用赋兄弟词间接表达两岸是同胞兄弟之意。这种手法巧妙,寓意深。首联扣题,从太阳和北回归线起,十分自然,中间两对大体工整,且隐喻海峡两岸命运相连。结尾寓意人民大众希望两岸携手同行,亦有深意。不足处有,题目"夏至"二字应置前面,表明是这日游,更顺畅些。颔联"缘"与"肢"二字对得勉强,肢是名词,缘是动词。结句表达的意思不够明朗,"骨肉谐行",语意不顺,"旋彩琼",语意不明,不易理解,故改为"台海一家共太平",可令主题更鲜明,更贴切。

改作:

夏至游台湾北回归线
赋兄弟词

我与太阳合个影,北回归线赋心声。
纬经交织肢连体,筋脉同源人重情。
光照辛劳双茧手,风吹奋进七旬程。
炎黄天上当期盼,台海一家共太平。

国民党老兵之后导游日月潭

山中日月捧清波,携手同游感慨多。
易水河边故乡土,潭漪岸上老兵歌。
轻舟浪里思飞远,翠岭岩头雾涌沱。
忽听一声茶叶蛋,余音响起唤阿婆。

【点评】

　　写出了游日月潭的情趣,读来如身临其境,尤以结尾自然清新,亲切之情自在景中。冠以"国民党老兵之后导游"题目,更让人思绪不断。两个对仗亦工。不足处在,诗句的布置顺序不甚理想,如首句写"山中日月潭"景,次句又写携手同游。写日月潭景与题就远了。故改为"亲临",以接题目的"游"。中二联的次序宜将写景的颈联置颔联,以承接首联的游景,颈联再荡开思绪写远处,最后写见阿婆。这就是按游的先后顺序写,使诗意更流畅连贯。尾联上下句不够流利,语言亦有点啰唆,声、音、响三个字是一个意思。有了声字,听字可以省去,听到的自然是声。

改作:

国民党老兵之后导游日月潭

亲临日月赏清波,携手同游感慨多。
共乘轻舟思绪远,分登翠岭艳花罗。

澎湖岛上传雅曲, 易水河边是旧歌。
身后一声茶叶蛋, 回头见是老阿婆。

台湾绿岛印象

睡美人旁伏犿獒, 梅花角鹿密林韬。
绿洲掩迹辞牢狱, 迷雾封尘泛逆涛。
天浪苍苍帆影远, 地维阔阔祖情高。
空悬孤石缘山岳, 鸥鸟归巢振翼翱。

【点评】

诗完全合律, 写景自然, 开合有度, 对仗工整。不足有二, 一是个别字不够准确, 如"天浪""祖情", 天上怎么有浪, 看绿岛又如何见"天浪"。"祖情", 有点生硬, 不易理解, 又与"地维"没多少关联。故两句改了。"归巢振翼翱"不够通顺, 既然归巢了, 歇息了, 就不会振翼翱。出巢才是振翼翱。二是尾联上下句不够连贯流利, 未点出空悬孤石与鸥鸟翼翱之间的内在联系。"孤石缘山岳"语意亦不明白。每首诗都应有一个重点, 且置于尾联。从这首诗看"空悬孤石"是重点, 因为它有众多鸥鸟飞翔。

改作:

台湾绿岛印象

睡美人旁伏犿獒, 梅花角鹿密林韬。
绿洲掩迹辞牢狱, 迷雾封尘泛逆涛。
海浪苍苍帆影远, 地维阔阔日光高。
空悬孤石好风景, 引鸟归来振翼翱。

台湾花莲国民党老兵玉石开采加工厂购物

昆仑瑰玉台湾现, 老树同根一脉连。
秦帝曾窥和氏璧, 清皇又眷掐金扇。
雕温镂润艺安在?华子龙人探祖缘。
两岸情深无价宝, 撷来薪火作家传。

【点评】

以玉石联系两岸, 并联想两岸亲情, 手法比较巧妙, 诗句比较流畅。不足处, 一是题目"台湾花莲国民党老兵玉石开采加工厂购物", 落脚在"购物", 而诗没有写购物。故改为观玉石加工厂。二是颈联对得不够工。雕、镂是动词, 华、龙是名词, "雕温镂润"与"华子龙人"对, 并不工整。"艺安在"与"探祖缘"也不对仗, 词性不合。艺, 名词, 探, 动词。三是结句的"薪火"二字与诗前面的意境不相通, 来得突兀。撷来的应该是上句的"情", 这个情是在台湾体会到的, 自然也应随作者回到大陆。这样, 亲情在台湾与大陆之间传递, 就合情理, 也有深意了。"情深无价宝", 不够准确, 落脚点是"深", 深并不一定无价, 情才无价。

改作:

观玉石加工厂

昆仑瑰玉台湾现, 老树同根一脉连。
秦帝曾窥和氏璧, 清皇又眷掐金扇。
只只艺手镂珍品, 代代龙人探祖缘。

两岸亲情无价宝,撷来大陆作家传。

总结:

　　这四首诗都相当可以。出现的共同不足,一是用词的准确性还有待改进。多处出现不够准确现象,需加以注意,写后多读几遍,斟酌字句。二是四首的结尾都有点问题,问题出在语言的流畅上,因不够流畅妨碍了诗意的表达。而结尾是诗的重点处,语言的准确性、流畅性要求更高些。三是有两首的题目不够准确,需在诗的命题方面多注意。四是四首都是七律。七律篇幅长,比较四句的绝句诗驾驭要难一些。不妨写点绝句,练练上下句的流畅性,练练结尾。

　　另,结尾是诗的重点。明代谢榛云:"律诗无好结句,谓之虎头蛇尾。"元代杨载云:"诗结尤难,若无好句,可见其人终无成也。"一般来说,先有了尾联才写前面的诗句。因为这样以尾联为中心谋篇布局,不会出现散乱现象,诗容易写得紧凑而流利。若没有理想的结句,不宜下笔作诗。

端午情

芦叶江风奏瑟琴,龙衔角黍水中吟。
菖熏恶日牵香艾,酒酿雄黄避蛊侵。
崇善驱邪华夏义,烁今承古圣贤襟。
忠魂耿耿千秋月,糯米拳拳万众心。

【点评】

　　诗工整而又流畅,第一、二联写节日之景,第三、四联发感抒情。稍嫌不足是有三个对仗,若尾联用流水句或递进式,更好读些。题目的"情"字不够妥当,既直白,又限制了诗的空间。故改了一下。

改作:

端午感怀

芦叶江风奏瑟琴,龙衔角黍水中吟。
菖熏恶日牵香艾,酒酿雄黄避蛊侵。
崇善驱邪华夏义,烁今承古圣贤襟。
忠魂耿耿千秋月,糯米拳拳万众心。

陌生的爸爸

一声"虎子"两眸霞,铜紫脸膛飘汗花。
三岁憨儿娘后躲,戎装彩照手中拿。

【点评】

　　诗如一独幕剧,形象且生动,道出了父亲从军久未还家的实情,意味深长。可称佳作。诗用了压缩与跳跃两种方式的诗家语。诗家语,是诗人用于诗中,异于寻常语,且有美感的语言。全诗四句都是跳跃式的,如电影常用的蒙太奇手法,虽四句之间词语相隔,但意脉相通。第一句即是:身为军人的父亲喊:"虎子,我的乖娃!"这一段话的压缩。不足的是,首句"两眸霞"三字,描写不够贴切，故改。题目"陌生的爸爸"，有利揭示诗的主旨，但又陷于直露。是否可以改用"娘俩探军营"。只交代事情的背景，"陌生"只在诗中，这样的话，诗更含蓄点。

改作：

陌生的爸爸

一声"虎子我乖娃"，铜紫脸膛飘汗花。
三岁憨儿娘后躲，戎装彩照手中拿。

火柿子

惯看风云翘树头，一身赤胆渡三秋。
干枝不朽燃心火，饮尽寒霜馈九州。

【点评】

是一首相当好的咏物诗，全诗围绕"火"字着力，写出了柿子"火红"的魅力。用语造句亦有豪迈之势。一身、三秋、九州，皆为极端数字，营造了雄浑气象。不足的是，有的用词不够精准妥帖。如"一身赤胆渡三秋"的"胆"字，有点生硬，不如"赤色"自然。因为度三秋谈不上要多大的胆。渡，是渡河，过日子应用度字。"干枝不朽燃心火"，不朽、燃心，两词亦有点生硬，整句亦不够顺。"饮尽寒霜馈九州"这句的前后之间不是很般配，亦不甚合情理。火柿子不只是饮寒霜，还有阳光、雨水、肥料等，且这句离开了"火"字，诗意就散了。故改作仍紧

扣这个"火"字，"干枝生出团团火，红了山林红九州"。这样，全诗都更顺畅了。

改作：

火柿子

惯看风云翘树头，一身赤色度三秋。
干枝生出团团火，红了山林红九州。

总结：

旭升同志于格律已相当熟了，构思布局能力也不错，更有丰富的想像，良好的文字功底。需要的是在诗的流畅性上多下点功夫，对用字造句，再多斟酌，细推敲。写完后，多读几篇，并对照名作检查一下，有何不妥处。依你的条件多修改几次，写出好诗指日可待。

孩提记忆
——有感"南海仲裁案"

蓝色汪汪白浪烹，阿公收网笑声萦。
鱼虾游篓仓爬蟹，蚕菜端盘锅煮羹。
灯下虔听先辈事，堂前躬敬妈祖情。
"吭当"欲抢南沙去，断我家乡断我行。

【点评】

诗以儿时记忆南海渔民生活为切入点，别出心裁。写景形象生动。从写景起，以抒情结，布局合理严密。是一首相当好的诗。不足处是个别用

语不够准确。如首句"蓝色汪汪白浪烹"，汪汪，不够精确。浪烹，二个字搭配不通顺，亦不好理解。"咣当"一词意义不够明确。"断我家乡"，一是家乡不是可以断的问题。二是南海不是渔民家乡，是他们劳作之地。尾联上句的"抢"字，与下句的"断"字，是并列，不是递进，故显得流畅性不足。故改用"到"字。"堂前躬敬妈祖情"的"祖"字处应平声，故改作上下句的名词颠倒用，"妈祖"置上句，下句用"祖先"。

改作：

孩提记忆

——有感"南海仲裁案"

蓝色汪洋浪万层,阿公收网笑声萦。
鱼虾游篓仓爬蟹,蚝菜端盘锅煮羹。
灯下虔听妈祖事,堂前躬敬祖先情。
外人休到南沙去,夺我乡田断我行。

观孙老所拍京城双彩虹照

上下双行道,霓虹入晚城。
潇潇风雨爱,沥沥夏秋情。
百里华池现,千重宝厦惊。
翩翩没云海,隐隐载雷声。

【点评】

诗合律。不足处是诗意不够集中，作者的立意亦不甚明确。宋·吴可云："凡看诗，须是一篇立意，乃有归宿处。"按常理，此诗的归宿处

应着力写彩虹之美。但有些诗句互相矛盾。如"霓虹入晚城"是彩虹之美，而"千重宝厦惊"，"隐隐载雷声"，都不属美好或舒适之词。"百里华池现，千重宝厦惊"与彩虹关联也不大。这首诗的重点应该"彩虹"二字，着眼点在七彩色之美，与虹桥弯之形。"沥沥"可能是"历历"之误。诗题不够准确鲜明，改了一下。"拍"字是多余的。这首诗不可能观照片，而是题写。这类诗一般用"题某某照"，可参阅我发表于《红叶诗刊》的《谈传统诗命题的基本要求和方法》一文。

改作：

题孙老《京城双彩虹照》

天上桥双道,霓虹入晚城。
潇潇风雨路,历历夏秋情。
百鹊谁能渡,千车岂可行。
翩翩没云海,携去万人睛。

夜　雨

剑闪穹庐起啸声,犹闻战鼓耳边鸣。
直疑炎帝云端站,挥指农耕百万兵。

【点评】

本诗联想丰富，有气势。问题在结尾这一联，与上联离得远了点，因第三句转得勉强，突兀，炎帝是神农，不是兵战的象征，战鼓与农耕怎么联结都觉生硬。故改为作者

看电视播我军在南海演习，这样就合乎情理了。

改作：

夜　雨

剑闪穹庐起啸声，犹闻战鼓耳边鸣。
眼前电视正军演，疑是三沙百万兵。

总结：

这三首诗的构思都较新颖，独特。美中不足的是有的语言不够妥帖精准，需要在炼字方面多下点功夫。尤其是结尾都不十分理想，结尾之句，有的与前面诗句的气脉和意象不够和谐，有的不够准确，经不起推敲。结尾是诗的高潮和重点，需多下功夫。宋代姜夔云："一篇全在结尾，如截奔马。"故全诗应以结尾为中心展开。如果没有成熟的结句，诗可以先不下笔。

观云台山红石岩瀑布

奇岩高挂水晶帘，串串珍珠落玉盘。
叠翠流莹花万朵，暗河涌出是狂澜。

【点评】

题与诗合，上联写瀑，下联写流，层次分明又上下贯通。上联写景形象生动，下联景中寓意——水晶帘、珍珠，这样美丽的也会变成汹涌狂澜。不足的是，用词还可精准些。如奇岩，奇字有点虚，不如"红"字

形象又切题。第三句"叠翠流莹"有点生硬做作，且与下句不甚和谐，诗的重心在"狂澜"，这一联应写出瀑布、珍珠、花朵如何变为狂澜的。故第三句改写成溪流，结句的"是"字改为"化"字，这一联就是递进句了。以致诗一气贯注，气象浑然。"出"是入声字，此处应仄，是为用旧声，无需标新韵。

改作：

观云台山红石岩瀑布

红岩高挂水晶帘，串串珍珠落玉盘。
更作溪流花万朵，暗河涌出化狂澜。

路遇农民工喜看手机照片

工地还需几站程，凝神端望溢深情。
房前妻女新装秀，眼角花开喜泪盈。

【点评】

有生活气息，抓取生活瞬间景象，通过细节描写，表现了农民工在外地思念家乡亲人之情。尤其是下联精彩。不足处是，文字上有不妥当处，显得语言不够流利，意境不够完整。如题目的"路遇"，从首句看应该是乘车。次句的用语过虚，"凝神端望""溢深情"，这两组词都虚，缺少形象。另，"站程"一词生硬，不易读，"里程"才是规范语，常用语。

这两首都相当不错，但语言的准确和整诗的和谐浑然方面仍有不足之

处。需写出后多读几遍，检查一下用词的准确性，以及诗的浑然性，是否一气贯通，自然流畅。

改作：

公交车上农民工看手机照片

工地还需几里程，低头幅幅是乡情。
房前妻女新装秀，眼角花开喜泪盈。

过金山岭长城

几顶"方冠"一线连，遥望漠北路三千。
当年可见昭君去，带走城墙万里烟。

注：方冠，指长城箭楼。

【点评】

诗作基本合律，首联写景，尾联抒意，诗与题相称。结尾相当精彩，"带走城墙万里烟"，既具形象又诗意朦胧。万里烟具有双重意味，是家乡景物，也蕴含战争硝烟之意。昭君带走了故乡之烟，更带走了战争，实现了家国和平，边境安宁。不足的，一是，首句离题的"过"字有点远，如改用"回望"则切题，"方冠"二字需要注解，"箭楼"则更通顺易懂。二是次句的"望"字处应平。故改作将"望"字移至首句，次句的望字改为思字，思字也利于与下句的"当年"衔接。三是结句的"城墙万里烟"，城墙与万里烟搭配不甚和谐，城墙是短的高的，如何有万里烟。故改"城墙"为"长城"，长城有

万里之长，语句就更顺畅合理，亦增添气势。四是，题目《过金山岭长城》，诗中写的是汉代昭君，昭君当年过的不是金山岭长城。故题目隐去"金山岭"，只用《过长城》，这样作诗更合情理。文学艺术来源生活又高于生活。营造意境，是要选择景物的，为用昭君出塞典故，以概写长城为好。

改作：

过长城

回望箭楼一线连，遥思漠北路三千。
当年可见昭君去，带走长城万里烟。

看外孙在巴音胡硕军垦建设兵团公园采野花

乌拉盖草伴新花，纪念塔前飘彩霞。
小手捉来香扑面，拓荒情结带回家。

【点评】

诗完全合律，上联写景叙事，下联写人抒情，开合有度。尾联用递进句，流畅自然，且有深意，表现了兵团公园的美景，又抒发了留恋的深情，把花香带回的同时，也带回了拓荒者的精神。不足之处，一是，首句与次句的顺序不够理想。第一句与第三句都写花，中间第二句插入纪念塔，有点乱。这样做，使第二第三句离得远了，有点接不上气脉。故改作将第一、二句对换一下，先写塔，后写花，按由上而下、由远而近的次序写。二是第三句的"香扑面"与"带

"回家"不甚合,扑面之物在身外,难于带着走,意脉有断的感觉。故改为"香入袋",将花放入袋中,就可以带回家了。三是,题目与诗相比,题目小了。且显得繁琐,"采野花"之意,诗中已有,不应重复。故改题目为《与外孙游巴音胡硕军垦建设兵团公园》,提示与外孙游园。

改作:

与外孙游巴音胡硕军垦建设兵团公园

园中高塔揽飞霞,绿树成阴草缀花。
小手捉来香入袋,拓荒情结带回家。

"天边草原"的云

碧野蓝天白絮开,蓬松柔软叠成台。
裁衣披在我身上,无翼也能飞起来。

【点评】

诗紧扣云展开,紧凑而流畅。首句接题写云,次句写云的变化,第三句转到我,云裁成衣披我身上,最后说因为我有了衣而可能飞起来。诗中有我,想象丰富大胆,意象开阔,韵味悠长。不足的是文字有粗糙处。如首句"碧野蓝天白絮开","碧野"二字与诗境不够和谐,诗主题写云,云在天上与碧野无关系,故改为"万里蓝天",以衬托天蓝之美,云白之丽。次句"蓬松柔软叠成台","蓬松柔软"四字是多余的,因上句有

"白絮",已含此意。这四字有随意下笔,凑合之嫌。结句"无翼也能飞起来",不太合乎情理。上句"裁衣披在我身上",衣服披在身上是飞不起来的,故改"飞"为"飘",则合情理,也不失韵味。另,"天边草原",不知是否有这个名字的草原,如果没有,题可作为"在大草原看云",或"在某某草原看云",将具体的草原名字写入题目。

改作:

"天边草原"的云

万里蓝天白絮开,随风朵朵叠成台。
裁衣披在我身上,无翼也能飘起来。

颐和园登高觅菊花展不见

雨过岚清景色深,登高赏菊拾阶寻。
斜阳不见黄花面,笑指昆湖万朵金。

【点评】

诗按游园顺序写,首句交代公园气象背景,次句写登山寻菊,第三句写没看到菊因而转到斜阳,在阳光引导下看到昆明湖万道波光。诗流利明快且生动有趣,尤其下联精彩,将斜阳写出了人性,把我置于景物互动之中。"笑指昆湖万朵金",不仅写出了湖之美,更道出了欣喜愉悦之情。不足的,一是个别字不够妥帖。如首句末字"深",表达不够准确贴切,色深,是什么颜色深?深与雨

过、岚清也没有必然关系。故改用"新"字，雨洗之后，面貌一新。又如"登高赏菊拾阶寻"，其中的"登高"与"拾阶"有语义重复之感。二是题目《颐和园登高觅菊花展不见》中的"高"字，不够鲜明具体，是登梯，登殿，还是登山？故改作"寿山"，即登万寿山写入诗中，题目就简化为《颐和园觅菊花展不见》。这样，诗的题目与内容更具体鲜明，令人易读。

改作：

颐和园觅菊花展不见

雨过岚清景色新，寿山赏菊拾阶寻。
斜阳不见黄花面，笑指昆湖万朵金。

总结：

这四首游览山水诗作，都属较为成功之作。章法比较严谨，语言流利。尤其是想象丰富，意象生动，读有余韵。诗中有不少诗性思维，这是诗人成功不可缺少的因素。可见马旭升同志有写诗的才气。只是，在艺术构建和用字方面还需磨炼，使之意境更完整，气象更浑然。

另，题目也是要仔细修改打磨的。使之简明精炼，诗与题合，天衣无缝。

军人妻子的情怀

吾偕月亮撞中秋，笑脸张开明慧眸。
手熨清波光似练，云行灿影玉如舟。
千家欢喜盈情动，万寨笙歌大爱酬。

莫道霜晨孤枕泪，梦圆圆上塞疆楼。

【点评】

诗借中秋月夜抒发军人妻子对丈夫的思念之情，题材与角度均好。结尾亦较为生动。但中间两联与全诗意境联系不紧密，描写的景象亦与结尾之情不够和谐。这首诗可以写成四句的七绝，亦能充分表达情感。

改作：

军人妻子

一轮皎月满中秋，照亮家乡照戍楼。
莫道夜深孤枕寂，梦圆你我共边州。

秋天的信

归雁西风野染霜，新枫燃火点秋香。
山楂露出娇羞脸，金菊铺开淑影墙。
稻谷扬场晾珠玉，邻家屯米借阳光。
千言万语犹难尽，留予来春纸一方。

【点评】

诗借秋收之景的描写赞扬秋之美，结尾更有深意：不仅秋天的美难写尽，还有春天的美也值得赞扬，隐喻未来的日子更加美好。不足之处，有四，一是起句与整个诗的意境不够和谐，西风、野霜这两个景破坏了诗的韵味。二是首联上下句语意不够流利。三是个别字用得不够精准、妥帖。如次句的"燃""点"两个字，意思是一样的。第四句"金菊铺开淑影墙。"墙是不宜铺开的，理意不通。"淑影"一词亦生硬，语意不易懂。第五句"稻谷扬场晾珠玉"，"扬场"一词也有点生僻，"珠玉"像是指米类，如大米，玉米，与下句的"屯米"，有合掌之嫌。四是题目，诗的内容是描写秋景的，而"秋天的信"为题目，则与内容不全合，含意也模糊，是写给秋天的信，还是秋天写的信。诗需要朦胧，题却要清晰，对诗起引导作用，或补充作用。故改用《写秋信》，也可以用《秋天》，即提示这是写秋天的诗。

改作：

写秋信

不惧西风洒野霜，红枫依旧送秋香。
山楂露了娇羞脸，金菊叠成高大墙。
场地晾棉铺玉锦，邻家屯米借阳光。
千言万语难描尽，留予来春纸一方。

题秋游京通运河公园夫妻野餐礼让牛奶照

一杯鲜奶操芦花，顿觉心中飞彩霞。
水里鱼儿摇尾笑，口衔佳话到天涯。

【点评】

诗像一个独幕剧，形象，生动，结尾具有童话意味，连运河里的鱼儿也被这一幕感动了，到处传诵。美中不足是语言和文字表达欠准确，如首联"一杯鲜奶操芦花，顿觉心中飞彩霞。""操芦花"三个字搭配生硬，与诗境亦不甚谐。"顿觉心中飞彩霞"，与上句连接不够紧密，且生硬，谁心中飞彩霞呢？心中又如何飞彩霞？文理皆不够顺。题中"京通运河公园"，是否"北京通州运河公园"，如是，则不宜简略，应写原名。"秋游"二字可略。

改作：

题《通州运河公园夫妻野餐礼让牛奶照》

你来我往几回啦，推送犹如互敬花。
水里鱼儿摇尾笑，口衔佳话到天涯。

总结：

三首诗皆有好句，但共同的不足是在诗的艺术构建方面有缺陷，致语言有的地方不够流畅，气脉不甚贯通，诗意不尽完整浑然。诗除了好的立意，主要是要有一个好的艺术构建，即确定了要表达的主题之后，关键是对表述主题的艺术形态进行构建。诗的第一要求是一气贯通，气象浑然，供人流畅诵读。就需要诗的各个部分有机组合。否则，诗脉阻塞，意象散乱，不成篇章。诗的架构即诗的大致框架。其架构有不可或缺的四个点：目标点、立足点、着力点、转折点。犹如一座房屋，至少有四根立柱，一张桌子，需有四条腿，方得成形，方能稳定。一首诗如一座房屋，也如一部机器，是由部件组装成的。部件就如诗的要素。诗的艺术架构的这四个基本要素的运用是：

聚焦目标点。目标点，是诗最终要表达什么，亦即通常说的诗的主旨。诗要围绕这个目标点营造意境。选择立足点。立足点是诗的舞台，如屋之基。把握着力点。着力点是诗由写景向抒意发力的支点，如果没有这个支点，则无从发力，没有前行的力量，就到不了目标点。抓住转折点。转折，是由景象描写向意境转化的关键点。

如苏轼《题西林壁》："横看成岭侧成峰，远近高低各不同。不识庐山真面目，只缘身在此山中。"目标点是揭示：在此山中不见真面目。全诗围绕这个目标展开，句句不离，字字紧扣。其立足点是庐山，诗是在庐山这个舞台上展开的，自始至终没有离开这个基点。其着力点是"看"，在"看"字上用力，横看侧看，远看近看，无论如何看还是看不清。其转折点是"不识真面目"，由"不识真面目"去发力，揭开看不清的缘由是"当局者迷"。这四个基本点的环环相扣，致诗意脉一贯，气象浑然。又如王之涣《登鹳雀楼》："白日依山尽，黄河入海流。欲穷千里目，更上一层楼。"其目标点是表达登高才能望远的哲理。全诗的字句全部围绕这个主旨铺设，为这个主题服务。其立足点是鹳雀楼，以鹳雀楼为平台，所有景的描写，情感的抒发都建立在鹳雀楼上。其着力点是"登"，重点

写登楼的景致描写，因为"登楼"，才看到白日、黄河近景与远景。其转折点是"上"，更上一层楼，才能看得更远。诗的尾联是颠倒式：欲看得更远，必须上更高的楼。颠倒式语句增添了诗的气势，这是作者的艺术功力表现。这两首诗的成功是基于这一艺术构建的，也展示了艺术构建的要素、方法，以及重要意义。

如果缺少了这四个基本要素中的一个，或不能将这四个基本要素有机组合，诗则凑泊而不成篇。故清代王夫之云："作诗但求好句，已落下乘。况绝句只此数语，拆开作一俊语，岂复成诗？'百战方夷项，三章且易秦。功归萧相国，气尽戚夫人。'恰似一汉高帝谜子，掷开成四片，全不相关通。如此作诗，所谓佛出世也救不得"也。（《姜斋诗话》）读者看不出这首诗的目标点、立足点、着力点、转折点，是一首不成功的作品。可见不注意诗的整体架构，致使诗作散乱，不成气象的现象不唯现今常有，古时亦并不少见。不然，大诗论家王夫之不会写下这样一段话。

把握好了这四点，诗就可以一气贯通，形象思维与逻辑思维融为一体，诗语跳跃而诗意连贯，气象浑然。

写在国家公祭日

漫天凄雾土中栽，涕泪啾啾声破腮。
残骨犹言前日事，长河依照旧时台。
枯城倭寇遗殃远，强汉盛唐携魄来。
怨怼终须会当志，振兴华夏国花开。

【点评】

诗合律，注意了起结。不足的主要是语句有不通畅处，如"漫天凄雾土中栽，涕泪啾啾声破腮"，雾如何土中栽？于理不通。涕泪如何同鸟的啾啾声音？声音又怎么破腮？同样，"枯城倭寇遗殃远""怨怼终须会当志""振兴华夏国花开"等句语意皆不够通畅明了，读不懂。振兴中华难道只国花开？有的句前后搭配不合理，如"强汉盛唐携魄来"，汉代唐朝的魄是什么，怎么携得来？这些原因致诗有点散乱，没有一个浑然的意境，未能表达一个完整的意思。改作根据起句"土中栽"，将题目改为"南京大屠杀死难者国家公祭日望南京"，就便于下笔了，前四句写望到的南京景象。第三联写联想，最后作结，结在希望和平处。

改作:

南京大屠杀死难者国家
公祭日望南京

高碑破雾土中栽，遥望南京泪溅腮。
遗骨又经今日祭，残阳斜照旧时台。
东洋还未鬼魂去，华夏应思猛将来。
亿万同胞齐奋力，不容战事再重开。

公祭！警世！！

耳畔犹闻凄厉声，东瀛复起海狼鸣。
祭神修宪南洋搅，钓岛飞机老路行。

公祭年年警清醒，倭顽霍霍现狰狞。
三军当奋倚天剑，改革强身威甲兵。

【点评】

这首诗结句有所寄，但问题与前首诗一样，有语句不顺，用词随意现象。如首联"耳畔犹闻凄厉声，东瀛复起海狼鸣。"与题连接不紧，"凄厉声"，与"公祭"有什么关系呢？"海狼"，有"海狼"这个动物吗？中间两个对仗仅注意文词对，意思却不够清晰确定。尾联上下句意思不连贯，结句"改革强身威甲兵"亦语意不顺。题目的意思有点乱，与诗不够谐。

改作:

写在南京大屠杀死难者
国家公祭日

一片刀光剑影闪，东瀛又起虎狼声。
祭神修宪舰机造，拉美反华钓岛行。
公祭年年警钟响，倭兵日日国门逞。
军刀当向大洋举，看我神州威甲兵。

总结:

这两首作业的问题大致相同，主要原因是下笔之前不明确要写什么，要表达一个什么情感。而且两首内容差不多。虽然作了一些修改，我对改作也不够满意。只是第一首将诗的立足点放在公祭日望南京上，有景可写。重点在抒发和平意愿，用我们的集体行动维护和平。这样，就有目标，有表现的平台。第二首改作将诗的目标确定在增强我军威慑力量，御敌于国门之外。

写诗，首先要有一个明确清晰的目的，要表达什么。也就是确定写什么，然后才是怎么写。这两首作业，对写什么好像并不明确，而且写同一件事情，站在同一个角度。这样，处理的难度更大。对于写什么，最好写自己熟悉的题材，而且是已经有了真情实感之时。具体说来，是有了诗的结句时才构思。结句是怎么产生的，即在什么时候，什么地点，见到什么景物生发的。将这些素材写入诗，诗便容易成篇。如没有以上这些，不宜强作。明代程元初云："诗不可强作，不可徒作，不可苟作。强作则无意，徒作则无益，苟作则无功。"这是基本的要求。元代杨载讲写诗要特别注意的有十戒，第一戒"曰不可硬碍入口"，第三戒"曰差错不贯串"。讲的都是诗要意脉贯通，语句顺畅。清代何日愈云诗"有八病：无意义，一病也。无情趣，二病也。粗率，三病也。鄙俚，四病也。声韵不谐，五病也。法度杂乱，六病也。油腔滑调，七病也。押韵生强，八病也。"这些都是作诗的基本要求，也是容易犯的毛病，为诗者都应熟记于心。以上理论，《古今名家论诗词语录》中皆有，不妨时常翻阅，用理论指导自己。

另，下笔用词要力求准确，如题目的"公祭"，应写全称，不可马虎。

王伟老师点评

孙继革

采桑子·致敬余旭

出生巴蜀娇娇女，当爱红装，偏爱戎装，志在蓝天万里翔。　　苍穹好似沙场烈，汗洒空疆，血洒归航，一片丹心化旭光！

【点评】

出生巴蜀娇娇女，当爱红装，偏爱戎装，志在蓝天万里翔。——人物、故事交代得清楚、明白，苍穹好似沙场烈，——此句意思也明白，似乎也无大问题，可是，我还是觉得稍稍有点别扭。为什么呢？你想啊，本来：苍穹好似沙场，这六个字已然意足，且晓畅无比。可是，加上一个"烈"不能增色，反致臃肿，便成蛇足。如此看来，便要改，单独改这一个字恐怕不行，须全句七个字通盘考虑，即重构此句，你再想想。

汗洒空疆，血洒归航，——上片两个四字句既然叠韵，那么下片两个四字句也以叠韵为宜，这样队形更整齐。或可易：空疆为飞航。即：汗洒飞航，血洒归航，一片丹心化旭光！——暗化姓、明嵌名，一明一暗，镶嵌无痕，既镶嵌余旭名字又切合其事业、事迹，又符合天空物事，颇巧。咏物、咏人诗词，首务是切合。然仅是切合则又不成其为诗词，须当有寄意，于中又须用情。如是，则诗词成矣；如是，则写作方有意义。

浪淘沙·春雪之恋

二月早春羞，步履悠悠。千呼方绿柳梢头。淡抹远山屏画里，欲纵还休。　　飞雪绕枝头，情话柔柔。相思期盼竟成酬。从此护春陪到老，甘化清流。

【点评】

二月早春羞，——入手即说"春羞"，可以说明缘由，也可以不说明缘由，均可。而词中特意拈出"二月"，复又加一"早"字，便有强调之意，若如此则须说明缘由方稳妥。纵观后文，是"羞"的情态描写，亦未说明缘由。看来是不想说明，也无须说明。那么，似无必要"二月早"字，只一个"春"字便可，多则反而误事。改为：春色若含羞。如此，不说早而早春之意一望可知。

步履悠悠。千呼方绿柳梢头。淡抹远山屏画里，欲纵还休。——欲纵还休。这样表达也可以，言欲绿未绿，草色遥看近却无的状态。然而，其物理状态"欲纵"是对的，但"还休"就不甚合理了，它不想"休"啊。故，或可调整为：似隐还浮。这

样就合理了，如何？

飞雪绕枝头，情话柔柔。——过片这拍来得突兀，没有铺垫与交代，与上片缺乏关联，忽然就"飞雪"了。词，过片换头处最是要格外注意联络，既要联络、照应上片，又要另起一段或另起一意，而又须使上下片一脉相承，构成一个有机的整体。故而，于此必须加倍用心，不能断了曲意，不能有裂痕或断裂感。要掌握好其承上启下、贯通全篇的作用。那么，我们就调整下：雪亦解情柔，飞上枝头。如此，便能和上片联络无隙了，使"雪"来得也自然了。

相思期盼竟成酬。从此护春陪到老，甘化清流。——相思二字涵盖很广，隐然间已经包含期盼之意，故而不必再说期盼，反致臃肿累赘而冲淡了词意。或可易为：相思今日竟成酬。

改作：

浪淘沙·春雪之恋

春色若含羞，步履悠悠。千呼方绿柳梢头。淡抹远山屏画里，似隐还浮。　　雪亦解情柔，飞上枝头。相思今日竟成酬。从此护春陪到老，甘化清流。

采桑子·塞上新兵

背包打进英雄梦，告别家乡。号令铿锵，塞外征途泛雪光。　　演兵场上声威壮，汗水如汤。筋骨如

伤，未及思乡入梦乡。

【点评】

背包打进英雄梦，——起得干净利落，可谓入手擒题。此句形象且生动，军人风神，新兵心境，跃然纸上，好！"打进"，看似信手拈来，顺理成章，其实，一和"英雄梦"组合起来便见出巧思与匠心，非信手可得也。

告别家乡。号令铿锵，塞外征途泛雪光。——故事顺序而进，娓娓道来。寥寥几笔就将入伍、道别、出征、抵达目的地等几件事清晰勾勒出来，准确、精炼。"泛"字亦可，然总觉还能更好，你再炼炼。如：踏、破、斗之类的思路，当然，这几个字也不理想，你再想想。

演兵场上声威壮，汗水如汤。筋骨如伤。——两个四字句既作对偶，则"汤、伤"略嫌词性不相类属，然非如此不足以表现训练之疲劳，姑且从权。

未及思乡入梦乡。——憨态可掬，于俏皮中道出训练之艰苦，乐观主义精神切合军人形象。虽云不思乡，亦是思乡矣。大可赏味。

采桑子一调，本宜写低婉缠绵悱恻之情，兄用来写军旅之情亦是婉约中透着铿锵，别有风致。

浣溪沙·秋思

窗外潇潇秋雨霏，枝头霜叶落还依。秋寒阵阵透窗扉。　　昨夜灯红明素简，今朝雨白湿乌衣。雨稠可误雁归期？

【点评】

此词借秋景起兴，描绘的是秋雨霏霏，霜叶落地，寒气袭人。词作者昨夜还在灯下翻看着远方亲人的来信，今朝又在雨中湿透了衣裳，为什么呢？盼望呀，等待呀，等待远方亲人的归来。

全词通过一幅秋雨图表达出作者浓郁的思念亲人、盼望早归之情，殷殷情义，跃然纸上。窗外潇潇秋雨霏，——潇潇与霏，意略同，同是用于描绘秋雨，取一可也，多则浪费。且霏与第三句的扉同音，韵脚同音，多为不美，宜避。或可易为：时，窗外潇潇秋雨时。如此，则点明场景、时序，为下文留有充分余地。

枝头霜叶落还依。——落还依，推测意欲表达依依不舍落下或落叶归根，然终觉不畅，且依与下片的衣，又是韵脚同音，或可易为：堂前霜叶又（忍）离枝。这样，前后两句呼应、关照，衔接得更为紧密。

秋寒阵阵透窗扉。——可。或许能更出彩，再想想。

昨夜灯红明素简，今朝雨白湿乌衣。——这联不错，色彩纷呈。灯红，虽无问题，但总易使人联想起灯红酒绿；乌衣，有黑衣和乌衣巷两解，而乌衣巷又和燕子多有联想，而后文说的是大雁，为避免歧义，可调整为：昨夜灯明红素简，今朝雨白湿青衣。这样，红，作动词用；乌衣、青衣，都可指黑衣，不影响对仗，亦工稳。

雨稠可误雁归期？——这一问，何等地体贴、温柔，融情于景，情景交融。

改作：

浣溪沙·秋思

窗外潇潇秋雨时，堂前霜叶又（忍）离枝，秋寒阵阵透窗扉。　　昨夜灯明红素简，今朝雨白湿青衣，雨稠可误雁归期？

浣溪沙，音调和婉，最宜抒情。此调写的人最多，然真正合体（合体，即合乎词牌子体格、体气之谓也。）者却少。浣溪沙上片三句要平行而又一句一递进，第三句在递进的基础上又要绾合前二句，以收束上片。这个调调最难把握的就是上结，既要绾合上片又要开启下片，而又要上片三句若行云流水，一气呵成，不脱不跳。另一点是下片前二句为对偶句，要求对仗。这二句是最能够出彩也应该出彩的地方，重心所在，务要用心。煞拍相对较灵活，或就词中意作结，或宕开一笔，均可。

另，关于诗词重字，若非技巧上有意为之，还是应当尽量避免重字。

九　月

北陲九月露凝霜，遍野花凋百草黄。
鸿雁多情应解意，碧霄留赠数诗行。

自古诗人多伤秋，而此诗绝无衰飒之气。于满目秋凉之际别有一番诗情画意透出胸间，哀而不伤，积极向上。不惟"鸿雁多情"，实乃诗人多情也。

小诗颇合法度，自然流畅，可见诗心。已改无可改，若强行修改的话，则"遍野"或可易为"大野"，既包含"遍野"之意又与"北陲"呼应且递进；"花凋"易为"风凋"，如何？言风致草木衰落，隐然间风就多了一层朦胧意，任人想象；"数"易为"一"，如何？在古诗文中，一大于任何数；"碧霄"易为"凌霄"，如何？既含有碧霄之意又包涵志向高远之喻，且凌字又与鸿雁联络得更为紧密。改稿仅供参考，您自己定夺，可仍保留原稿。

改作：

九　月

北陲九月露凝霜，大野风凋百草黄。
鸿雁多情应解意，凌霄留赠一诗行。

名家点评

丁芒点评

张若青

狼牙山抗日五壮士

悬崖脚踏一天雄，义薄长云唱大风。
万丈深渊埋碧血，杜鹃唤出满山红。

【点评】

此诗写得大气磅礴，雄风袭人。开篇第一句"悬崖脚踏一天雄"，造句奇峭，超乎寻常，极富想象内涵，当是一诗警策。惜第二句"取义横云"四字不通顺，故改为"义薄长云"（本是"义薄云天"，因前句已有天字故用长字）。

送君出征

船动波摇涌泪花，征人远戍去南沙。
朝朝未了边尘梦，夜夜心随守海涯。

战地演出

吹尽硝烟月洒霜，胡笳轻拍诉悲凉。
沉沉一曲《白毛女》，多少男儿捏碎枪。

【点评】

《送君》与《演出》两绝都写得很好。写出了真实的情感。《演出》为调平仄，第一句打散原句，改为"吹尽硝烟月洒霜"。尾句"哭断肠"虽意思有了，力度尚觉不够，故改为"捏碎枪"，这样改，虽夸大，年轻人一时领悟较难，但更具动势，更显现演出效果，更能表现男儿的血气。

报国篇

投笔从戎效旧贤，从身许党寸心丹。
青丝换尽终生愿，留得军中报国篇。

【点评】

《报国篇》虽也是写的大概念，但个性的东西较显。最好的是"青丝换尽终生愿"一句。这是作者的独创，也是作者凝铸的一个典型意象。无此句全诗精神全无。

起飞线

一条天地合缝口，百杆强弓箭上弦。
腰挟雷霆惊寰宇，胸藏浩气壮史篇。
冲锋一吼威扬海，攻击轮番势撼天。
莫道起飞银丝短，几多霹雳送云巅。

【点评】

此诗经过你再次改动，比原来好多了。首句虽有破律之嫌，不是大问题。"天地合缝口"出句不凡，有气魄。我原先对颔联的改动也并不看好。你有花精力重改的精神，我很赞赏。创作就是这样，不达目的誓不罢休。此诗的颈联同样也不错，没有亲身体验是写不出这样的句子的。结尾两句，点出主旨且有余味。

江城子·飞行训练

卷尘动地巨雷喧。左牵山，右擎天。追超日月，展翅闯帝关。轻踏云涛风引路，吴越过，又齐燕。　　军中旧日想英贤。正当年，裹尸还。万千兜鍪，长剑卫河山。整理乾坤还未了，看铁马，写新篇。

【点评】

这阕词与上诗一样，有苏辛大家豪气。"牵山"用得贴切、生动；"呼铁马，写新篇"虽一般，概念化了些，却因全篇前面的经营。以此落底，倒也觉得有了分量。此词不俗，拟荐《诗词创作》。

鹧鸪天·惊梦

忽觉沙飞日色灰，炮枪声震陷重围。突营死拼风雷速，虏将俘兵捷报飞。　　降倭寇，显军威。昏灯急唤梦还回。若能再次赴疆场，系尽豺狼颈脖归。

【点评】

《惊梦》有大气魄，出自真情实感。我也当过兵，曾有"梦飞弹雨燃心热，神着刀光照胆寒"诗句，

此诗亦斯意也。第三句"突营死拼风霆速"的"风霆"不多见，为何不用"风雷"？"风雷"虽为熟见，用在此处未尝不可。另下片第四句"若能再次重青少"，意不甚明；且"再次、重"意思重复，改为"再次赴疆场"如何？末句"胡儿"过去指少数民族，有贬义之嫌，还是避开为好。

破阵子·忆入朝前一次
雨夜拉练

黑夜长途拉练，身寒路滑行艰。湿透层衣如铁板，猫洞深掏三尺宽。削崖筑险关。　　枕戈听风听雨，冰河铁马轮番，一梦长驱刀卷雪，驰骋三千唇齿安，女儿不汗颜。

【点评】

此词再次改后，面貌焕然一新。文字简，形象到位，意象丰满。后三句尤好。我还是那句老话："文章不怕改，千锤出精品。"

鹧鸪天·军中牡丹

秀发齐留到耳边，身穿迷彩更翩翩。青春蘸上橄榄绿，壮志书成报国篇。　　军号紧，哨声尖，摸爬滚打势惊天。蛾眉腰里苍龙吼，血荐军中红牡丹。

【点评】

《鹧鸪天》一词的要求是前片

三四句、过片三字句多为对偶。我看不必如此拘泥。"青春蘸上橄榄绿"是难得的好句，因下句难对而舍弃，太不值得。但，如能尽量对仗又不损原句，作一番努力也是应当的。我意改为"壮志写成报国篇"。关于对仗的问题，我认为不是绝对的。不必因词害句，因字害意。就像本阕的要求，也只是"多"作对偶。其他都好，无须改。

秋波媚·海岛探亲

风怒涛狂咋系舟？隔岸织千愁，望穿海水，亲人难见，梦里相留。　　男儿卫国休言怨，且将泪强收。愿人长久，心魂相守，聚散从头。

【点评】

此题材较为特殊。抒战士舍家卫国感情的极佳角度、场景。词中"隔岸织千愁"句尤佳，但其余用语平平，这是高要求，当然意已到。

鹧鸪天·哨所清潭

叠嶂西驰又折还，山泉惊湍玉珠旋。云飘风走清潭里，战士扬波洗不眠。　　看皎月，赏银盘，真想捞起送河湾。挂回小妹梅窗里，系梦牵情总是圆。

【点评】

写战士感情至深，且依托清潭具体事物起兴，可谓得意之法。下阕尤好，是诗的扩大联想，很动人。末句进一步发挥想象力，"系梦牵情总是圆"出语深邃，有很大韵味含蕴，带有一厢情愿并命令月亮总是要圆诸意，可见情思之深之坚。此诗破一处平仄律又何妨，不要作腐儒。

魏　节

兔年说兔（二首）

怀携玉杵降烟寰，捣药为民喜值班。
先治礼包红眼病，同批邪术骗人言。
卯时日出寒宫外，妙手春回暖世间。
医德良心常对月，掂掂笔下处方权。

月宫道别下凡寰，十二年轮又一班。
苦口婆心三瓣嘴，量书衡石八方言。
为求真理宠辱后，舍得分身自在间。
毛颖凭宣担大任，兔毫赤笔刺贪权。

【点评】

读您两诗，第一印象就使我倾倒，像这种极易写成千篇一律的题材您却作了独特的、新颖的主题开掘。此所谓"诗就是发现"，您第一个"发现"，您才是诗人。光拾人牙慧、熟套话者，就不是真正的诗人。角度也好，前首写玉兔捣药，是讽刺医药界陋习，第二首写兔毫作笔，讽刺"贪、权"二丑。都是小角度、大主题，"小中见大"的写法，很好。只是有些语句有些毛病，加之您是两首相和，押同韵同字，使您多了些束缚，我能理解。费了很大劲、很多时间，才改成这样，而"量书衡石八方言"，我不知何意，未敢改。妙句都圈了点了，都是我欣赏的。我修改处大多是为了贯气，明确前后句的关联，为了语序上的通畅、语流的畅达和构象的准确。您前首诗的末两句，后首诗的后四句都是在这些方面出了问题，所以改了甚多。我就不一一说了，请您自己去反复思考领悟。当然，也许有我误解原意，或改得不对之处，您可以再作修改。此二首颇有新意，完全可以发表，甚至您可以写篇散文，叙述构思、写作、修改的过程发表，我想一定会受到广大诗友的重视且受益。

附：我欣赏的句子

捣药为民喜值班。
先治礼包红眼病，
再批广告骗人言。
常掭笔下处方权。
十二年轮又一班。
苦口婆心三瓣嘴，
纵横走笔刺贪权。

改作：

兔年说兔（二首）

怀携玉杵降烟寰，捣药为民喜值班。
先治礼包红眼病，再批广告骗人言。
悬壶济众播仁爱，妙手回春暖世间。
我劝医家成玉兔，常掭笔下处方权。

月宫道别下尘寰，十二年轮又一班。
苦口婆心三瓣嘴，量书衡石八方言。
为求真理薅毛发，鼓起精神献世间。
宁束兔豪担大任，纵横走笔刺贪权。

浪淘沙·蓝海天使医院船亚丁湾演练

天使立方舟，救护潮头。黄金水道任沉浮。不逊须眉巡远峡，万里悠悠。　妙手尽明眸，伤病无忧。和平友好美名留。蓝海白衣红十字，首创风流。

【点评】

"天使立方舟""妙手尽明眸、蓝海白衣红十字"这三句有新鲜感，创意感，形象感，很好。但全词偏重叙事，无波澜曲折之，语言也平平，如"和平友好美名留"这样俗套的话上了，诗味便全被冲淡。尾句"首创风流"太老实、平俗、概念，全诗之味被它洩尽。比前词相差甚大。从两词的比较，落差甚大的原因，你可多加体味，此词如要改好，首先把句尾写好是起码的事，句尾抒情宜虚，例如改成："绘尽风流"（绘字承上句"三色"之"跳板"）是否更虚更有韵味呢？您再斟酌。您把"和平友好美名留"及尾四字改好，此词或可振拔一新。我试改为"高挥一笔会寰球，蓝海白衣红十字，绘尽风流"。可否，您定。

改作：

浪淘沙·蓝海天使
医院船亚丁湾演练

天使立方舟，救护潮头。黄金水道任沉浮。不逊须眉巡远峡，万里悠悠。　　妙手尽明眸，伤病无忧。高挥一笔会寰球，蓝海白衣红十字，绘尽风流。

好事近·癸巳迎春

腊月北风寒，望断雪烟岑壑。忽响一声爆竹，发开春函约。　　铺宣凝绘花红绿，执笔细雕琢。忘却九冬彻骨，冗烦成畴昨。

【点评】

您艺术上是有底气的，但在诗的表现上，偏偏找了这倒霉的格律形式来开步，结果那繁琐的格律捆住手脚、扼住咽喉，加上我以"真诗"两字，几乎使您咽了气。我是太狠了点。所好您是性情中人，能吃透这个狠字（我看了您那篇文章不禁发笑），我们的心似乎更贴紧了。这篇就是明证：您知道老师我就是喜欢这种死不认输的性格，果然这次您就迎头给了我一炮："忽响一声爆竹，发来春之约"，这是奇想奇语，动势的象征非一般人能够想得到、写得出的。虽然后句语言别扭，作了修改，而这"奇思"是您的创造。就凭这一意象句的创新，一下子把全诗品位提升到高境。当然，末句您没有写好，什么"冗烦成畴昨"，什么意思？我不懂，只好全改。我的"姑奶奶"，您怎么能写出这样莫名其妙的闪句来的？！总之，这首诗是成功之作，另假如"忘却九冬彻骨"能再改一下，例如"彩墨新春沸"之类就更好了。但"沸"字在我们南人讲是押了韵的（音佛）而北方念"费"音。我不便改。这该死的格律！

改作：

好事近·癸巳迎春

腊月北风寒，望断雪烟岑壑。忽响一声爆竹，发来春之约。　　铺宣细绘花红绿，工笔去雕琢。忘却九冬彻骨，浓香自澎勃。

迷路误入小蒜沟瑟尔
基桥畔赏初秋

岭背存三绿，山阳已九秋。快门惊雀鸟，缓步阅溪流。

熟桔田头垛，懒羊石坂休。
闲牛轻甩尾，告说又丰收。

【点评】

这首五律写得好极了，令我激赏耽吟许久。究其原因，细析之如下：①全篇主旨是一个“赏”字，是作者观初秋之景时的心态。底蕴：赏山农丰收在望的喜庆氛围、赏自己忧民、忧农情怀得到满足感，而不仅仅是“赏景”而已。这一构思就深化了诗之立意主旨，大大超越了一般描景之作。②正因为有更深的立意升华，结构意象时就有了选择，此诗前四句是描景交待环境背景，由宏观到微观，颇见层次，重要的是以后半篇的篇幅，写出其“赏”的焦点所在，即丰收之景，以秸堆田头实指，更以羊卧石坂、牛闲甩尾虚指、暗指。正因为“虚实相生”，不得不以秸堆田头这个实景作陪衬，作起跳想象的跳板，使后面的虚（指羊、牛的自然形态）的暗示性，能迅即被读者破解、领悟。③“懒”“闲”这两个形容词用得极好，极富想象余地，羊吃饱了才“懒”卧，牛忙完了才“闲”甩尾巴，都是丰收之景，却均被人忽视。作者如没有独到独创的诗性思维深度，是不会拈到这个意象入诗的。④看似又懒又闲的反面行为，作者恰恰用来做了正面直说的尾句“反捩”，即“反激”“反衬”之句。说实话，如果在一般描景之作里，以“告说又丰收”这样的直道其详的尾句结尾，总结全诗指出诗旨，那就成了败笔、烂尾。此诗的懒羊、闲牛反捩，反使尾句之直道寡味，变成相声中“抖包袱”那样的警绝之句而成为貂尾矣！奇哉妙哉，此我之深感也。⑤“存三绿”，从未见过这样的组词；“快门”这现代新名词入诗，也仅见，都显示了作者的创性思维的广度、力度。

刘庆霖点评

郭　准

兵团往事忆零

兵团战士走天涯，屯垦戍边处处家。
海角江滩潮气重，木床底下长芦芽。

【点评】

这首小诗刊发在《红叶》2012年第三期上，一共两首，这是第一首。我主张把军旅诗写到细微处，用细节反映军营生活和军事斗争以及官兵的情感世界。这首诗的尾句就是细微而精彩的一笔。新中国成立初期，解放军曾成建制地改为生产建设兵团，开赴大西北和北大荒，垦荒耕田。他们每到一处，"进行"简单的安营扎寨，便开始了垦荒战斗。这首诗就是写的这种情形。试想：在荒滩上平整场地，然后搭起帐篷。几天后发现木板床底下长出了芦苇的新芽。作者郭准用这极其细微的叙述，暗示了那时垦荒官兵艰苦的生活条件和他们吃苦耐劳的高尚品格。这里没有讲大道理，没有说教，甚至没有赞扬的语言。却令读者感到了兵团官兵的高大形象和战斗精神。其实，这首诗并不完美，一是第二句孤平，二是第三句转折铺垫不到位。诗的前两句"兵团战士走天涯，屯垦戍边处处家"，这样总写已经足够了。第三句又写"海角江滩"，就觉得太笼统，没有落到实处，也没有为第四句做好铺垫，使其更加精到。如果第三句能用"滩草一平营帐起"之类的句子转折铺垫，是不是会更好些呢？当然，这首诗由于尾句极其生活化的细节叙述，给人无限的联想，加之前两句的总体铺垫较好，仍不失为佳作。

袁　漪

"神九"女航天员刘洋

敢驭飞龙巡太清，追风叩月揽群星。
九天仙子漫夸美，可及中华一女兵？

【点评】

这首诗发在《红叶》2013年第二期上。写"神舟"系列的诗不少，写女宇航员刘洋的诗也很多，然而能够出新的却寥寥无几。绝句有一种写法，就像"跳高"，一、二句是助跑、三句是起跳和翻越栏杆，四句是成功落地。此诗就是这样的写法。"敢驭飞龙巡太清，追风叩月揽群星"，这一、二句用于"助跑"的语言非常完美而有力。短短14个字道明了刘洋乘神九上天以及在天上的所有动作，一个"敢"字尤其贴切。第三句是起跳和翻越栏杆。请大家注意这个"栏杆"的高度已达到了极致，它是"九天仙女"的"美"。第四句"可及中华一女兵"是成功的翻越和落地。用反诘句来肯定。可以说，刘洋超越了所有九天仙女美的高度，是真正的超级美女。因为这里的"美"有其深刻的内涵，应该是容貌美、胆略美、知识美、戎装美的集合。

李　翔

军营即景

遍地黄金一夜风，营中树木半凋零。
士兵摄影犹崇武，拍个戎装俯卧撑。

【点评】

这是发表在《红叶》2013年第一期的一首诗。诗中只写了军营中战士拍照一事，语言平实、明白如话。然而，作者就是通过这一首小诗，传递出军营中浓郁的生活色彩。色彩之一，战士爱美。营中一夜风、满地黄金叶，战士们纷纷出来拍照留念。色彩之二，战士尚武。拍照拍什么？拍持枪站岗，拍坦克大炮等等，这些虽然能表现军营特色，但可能全是老一套了，那么好，拍个穿军装的俯卧撑吧。俯卧撑是军人的体能训练，它最能体现军人的力量。试想：连在业余时间拍照都能想到体能训练的战士，能不热爱武装吗？从艺术上看，这首诗语言朴实、角度新颖、以小见大、来于生活而高于生活，堪称佳作。

赵京战

定风波·紧急集合

晓月如钩晓梦沉，忽听军号震山林。跃起穿衣三两下，披挂，背包枪弹称腰身。　　坦克军车方列阵，休问，敌情料已到前村。口令回答如爆豆，先后，铁流滚滚卷烟尘。

【点评】

这首词发表在《红叶》2012年第二期上。读此词，不仅令我想起自己经历的紧急集合，还令我想起另一个老兵的回忆："紧急集合，是一阵急促的哨音。是黑夜里，新兵的惊慌失措。甚至，丑态百出。是老兵不留情面地大声训斥。"（吴国平《诗刊》2010年第八期）吴国平这段回忆，是许多新兵同样的刻骨铭心的记忆。而赵京战描述的紧急集合，显然是一队训练有素的军人的战术动作。读此词，我有三个感受：一是现场感。作者通过"晓月""晓梦""越起""披挂""坦克军车方列阵""口令回答如爆豆"等一系列意象描述，充分调动了读者的视觉和听觉神经，令人如闻其声，如临其境。一个紧急集合的大场面，一个个意象组成的蒙太奇镜头，纷纷闪现在读者的脑海之中。二是紧迫感。这首词通过描述一个分队一连串干净利落的战术动作，由始至终都紧扣词题——紧急集合，当过兵的人都知道，紧急集合大致可分为三个层次，第一个层次是轻装紧急集合，即在最短的时间里，起床、着装、打好背包、集合列队。第二个层次是全副武装紧急集合，除了第一个层次的动作外，还必须带上武器弹药和其他作战装备。第三个层次是带有战术背景的紧急集合。不但要携带武器装备，还要根据战术情况，进行拉练或演习等等。这首词描述的显然是最高级别的带有战术背景的紧急集合。要用"跃起穿衣三两下"，"休问，敌情料已到前村"，"口令回答如爆豆"，"先后，铁流滚滚卷烟尘"等词汇，在读者心中"制造"了强烈的紧张气氛，把读者的情感也拉到了这场"紧急集合"之中。三是真实感。这首词自始至终都是用事实说话，没有夸张、没有豪言壮语。有人也许会问，"跃起穿衣三两下，披挂，背包枪弹称腰身"，这还不夸张吗？那么，我们再来看看老兵吴国平的回忆："我是一个对紧急集合特别敏感的人，能够在第一声哨音还没有结束之前，忽地蹦起来，并第一个穿好衣服，而且，在穿衣服时，背包带就已经撒开了，整个程序简捷无误。所以，当别人还在戴帽穿衣的时候，我就已经站在门口了。"（《诗刊》2010年第八期）这是一个真实的回忆，是一个老兵对新兵时的回忆。应该说新兵对紧急集合是紧张畏惧的，但通过训练的老兵却不一样，他们多数都如吴国平回忆的，对紧急集合，习以为常，得心应手了。所以我说，这首词描述的是真实的，没有真实感的诗词是不能打动读者的，军旅诗更是这样。

周清印

满江红·雅安大地震救灾英雄礼赞

谁挽银河，冲洗净、废墟腥血？奔蜀道、一声清角，百团集结。铁甲吼开泥石路，伞花吐绽芦山月。救孤婴、断壁掘千寻，呼声切！　　橄榄绿，肩似铁；迷彩服，心如雪。看三军展筛，水鱼情烈。刮骨疗伤亲手足，扎营万帐同凉热。待授勋、煮酒话英雄，皆人杰！

【点评】

这首词发表在《红叶》2015年第三期第26页。记得这首抗震救灾题材的词曾经获得红叶诗社主办的"第二届军旅诗词大赛"一等奖，这首词之所以能够在众多作品中脱颖而出，在我看来，其理由有三：一是角度选得好。它没有像有些抗震救灾的诗词那样报怨天地无情，更没有像某个作家那样没心没肺地唱着"天灾难避死何诉，主席唤，总理呼，党疼国爱，声声入废墟。十三亿人共一哭，纵做鬼，也幸福……"高调，而是选择一个礼赞英雄的角度，再通过这些英雄的行为，去叙述我们国家如何对地震造成的伤痛进行"疗伤"。大地震的结果往往是把大地"撕裂"，把生命"撕裂"，把人心"撕裂"，这种种"撕裂"如何抢救和修复，那就是抗震救灾。抗震救灾从某种角度上说，就是对这种种"撕裂"的"治疗"。应该说，这首词的角度选得既直接又准确。二是言之有物。它没有像"大地无情人有爱，八方争赴沙场。乌云横扫见阳光，天灾诚可怕，中国更坚强"这样空乏地议论，而是言之凿凿："奔蜀道、一声清角，百团集结。铁甲吼开泥石路，伞花吐绽芦山月。救孤婴、断壁掘千寻，呼声切！""刮骨疗伤亲手足，扎营万帐同凉热。"用这些言之有物的事实去表现抗震英雄们，既令人信服，也让读者有身临其境的感觉。三是虚实相间，场面宏大。有人说旧体诗词不擅长叙事，但此词却通过虚实相间的处理，道出了一个抗震救灾的宏大场面："谁挽银河，冲洗净、废墟腥血？"以虚切入，大胆想象；"奔蜀道、一声清角，百团集结。铁甲吼开泥石路，伞花吐绽芦山月。救孤婴、断壁掘千寻，呼声切！"以实铺开，场景壮阔，真实感人，把诗情推向高潮；"橄榄绿，肩似铁；迷彩服，心如雪。看三军展旆，水鱼情烈"虚实交替，如述如叹，回环往复，令人沉

思；"刮骨疗伤亲手足，扎营万帐同凉热"再次以实穿插，深入细节，开拓境界；"待授勋、煮酒话英雄，皆人杰！"结尾虚实重现，余韵不绝。总之，我认为这是近年来抗震诗词中少有的佳作。当然，它还有感情饱满、流畅自然、开合得当等特点，这里就不一一论述了。

吴宣叙

怀战友

投鞭鸭绿江，卫国保家乡。
岭上花传语，犹呼黄继光。

【点评】

这是一首非常漂亮的五言绝句，其特点有三：第一个特点是诗的含量大。诗的内涵往往不在于篇章长短，这首诗连题目加一起也只有23个字，其内涵却一点也不小，原因是用典自然而得体。一是用了"投鞭"之典。据北魏崔鸿《前秦录》载，东晋孝武帝太元年间，前秦苻坚统一北方后，决心调集百万大军，乘势一举消灭东晋，统一全中国。苻坚召集群臣商议，一名叫石越的下属劝阻说："从星象来看，今年不适合南进。何况晋据有长江的险固，其君王又深获人民拥戴。我们不如暂时固守国力，生产整军，等晋内部松动，再伺机攻伐。"苻坚很不以为然地说："星象之事，不尽可信。至于长江，春秋时

的吴王夫差和三国时的吴主孙皓，他们都据有长江天险，最后仍不免灭亡。现在朕有近百万大军，光是把马鞭投进长江，就足以截断江流，还怕什么天险？"符坚不顾多数大臣们的反对，执意出兵伐晋，亲自率领八十万大军，逼临淝水，准备攻打东晋。东晋派大将谢玄、谢石带领八万精兵抗敌。符坚轻敌，想凭借优势快攻，却遭到晋军顽强抵抗，并在"淝水"被晋军打败，前秦从此一蹶不振。"投鞭断流"这句成语，就从原文中"吾之众投鞭于江，足断其流"演变而出。后来，人们比喻军旅众多，兵力强大时，常用此语。这里是指中国人民解放军跨过鸭绿江，抗美援朝，保家卫国的正义战争。这样的用典，属于不露声色、暗暗用典。这首诗中还用了一个"明典"，那就是"黄继光"。黄继光是中国人民志愿军战士，1952年10月20日凌晨，在朝鲜上甘岭地区597.9高地战斗中，因用胸膛堵敌人碉堡的枪眼时壮烈牺牲，被中国人民志愿军追记特等功，并授予"特级英雄"称号；朝鲜民主主义人民共和国最高人民会议常任委员会授予他"朝鲜民主主义人民共和国英雄"称号和金星奖章、一级国旗勋章。2009年9月10日黄继光被评为"100位新中国成立以来感动中国人物"之一。由于这两个"暗典"和"明典"的使用，大大增加了诗的内涵，所以这首小诗显得很饱满、很丰富、很蕴藉。第二个特点是极有诗味。写英雄人物的诗多用写实，也多用赞语，这样虽然真实、可信、感人，但也往往伤害了诗的韵味。所以，许多诗词高手多用虚实相间法，来增加诗词的韵味。这首诗便是前两句实写，后二句虚写，"岭上花传语，犹呼黄继光"就是虚写。花不会"传语"，更不会呼"黄继光"的名字，这显然是一种虚写，是一种想象。但恰恰是这种合理想象的虚写，拓展了诗意的空间，增加了诗的韵味。试想，黄继光是在上甘岭战斗中牺牲的，他用胸膛堵枪眼的英雄壮举不但世人皆知，最先"看见"的应该是战场上的一草一木，或是一朵小花。一切都是有生命，有感知的，这是"生命思维"的重要观点，从这个角度去看，说"岭上花传语，犹呼黄继光"，不但具有它的合理性，更增强了诗的含意。这里的话外之音是：连上甘岭的花草都能记住黄继光的名字，都在传诵他的英雄事迹，他的感天动地，他的可歌可泣就可想而知了。第三个特点是诗的着眼点、切入点、着力点都准确到位。一般诗词都有这三个"点"，着眼点即诗的立意和重点取象，切入点是诗的切入角度，着力点是诗的"关键词"，也可以说是诗眼。这首诗的着眼点是怀念战友黄继光，赞扬战友黄继光；切入点是"投鞭鸭绿江，卫国保家乡"，从抗美援朝说起；着力点是"岭上花传语……"。由于这三个关键点都精准到位，诗显得凝练、丰富、蕴藉、有力。整首诗小中见大,是一首不错的军旅诗词。

赵湘源

春　泥

垄上新泥逢雨发,多情欲溅染桑麻。
儿童不管黄和绿,一脚春光带进家。

【点评】

　　这是一首很有特点的田园诗,其独特之处大致有三:一是乡情浓浓。读此诗的最初感觉是似曾相识的乡情和生活。农村的童年经历至今也历历在目,几个孩童在田野之间"没心没肺"地疯跑玩耍,脸被自己的小手打了"花脸",鞋和裤脚都溅满了泥水,甚至还沾着花草……这是常有之事。这种乡野的真实生活,一经诗人剪裁入诗,便和"踏花归去马蹄香"一样,带着浓浓的乡情,亲切感人。我还从网上读过赵湘源的《蒲公英》:"见惯炎凉不喜悲,飘零何必问盈亏。白头敢作花千朵,寄语秋风放梦飞。"也一样带着乡野之韵味,令人百读不厌。这首诗的第二个特点是新颖别致。它是一首"人人心中有,人人笔下无"的作品。首先是选题新颖,写"春泥"而不写春草春花之类,便是选题的新颖;其次是想象新颖,写"垄上新泥逢雨发,多情欲溅染桑麻",居然春泥也能"逢雨发",也能"多情""染桑麻";再次是表现新颖,写"儿童不管黄和绿,一脚春光带进家",试想,逢雨发的不只是春泥吧,一定还有春草、春花、野菜之类,只是诗中不能面面俱到地写它们。所以,诗中用"黄和绿"代替这些,而用"一脚春光带进家"直接道出,表现了儿童的天真活泼,无拘无束,快乐成长的乡野生活。这首诗的第三个特点是真实可信。把诗写得真实可信,是诗人的境界问题。为什么这样说呢?就是因为有些人写的诗让人感到虚假,近几年的田园诗尤其严重。前不久就读到一首参赛入围作品,题目是《临江仙·靖安人家》,其下片是:"老脸红光乡土味,脚登宝马悠然。越洋电话喜连番,千吨山野菜,纽约又销完。"这样的乡村生活你相信吗?反正我不相信。其实,这种类型的"假"田园诗,也屡见不鲜。所以我说,把诗写得真实可信是一种境界,是优秀品质,这首《春泥》就具备了这样的优秀品质。我们绝不能允许和助长在诗中造假的现象。

胡润秋

甜　蜜

一曲流溪沃野藏,烟霞十里溢芬芳。
鲜瓜满载低声语,阿妹随车上岳阳。

【点评】

这是一首田园诗，同时也是一首爱情诗。我之所以要点评它，是因为它有以下特色：一是生活味浓。好的诗词都是来源于生活而高于生活。来源于生活，就要从我们自己生活中的人或事或风景中选题，或者从那些离我们生活较近的事物中选题；高于生活，就是要从生活中抽出比较典型或比较有代表性的事物去升华和表现，因为诗是生活的审美超越，只有生活没有超越就算不上高于生活。这首诗之所以有浓浓的生活味，就是因为作者选择了离自己生活较近的事物来写。时下，农家卖瓜卖菜进城，虽然已经不新鲜了，但它还是我们生活中的事物，只要角度选得好，表现得好，也会写出好诗来。这首诗的第二个特色是含蓄深情。首先是表现农家美好的生活比较含蓄，"一曲流溪沃野藏，烟霞十里溢芬芳"，一个"藏"，一个"溢"，把一个溪流旁边、烟霞十里的小山村写得欲露还藏，充分体现了旧体诗的含蓄美的特点；其次是表现爱情也比较含蓄，"鲜瓜满载低声语，阿妹随车上岳阳"，"低声语"，而且是在装满香瓜后突然试探性地低声发问："阿妹随车上岳阳"吧？并没有直接说出两人之间的恋情，但却能让人感到这一点，真是很高妙的处理方法。诗的第三个特色是以小见大。这首名为《甜蜜》的小诗蕴含了大量的信息。首先

是农家很美，"一曲流溪沃野藏，烟霞十里溢芬芳"，农家的生活就像一幅美丽的山村画卷，环境如此美好。其次是农家生活比较富裕了，香瓜能够直接进城去卖，而且是比较大的城市"岳阳"，这期间的路途一定也不会太近，路途远就需要机动车，而非过去用的牛车马车，作者不露声色地表现了这一点。其三是农家生活很甜蜜，环境好，生活富裕，又有美丽的爱情，一环一环紧扣《甜蜜》的主题。整首诗都写得很美，静态美、动态美，一直从乡村美到城市，真是美不胜收。

星汉点评

温万安

南沙怀旧

举目无涯水际天，明珠罗布玉棋盘。
戍楼高耸红旗舞，战士轻歌阵地旋。
淡水一壶分两日，家书万里等三年。
南天卫士峥嵘岁，碧海丹心万古传。

【点评】

　　评者星汉，无戍守海岛之生活体验，欣赏此诗之始，是看中"淡水一壶分两日，家书万里等三年"一联。出句写守岛生活之艰苦，对句写对家人情感之浓厚。无海岛生活经历者，难出此语。其中四个数量词相对，准确贴切，颇为传神。窃以为此联可流传后世。首联写沧海浩渺，海岛如"明珠"，海水如"棋盘"，比喻得体，形象可感，由此悟出守岛战士对祖国海疆的热爱。"颈联"写海岛上最常见的景物和人物，那就是"戍楼"和"战士"。"红旗舞"，见海风之劲，"阵地旋"，显海岛之小。一般说来，颜色词自成一类，对仗时只对颜色词，所谓"两个黄鹂鸣翠柳，一行白鹭上青天"者是也。此处"红旗"对"阵地"，不见工整，可

再推敲。尾联质木无文，为老生常谈，缺少韵味，是为败笔。由用韵可知，作者所用为新声韵，理应提倡。

　　星汉评诗，只为一家之言，未必正确，仅供参考。诗词一经发表，就允许别人评头论足。读者在读他人诗词时，是自己的一种"再创造"。"作者之用心未必然，而读者之用心未必不然"（谭献语）。对他人诗作，星汉只评不改。改后的诗作，是修改者的思想感情，往往与作者不符。谚云"授人以鱼，不如授人以渔"，只是具体地改某一首诗，不如让作者多读书，多实践，深入生活，获得更为丰富的知识。星汉用意，下面三首，此段文字与之同。

朱思丞

回乡不识

遥记平湖曳水枝，楼台簇拥异昔时。
停车借问家何在，手把门栓浑不知。

【点评】

　　这首七绝，写乡村的巨大变化，能以小见大，以少胜多，是为其长。作者所见眼下的家，是在湖波荡漾，植物丰茂旁边的"楼台"，足见其阔绰、富足。由题目"回乡不识"可知，家乡的变化发生在作者离家以后的一段较长的时间内。由"停车"二字可见，作者在外也是事业有成，经

济宽裕。此诗只限于"自家"，若是在寥寥28字中，扩展到全村，意义就更大一些。"昔"为入声字，以格律度之，当知全诗用的新声韵，理应提倡。题目"回乡不识"四字，生涩，当改。"门栓"二字悖理，"门栓"当置于门内，作者何以"手把"？似改"门环"较顺。

张光彩

沙滩练字

拄杖凝神观碧海，云飘风逸起波涛。
文房四宝天然备，心诵手书佳兴高。

【点评】

这首七绝，诗中"拄杖"二字，不一定为老年人专物，外出散步或是旅游者多用。有了"杖"，就有了"练字"的主要器具，那就是笔。文房四宝，指的是笔、墨、纸、砚。读者自然明白，作者把大海比成"墨"和"砚"，把沙滩比成"纸"。"天然"一词的解释是："自然赋予的；生来就有的；自然生成的；自然形成的。"大海和沙滩当然是属于天然。"杖"不属此类。诗这东西，不能"死解"；如果就此"挑刺儿"，那天下就没有诗了。如果问白居易："七月七日长生殿，夜半无人私语时"，李隆基、杨玉环说的情话，你怎么听到的？那不是抬杠吗？"天

然"还有一个义项是"理所当然，自然而然"，如果以此解释"杖"，其"天然"也还勉强说得过去。

此诗以沙滩练字，来表现作者的宽广博大的心胸，出语新颖，气象雄浑。此诗题目叫作《沙滩练字》，诗中再没有出现这四个字，应是诗家路数。如果把题目出现过的文字，再出现在正文里，就是一种文字浪费。"风逸"的两个义项"因发情而走失；谓洒脱奔放"，放在这里都不合适。作者可再斟酌此词。七绝首句不入韵者，前二句多为对仗。此处作者注意到对仗，但是欠工，还有推敲的余地。

孙忠英

雪中送友

独伫荒郊外，寒云着意垂。
风和谁对语？我与雪相窥。
折叠层层忆，飘飞片片思。
回眸天已暮，应是梦来时。

【点评】

这首五律，题为《雪中送友》，仔细揣摩，当是友人别后的遐思。此诗用平水韵"四支"韵，但用普通话读来却不和谐。星汉的笨办法："作诗填词时，为使音韵和谐，尽量把平水韵中的有些韵目，用普通话读来两个以上韵母的分开使用。"（《从一

首新作谈诗词创作的感受》，载《中华诗词》2014年第1期）这是我对平水韵的妥协作法，不值得提倡，但是对于不想用新韵，又想诗词美听的作者来说，不失为一条"中间道路"。

这首诗没有慷慨激昂的言辞，但把和友人的深情表现得淋漓尽致，颇为感人。此诗起承转合，章法不乱。首联重在渲染送别之地的荒寒，来反衬友人去后的寂寞孤独，暗示平时二人的深情厚谊。颔联承接首联，补足首联中的"独伫"，写作者在风雪中沉思。颈联转折，宕开一笔，回首往事，更见深沉。此联对仗工稳，个中"折叠""飘飞"，均为现代用语，灵动自现。尾联绾合前三联，收结全诗。由"回眸天已暮"，暗示"独伫"之久，由"应是梦来时"，期盼梦中再见，写出别后的痛苦，给读者留下了想象的空间。"我与雪相窥"一句，有凑韵之嫌，似可再推敲。

李栋恒

水调歌头·黄河壶口

天上黄河水，玉帝巨壶提。慰劳辛苦民众，渤海作琼杯。呼啸群龙争出，势似山崩地裂，百里响轰雷。遮日晴空雨，千丈彩虹飞。　　叹神力，真奇景，壮声威。自强不息，华夏腾跃，勇往岂迟徊。万代风云战鼓，万众心声哮吼，险阻化烟灰。葆此精

神在，古国永朝晖。

【点评】

此词上片重在写景，主要从空间落笔，写黄河壶口之威势；下片重在抒情，主要从时间上着眼，写黄河壶口给作者带来的遐想。此种结构，豪放派词人多用，苏轼《念奴娇·赤壁怀古》便是如此，此词神韵亦自继之。古今诗人词客写壶口者难计其数，将此处黄河水比成一壶美酒者也不乏其人。但是这壶酒，从哪里来，干什么用，却是言人人殊，各不相同。笔者就曾写过"一壶老酒长年泻，未洗人间万古愁"（《丙戌秋观黄河壶口瀑布》）。作者在这首词的开始，就说：这酒是黄河的水，从天上飞落，是把渤海当作酒杯，用来慰劳神州大地上劳苦大众的。行笔如此，今人不见，古人所无。接下来，调动听觉、视觉、感觉诸功能，用比喻、夸张诸手法，写出"群龙争出""山崩地裂""响轰雷""晴空雨""彩虹飞"的"奇景"，这些无不是"神力"所为。故而下片由此笔锋一转，用上片黄河壶口的威势，以"壮"下片我中华之"声威"。从时间上看，有"万代风云战鼓"，从空间上看，有"万众心声哮吼"，是比喻，也是写实。读罢此词，让读者觉得《水调歌头》这个小小词牌，容不下作者壶口瀑布般的豪情。至此，如笔者的"人间万古愁"，也被作者的

豪情所冲淡了。

张若青

送君行

小站催征万里行，卷尘一去了无声。
犹知铁轨相思苦，一夜咣当诉到明。

【点评】

　　这首七绝，借助"铁轨"抒发"相思"之情。语言简洁通俗，但诗意悠长。题目中《送君行》之"君"，不详所指，也不必详问。"一去无声"和"一夜咣当"，在听觉上加大反差，使"相思"的意味加深、加重、加长。建议将"一去"改为"远去"，避开"一"字的重复。

瞿险峰

如梦令·房东女儿

　　粉面柔眉红袄，肩背满筐红枣。微喘立营前，只把嘴唇轻咬。含笑，含笑，"长大我当军嫂"。

【点评】

　　此词语言通俗，入耳即消，颇得初期词之神髓。从长相、服饰、工具、礼品、动作来看，词中的主人公当是十几岁清纯可爱的小姑娘。此词看似用词随意，仔细揣摩，却多有内涵。题目中的"房东女儿"，此番来到"营前"，说明"军人"在训练时或是执行任务时和"女儿"认识。"微喘"，说明小姑娘是跑着来的，暗含"女儿"见到"军人"的急切心情。"咬嘴唇"是当今女孩子最常见的羞涩动作，羞涩过后，便是大胆地"含笑"，"含笑"过后，逼出最要紧的一句"长大我当军嫂"。这句话，固然有"女儿"对"军人"爱慕的暗示，但是此处已由对单个"军人"爱慕扩展到对整体中国军人的热爱。容量不谓不大。窃以为，此词当受李清照《点绛唇》词的影响。李词"倚门回首，却把青梅嗅"，以极精湛的笔墨描绘了少女怕见又想见、想见又不敢见的微妙心理。李词写尽了古典少女纯情的神态。瞿词"含笑，含笑，长大我当军嫂"，寥寥数字，写尽了当今少女对军人的热爱和对军队的向往。李、瞿二词，描摹少女的心态，在不同的时代，前后辉映，不可多得。

彭振辉

亲人的骄傲

一张奖状寄家乡，悬挂中厅正上方。
"不是我夸孩子好，你瞧上面有公章！"

【点评】

　　这首诗为口语入诗提供了范例。全诗寥寥28字，但容量颇大。"奖状"种类多种，能"寄家乡"者，多为军功，故而诗中的"孩子"，当是年轻军人。题目中的"亲人"，当是军人的父母。由"中厅"来看，"亲人"所居之处，当在农村。"悬挂中厅正上方"，说明"亲人"对"一张奖状"的重视程度。经过一二句的铺垫，三四两句紧扣题目，写"骄傲"。言者为谁？为其母抑或为其父，都不重要。"公章"二字，说明"孩子"所在部队对其表现的认可。还有最重要的一层，就是"亲人"通过"公章"对部队，进而对政府的信任。这个"亲人"当然是对话者二人，但是读者却看到了"亲人"背后的众多的父老乡亲。严羽所说的"如空中之音，相中之色，水中之月，镜中之象，言有尽而意无穷"，何其玄妙，倘以此诗作为实例注脚，有何不可？

杨逸明点评

赵京战

军营短笛

新　兵

腰带挎包一色新，军装现领未合身。
见了哨兵先敬礼，从今我也是军人。

开　饭

吹号集合进饭堂，一声令下便吃光。
口中只解腹中饱，回味才知饭菜香。

早操（二首）

这脚高时那脚低，刚听立正又稍息。
心中犹羡飞毛腿，耳畔唯闻一二一。

摆臂快时抬腿迟，口诀要领寸心知。
声声口令合音律，齐步走出七步诗。

点　名

一声呼点一声应，呼似粗犷应似钟。
细柳营传飞将令，太平洋起怒涛声。

【点评】

用口语或大白话写旧体诗，古来已有，今天当然更应该如此。

数千年来，农耕社会积累了旧体诗词的丰富的词语库，我们现在进入工业社会和信息社会，语言习惯有了很大的变化，许多词语并不是拿来就可以使用的，如果我们按照平仄和押韵的要求信手拈来随意使用到诗词中去就会显得有陈旧感。当代的诗词创作爱好者应该有一种使命感，我们要进行实验，需要积累属于我们时代的诗词创作的新的词语库。使得我们当代创作的旧体诗词既富于时代感，又有诗意和美感。这个过程可能会要经过几代人的努力。我们要用作品来说话。赵京战的《军营短笛》试着用浅显的口语化的词句来记述当代军人的生活，取得很可喜的成功。

这组诗中有细节描写："军装现领未合身""这脚高时那脚低""摆臂快时抬腿迟""一声令下便吃光"；有丰富的想象："心中犹羡飞毛腿""呼似粗棰应似钟"；又有生动的白描："一声令下便吃光""刚听立正又稍息""一声呼点一声应"；随处充满了诗意："声声口令合音律，齐步走出七步诗""细柳营传飞将令，太平洋起怒涛声"……

诗的高境界是"意深词浅"。《随园诗话》："'诗用意要精深，下语要平淡。'……求其精深，是一半工夫；求其平淡，又是一半工夫。非精深不能超超独先，非平淡不能人人领解。"

语言要有自己的个性和特色，写出一种"熟悉的陌生感"来。流传至今的一些唐诗名篇，大多读来通俗易懂，语言新鲜得就像是昨天才写的，不像当代有些人的旧体诗词，倒像是

几百年前写的。这一组绝句，用通俗的语言，却又加入一些常人熟悉的典故，例如"细柳营""七步诗"，增加了诗的书卷气，雅俗共赏，读来都朗朗上口，通俗易懂，形象生动，给读者留下极深刻的印象。

鄢良斌

戍边放歌

雄鹰苍宇掠，雁阵向天涯。
夜伴云中月，晨听岭上鸦。
浑身沾白雪，满脸染黄沙。
征路诚多险，心胸灿彩霞。

【点评】

诗的遣词造句和谋篇布局，都是需要不断变化才能创新的。心里有美好的感情，就像有了一泓清澈的源泉。有这种美好感情的人都可以写诗。但是你如果把这泓泉水随便地打开，就像打开一个自来水龙头一样，水是哗哗地流出来了，可是一点也不美。你必须让这泓泉水流入石头和草木构成的景致之中，使之忽隐忽现，有时曲折，有时跌宕，有时闻其声不见其水，这样便成了一道靓丽的风景。这才是诗！这就是所谓的"造景"。通常"造景"程序的规律是"起承转合"，起承转合要求气脉相通，一气呵成，既要完整，又要有变化。

读鄢良斌的《戍边放歌》就有这样的感觉。

整首诗先是层层铺垫，不紧不慢，造出一个边疆景物和氛围的环境："雄鹰"和"雁阵"，先来造势。"云中月"和"岭上鸦"，有声有色，展现夜和晨的时间跨度。"白雪"和"黄沙"，渲染戍边的艰苦，又表现战士的坚定。最后一句"诚多险"，总绾前六句，水到渠成，很自然地隆重推出尾句："心胸灿彩霞。""彩霞"，何等明丽灿烂，装在战士的心胸之中，而上述的所有景物都在身外，两者形成鲜明的反差和对照。

这首诗立意高远，意境明丽，格调清新，对仗工整，但又自然流畅，描摹景物清丽工致，显示当代军人的昂扬饱满的精神状态，是一首写得很不错的当代边塞诗。

石德兴

卜算子·忆抗美援朝战场

——吃湖南辣椒饼干

天上雪花飘，地面狂风叫。抗美援朝有个连，全是湖南佬。　辣味饼干来，闻讯齐欢跳。不怕狂风雪夜寒，辣气朝天爆。

【点评】

写重大历史事件，要在很少的几十个字里写得形象生动，使人难忘，当然不好写。当代许多重大题材的诗词作品往往"大题大作"，结果是吃力不讨好。有经验的作者采取的办法是"大题小作"，通过一些细节的描写，反而以小见大，让人读来隽永有味，久久难忘。

"抗美援朝战场"，是个重大历史事件和恢宏的战争场面。"吃湖南辣椒饼干"，却是个战争中小事情，是重大事件中的一个细节。"天上雪花飘，地面狂风叫"是环境描写。"抗美援朝有个连，全是湖南佬"是交代这个重大历史事件的出场人物。"辣味饼干来，闻讯齐欢跳"是对于一个细节的描述。"不怕狂风雪夜寒，辣气朝天爆"是加强对于这个细节的渲染。于是主人公——战士们——的乐观精神，得到了充分的体现。

文学作品的细节描写，高尔基称之为"隐藏在文字里的魔术"，作家李准说："没有细节就不可能有艺术作品。"可见细节描写在文学作品中、在文学创作中的重要地位。细节描写是指抓住生活中的细微而又具体的典型情节，加以生动细致的描绘，它具体渗透在对人物、景物或场面描写之中。正确运用细节描写，对表现人物，记叙事件，再现环境有着极其重要的作用。

张籍《秋思》："洛阳城里见秋风，欲作家书意万重。复恐匆匆说不尽，行人临发又开封。"王安石评论张籍这首诗的风格是："看似寻常最奇崛，成如容易却艰辛""行人临发又开封"。这一细节看似平常，但它既照应了"意万重"，又紧承"复恐"，刻画出心有千言万语惟恐言之不尽的复杂而微妙的心理，能让读者体味其中浓浓的乡思之情。

读石德兴的《卜算子》词，我联想到以上这些，觉得可以作为当代诗词创作者的借鉴和参考。

邹明智

王公三乐——戏赠老伴①（三首）

不惯家劳不问钱，鸟儿声里乐陶然。
雪窗梦觉啁啾早，翠阁人归婉转前。
构舍装新勤斧锯，加餐助长动蒸煎。
多情更点鸳鸯谱，绿鹉黄鹦共枕眠。

种得山花乐自颠，罐盆列队足排连。
施肥每惹邹婆恨，浇水惊闻梁舍淹。
巧把老枝繁嫩绿，喜呼孙女看新妍。
兴来慢数般般艺，却忘葱头当水仙。

趣筑方城画宇间，荷池送爽柳消寒。
三军令发饼条万，四座风和西北南。
无意输赢图一笑，有心谋略胜千番。
辉煌说与老妻喜，劳犒猪蹄乐解馋。

注：① 三乐，即养鸟、种花、打麻将。

【点评】

旧体诗词创作还能不能写当代人的思想情绪和生活场景，这种流传了千年的体裁还能不能成为当代文学创作的一种样式，这可是牵涉到中华诗词的当下发展和有无继续存在的必要的大问题。

杜甫能写《诸将》《咏怀古迹》《秋兴》等重大题材，也能写《江村》《客至》的生活中的细小场景，如"花径不曾缘客扫，蓬门今始为君开""老妻画纸为棋局，稚子敲针作钓钩"。辛弃疾能写《南歌子》《破阵子》《永遇乐》那些气吞山河、回肠荡气的词作，也能描述这样的生活情趣："大儿锄豆溪东，中儿正织鸡笼。最喜小儿无赖，溪头卧剥莲蓬。"

这一点当代人同样也能做到。邹明智的三首七律就是这样的好作品。

三首七律分别写了养鸟、种花、打麻将三个生活场景。

写养鸟。说有了鸟，就有了那么多的乐趣。生活也增添了美，所以作者乐意为鸟勤动斧锯"构舍"，蒸煎食物让鸟"加餐"。为了鸟儿繁殖后代，甚至乱点鸳鸯谱，让黄鹦绿鹉"共枕眠"。

说种花，一种就是好多，"罐盆列队"，竟可"足排连"。施肥浇水，甚至被老伴和邻居埋怨。但是依然乐此不疲。

写打麻将，还置身于荷池柳荫的

美景之间，发令，呼和，自觉战果辉煌。还要求老妻犒劳。

所有思想情绪写得轻松幽默，流畅感人，展现一幅当代人的生活场景的图画。"构舍装新勤斧锯，加餐助长动蒸煎。多情更点鸳鸯谱，绿鹉黄鹦共枕眠"多么有情有趣！"罐盆列队足排连"多么形象妥帖！"却忘葱头当水仙"多么发噱搞笑！"三军令发饼条万，四座风和西北南"多么流畅生动！"辉煌说与老妻喜，劳犒猪蹄乐解馋"喜悦之情更是跃然纸上！

前人云："子美之诗，多发于人伦日用间，所以日新又新，读之不厌。"这三首写日常生活和人伦情感，也叫人读之不厌。

范义坤

冉庄地道战遗址

果然敌寇鬼门关，杰构锋藏各户端。
射孔千针缝地网，悬钟八面裂夷肝。
时光岂任雄碑没，奇洞长萦利剑寒。
古陌而今风景秀，枯槐犹照小村安。

【点评】

地道战的故事由电影、电视为大众所耳熟能详，要简练形象地描摹入诗殊为不易。熟悉的历史场景和事件，写来往往容易落套，甚至只会用一些烂熟的词语和观点，使人读来毫无新鲜感。此律试一写之，颇为成功。第一联赞叹，总缩全诗。千家万户藏有机关成为敌寇的鬼门关，泃为杰构。颔联用两个比喻，非常贴切。古人写诗，比喻是常用的修辞手法。可惜今人写格律诗词，不是缺少形象太直白太概念化，就是比喻太熟太烂毫无新鲜感。苏轼写雨后山景有句云："岭上晴云披絮帽，树头初日挂铜钲。"写煎茶有句云："雪乳已翻煎处脚，松风忽作泻时声。"均比喻新奇，写来形象生动。颈联将时间从历史拉回到几十年后，再发慨叹。一结中"古陌"与"风景秀""枯槐"与"小村安"对照，极富时代沧桑之感，让人回味。

杨学军

题厦门古榕树

独木成林久，繁花弄影长。
金门骚客望，隔岸可闻香。

【点评】

两岸题材，写的人很多，大多会落套。有时贪多贪全，反而写不到位。小题往往可以大做，同理，大题也往往可以小做。小题小做太小家子气，大题大作又吃力不讨好。此诗找到一个切入点，只写厦门一棵榕树，却赋予深意。前两句写树，实写，写眼前之景。后两句突然宕开一笔，写想象之词，写对岸情景。不写眼前之人，也不写对岸其他人等，只写对岸的"骚客"，可谓惺惺相惜，心心相印。写作手法颇似杜甫的"遥怜小儿女，未解忆长安"，但也有不同之处：老杜写小儿女"未解"想我，此诗写对岸人也解"闻香"。写诗须意深词浅，言近旨远，纸短情长。此诗得之。

又云："咏物诗无寄托，便是儿童猜谜。"这首小诗句句写小草，却分明是句句写人，并能做到如古人所说的"胸有寄托，笔含远情"。

王定一

小草情怀

荣不张扬衰不蔫，轮压脚踩未求怜。
请君去看高山顶，小草无声上九天。

【点评】

写咏物诗"此物"和"彼意"的特征须有某种内在的联系，两者联系需自然，不可牵强。如钱泳所说："咏物诗最难工，太切题则粘皮带骨，不切题则捕风捉影，须在不即不离之间。"这首小绝句能在"不离不即之间"歌颂小草，立意高，写得自然。前两句写小草的处境，时来则荣，时过则衰，但是小草的态度是荣不张扬，衰不潦倒（蔫）。即使在"轮压脚踩"的恶劣环境里也"不求怜"。后两句更是将小草的"人格魅力"推向高潮。小草不声不响照样可以长在高山之顶，而即使小草长到高山之顶，它还是不声不响。古人云："咏物之诗，要托物以伸意。"

林峰点评

明安全

龙港烈士墓群

壮士高歌去未还,长留浩气满人间。
忠魂浩魄铮铮骨,卧似江河立似山。

【点评】

龙港乃鄂东南革命根据地所在,彭德怀、何长工等老一辈无产阶级革命家曾战斗于此。龙港作为一方红色热土,无数先烈慷慨赴死、血洒青山。该墓地位于湖北省阳新县龙港镇境内。诗人心怀崇敬,于斯凭吊。寻常哀祭之作,多作沉痛之语,或睹物思人,肝肠寸断;或触景生情,声泪俱下。然此诗则不同,全篇不见深沉感慨,多用壮语出之,直抒胸臆,尽显酣畅淋漓之势也。毛主席曾有诗云:"为有牺牲多壮志,敢教日月换新天。"此诗亦然,送壮士西行,浩气满天;思忠魂不灭,铁骨长存。写来铿锵有力,掷地有声。

此诗最妙在结拍处,"卧似江河立似山"。只此一句,便胜过千言万语,使全诗奇峰突起,千岩壁立也。前三句语虽俊豪,但未见精奇,到此间笔势一开,则如江河泻地,波澜壮阔。使本已朦胧之英雄形貌瞬息之间挟山河之气,升腾于天地之间。如此写法,见风发意志,明朗格调。未有千钧笔力,如磐气概者,不敢为之。此诗与南宋末方风《哭陆秀夫》诗:"独有丹心皎,长依海日悬",有异曲同工之妙。

孙忠凯

漫兴珠江绿道

日落千江煮,彤云一角烧。
情迷椰子树,风摆小蛮腰。
水浅荷初绽,舟闲绿满蒿。
堤边杨柳嫩,随手叶成箫。

【点评】

此诗写江堤漫兴,水边雅趣,一派南国风情摇曳其间。夕阳西下,漫江红透,似把江水煮沸一般;彤云一角,遥挂天边,又似烈焰腾空而起。此极写晚霞之壮观,一"煮"一"烧",激情喷涌。次联以下则由远及近,由物及人。君看:满林椰树,婆娑起舞;时尚佳人,婀娜多姿。复有江水清浅,小荷初绽;渔舟停桡,绿涨芦蒿。面对如此美景,诗意江山,诗人一如置身画境也,能不为之动情,为之入迷乎?便随手摘取柳叶一枚,吹奏起来。那袅袅箫音,不绝如缕。此言外逸响,是诗人故留余味于诸君也。

此诗先从远景着笔,如画家泼墨,先施浓彩。再描近观,又如风吹绿柳，轻巧妩媚。次第展开，收放自如；由此及彼，由景入心，中间闪转腾挪，成竹在胸。一如薛雪白评香山居士云"乐天诗章法变化，条理井然"（《一瓢诗话》）。品诗中美景，其精工细致，可谓穷形尽象，生动传神。最后一结，则象中有人，象中有兴矣！亦惟其有人，惟其有兴，故"随物附形，所在充满"也（王若虚《滹南诗话》）。

王　维

八月归航

斟杯热汗醉青涛, 浃背高歌震九霄。
煮海翻波烧烈日, 长鲸出海破狂飚。

【点评】

于诗题可知：此为写海军战士训练归来之豪情壮怀。时值八月，骄阳似火，暑浪逼人。汗至能斟，可见汗洒如雨。待斟杯热汗，直与青涛共醉。其俊朗、其奔放，便不言而喻也。虽汗出浃背，浑身尽湿，但水兵将士一路高歌，动地惊天，其凯旋之雄情不减，冲天之豪气不绝。烈日当空；其势熊熊，海可沸、波可卷，但海军将士之无敌战舰不可撼也。铁舰巡航，便如长鲸出世、破雾崩雷，纵有狂飙在前，亦难阻其势，所向披靡也。水兵将士胸襟之宽广，志向之远大，由此可见一斑也。

诗人以浪漫之笔触抒水兵之心曲，寄守边爱国情怀、绘海疆卫士风采。全篇气势雄伟，格调高雅。明·李东阳《麓堂诗话》有云："诗贵不经人道语。自有诗以来，经几千百人，出几千万语，而不能穷，是物之理无穷，而诗之为道亦无穷也。"此经典语录用之于王维此诗亦再贴切不过也。诗中出句新奇，想落天外；用字精准、不落俗套。见真情、见性格、见气魄。如银钩铁划、重彩浓抹。显得慷慨激越、读之令人热血沸腾、心潮澎湃。

朱思丞

巡　边

枯原生白雪，落日界碑前。
霜重疏林矮，鸟稀瘠地偏。
风息山见马，影过草生烟。
枪刺挑寒月，星沉一线天。

【点评】

巡边为我军边防战士之重要职责，其身负民族重托，心系家国安危。都边陲，九十月间便草枯叶落，大雪纷飞。岑参诗"北风卷地白草折，胡天八月即飞雪"即此意也。此处读者须要细心领会的是：夕阳与界碑组成了一道别样的景致，庄严肃穆而又不失雄浑瑰丽，满目苍凉之中自孕蓬勃无限也。但边疆莽荒之地，霜劲风疾，鸟稀地偏。待狂风稍息，戍边战士们便纵马横枪，出哨巡逻。健影掠过，只余黄烟一片，何其荒芜、何其落寞。待到夜深人静，望枪挑寒月，星沉一线，又何其浪漫、何其潇洒。戍边生活之孤寂清冷，却更能激发战士们积极昂扬的英雄主义精神，他们能从恶劣艰苦的环境中看到人世间最美的瞬间，苦中作乐，人间大美矣！此间"落日"与"寒月"遥相呼应，浑然一体。

此诗笔法工稳，基调沉着。苍劲而又暗寓豪迈，深得古边塞诗遗风。诗中动词之妙用，为本诗增色不少，如"生""息""过""挑""沉"等。全诗想象丰富，新奇秀拔，篇制独到，意境浑成。令人神往无限也。正如北宋·吕本中在《童蒙诗训》中所言："老杜诗云：'诗意立清新'，最是作诗用力处，盖不可循习陈言，只规摹旧作也"。信然！

赵京战点评

"万里赴戎机，关山度若飞。朔气传金柝，寒光照铁衣。"这是《木兰诗》里脍炙人口的诗句。女军人的军旅生涯，格外透露出一种英姿飒爽的俊气。女诗人写女兵，正是出彩的当口。读了《红叶》2014年1、2、3期中女作者的诗词，颇有感触。今挑选几首，推荐给广大读者共赏，共同从诗中领略女诗人、女军人的靓丽风采。

王　琳

临江仙·访某师新疆女兵

飒爽英姿军帽正，一眸秋水娟娟。临窗笑指碧云天。朗声传将士，鸿雁寄天山。　　勤奋书灯添夜课，心清飞上银盘。朔风吹得月儿弯。争圆心底梦，挂在木兰肩。

【点评】

诗人先声夺人，开头两句"飒爽英姿军帽正，一眸秋水娟娟"，一个活脱脱的年轻女兵的形象，飒爽英姿，亭亭玉立，站在了读者面前。诗人颇谙"画龙点睛"之道，抓住女兵的眼睛，不费笔墨，便使女兵的特点跃然纸上。这充分体现出诗人熔铸艺术形象的功力。接下来写了女兵的生活、情怀、刻苦训练的片段，结拍

"争圆心底梦，挂在木兰肩"巧用典故，不着痕迹，把女兵的责任感和奉献精神和盘托出，使全诗的精神境界升华到相应的高度，结下重重的一笔。

张若青

阮郎归·横戈瀛海

　　狂风抽打浪花翻，楼船踏雪山。瞬间深谷忽升天，剑磨沧海间。　　衣常湿，菜无鲜。翻肠肚不安。男儿报国志弥坚，厄涛压不弯。

【点评】

　　女诗人大多擅词，这大概与她们感情细腻有关吧。这首词取材得当，独具匠心。开篇就直接抓取要害，探骊得珠，通过"狂风""浪花""楼船""雪山""深谷""磨剑"等几个典型形象，把海军舰艇部队的海上生活概括地反映了出来。下半阕写人，写人的独特感受，写人的精神面貌，章法合理，布局得当，一招一式，稳扎稳打，体现了诗人对全篇的把握力度。《阮郎归》是少有的密韵词牌，一句一韵，毫无喘息，填写是有难度的。诗人的填词技巧，于此可见一斑。

王乃坤

边　哨

万仞昆仑雾作衣，巍然哨所雪装躯。
罡风劲掠兵服鼓，烈日浓涂肤色黪。
边塞巡逻陪朗月，国门防鼠伴荒溪。
终年不见山披绿，唯愿家邦麦浪嬉。

【点评】

　　昆仑雪域的边防哨所，是最值得大写特写的，军旅的艰苦卓绝，军人的无私奉献，都在此集中强烈地反映和表现出来。诗的前两联对此作了突现，"雾作衣""雪装躯""兵服鼓""肤色黪"，着重把环境的恶劣展现了出来。第三联写边防战士的神圣职责，钢枪卫华夏，赤胆护神州，结合前两联，浓墨重彩地把边防战士的英雄形象刻画了出来。尾联用战士的美好愿望作结，这正是战士们献身精神的动力和源泉，使全诗的着力点有了归宿。

程秀荣

水调歌头·深蓝梦

　　大海深蓝梦，华夏六千年。女娲擒鳌极柱，精卫石殷填。郑舰龙行西向，清舰壮悲沉殒，酹酒祭青天。秦汉雄风在，宏愿待时圆。　　"辽宁"号，"岳阳"舰，"井冈山"。序排入列，今日执杖护江山。海霸忌猜设阻，天使中华负重，亚太唤平安。定海中华柱，织梦蔚蓝宽。

【点评】

深蓝梦就是中国梦的一部分。开篇提纲挈领，起点高远，立高标而振领全篇。上半阕纵观华夏文明史，从女娲补天、精卫填海，到郑和下西洋、甲午中日海战，虽然"秦汉雄风"犹在，但海上的"深蓝梦"，总是"待时圆"。一结颇具张力，几千年的梦想、抗争、失败、屈辱，一句"待时圆"，融汇千言万语，给读者带来了无穷的想象空间。下半阕历数了海军的新式装备，写了中国海军历史责任，大壮军威国威。结句紧扣开篇，将"深蓝梦"这一主题落到了实处。

魏　节

舰载机起飞有感

谁疑航母空浮动，今日腾升舰载机。
甲板搏拼看月落，刀尖舞蹈向天飞。
科研自主世惊诧，起降成功众望归。
制海制空迎挑战，回山倒海显神威。

【点评】

舰载飞机起飞着陆，是航母上的尖端技术，也是航母战斗力的主要标志。把它比喻成"刀尖舞蹈"是有道理的。我们的海军航空兵也是最近几年才掌握这种技术。诗人站在时代的风口浪尖，抓住了这一敏感主题。紧接着诗人步步深入，抒写了舰载机起飞的具体情况，让读者对于这个生疏的问题有了较为形象的认识。这也是一种向广大读者灌输国防知识的"科普"活动。尾联着重说了舰载机的实战意义，将航母的英雄形象在读者面前树立了起来。

唐缇毅

文天祥就义日感怀

重整河山率众戈，临危受命奈时何。
孱羸幼帝谋无主，谗佞奸臣妄媾和。
烽燧北燃家国难，朔风南劲楚囚磨。
英雄末世终慷慨，留取丹心正气歌。

【点评】

写怀古怀人诗，首先要把握好对象的时代特征和人生特征。第一联写"重整河山"和"临危受命"正是文天祥人生的主要闪光点。第二联写当时的社会情况，"幼帝孱弱"和"奸佞媾和"也正是政治局势的主要特点。第三联写文天祥的主要事迹，为救国难，挺身北上，天命难回，困作楚囚。尾联写文天祥慷慨赴义，英勇献身，留下丹心正气，光照千秋。诗的标题是《文天祥就义日感怀》，诗人紧扣"就义日",不蔓不枝,由时及势,由人及事,叙述到位,感怀自然贴切。

《红叶》2014年第1、2、3期,作者465位,其中女作者共38位,占8.2%不足。她们已成为军旅诗词的重要方面军。这些女军旅诗人(当然包括男诗人)的作品,从艺术性来说,还有需要提高的空间,有时存在着直白的缺点,有时出现概念化的倾向,有时还显出词汇欠丰、捉襟见肘的现象。在今后的创作中,她们的艺术水平会逐渐向更高的层次升华,这是指日可待的。但总的来说,女军旅诗人已经成为《红叶》的一道靓丽的风景线。这是非常可喜的。

江岚点评

颜怀臻

钓鱼岛

东条余孽莫癫狂,钓岛历来归我邦。
倘若强行冲底线,老夫七十愿扛枪。

【点评】

看得出来这是一位退役老军人的诗作,其他身份的作者未必能够写出。一般说来,旧体诗是以少胜多的语言艺术,在有限的空间反映宏大的主题,而又是在局限性很大的五言或七言的句式之内遣词造句,以求尽量准确而又简练地表达自己的感受,难度还是相当大的。为了收到以少胜多的效果,旧体诗尤其是绝句历来崇尚含蓄,追求言有尽而意无穷的意境之美,不主张直抒胸臆,因为那样会显得过于直白,不耐回味。但凡事不可一概而论,写诗同样如此,并非任何题材都排斥直接地表达作者的心声,一些爱憎强烈的感情恰恰需要最为直接的表达方式,唯有如此才可以零距离地撞击读者的心灵,瞬间产生强烈的共鸣,而过于含蓄委婉的表达方式在这里反而显得苍白无力了。李清照的《夏日绝句》借歌颂项羽直斥南宋朝廷投降卖国的行径,便是一个范例。颜怀臻先生的这首七绝《钓鱼岛》同样也是此类表达强烈爱国情怀的佳作！简简单单、明明白白二十八个字，可以说完全不用技巧，技巧在此也根本用不上，它简直就是一支对敌宣战的号角，它发出了一个老兵愤怒的呼声，发出了中华民族勇于捍卫国家领土完整的时代的强音，表达出了一种凛然的风骨，一种赤诚的情怀，一个挺立于天地之间的爱国老军人的崇高形象！这个形象只要站起来了，这首诗就算成功了！有人曾经"预言"，"当代中国军队腐败成风，根本不敢与日开战，战则必败"，但从这首诗里，我看到了当代中国军人的豪迈意志，看到了中国军人无所畏惧的气概，也看到了国家光明的未来。

马礼诚

严冬访贫

又见雪纷纷，山衢足印深。
痕连茅屋下，恐有断炊人。

【点评】

五绝既难作又好作。说其难作，是因为短短二十个字，要想完整而准确地表达深厚的感情，深刻的思想，的确非常不易。所以，清代诗人沈德潜曾说过，大意是在旧体诗各体裁中，五绝是最难写的，但我不太认同这种观点。五绝毕竟只有四句二十个字，立意比较单纯，章法比较简单，在这两方面和五律七律乃至长篇古风的难度都是不可同日而语的。只要找准角度，稍加点染，便可大功告成。王维《辋川绝句》和李白《秋浦歌》能够一口气写一二十首，说明找到了感觉，进入了状态，五绝绝对是比较好写的。

马礼诚先生这首五绝的角度找得便很准，三句连续三个特写镜头。"又是雪纷纷"，说明作者已经不是第一次在严冬时节访贫问苦，而是多年如此，同时表现出时当特定天气作者对弱势群体的关心和焦虑。"山衢足印深"说明作者心思缜密，善于观察，发现隐情。"痕连茅屋下"，说明作者沿着脚印，锲而不舍，一路寻到了茅屋跟前。结句"恐有断炊人"，道出了作者的担心，而且这个担心有可能是正在发生的事实。因为如果是"痕连华屋下"或者"痕连别墅下"，那自然是有钱人出门踏雪寻梅，住在茅屋里的农民在大雪连天之际，如果衣食不缺，恐怕不太可能迈出院门一步。所以，"恐有断炊人"是一位体恤民情的领导干部基于多年严冬访贫经验得出的合理结论。五绝至此收笔，可谓神完气足，再接着写就是画蛇添足了。所谓"言有尽而意无穷"，此之谓也。

冯新昌

过三峡大坝

楼船乘月发东吴，不觉西江曙色铺。
始见长龙锁绝谷，应知高峡起平湖。
云烟袅娜还堪赏，燕雀参差更自如。
闻道巫山多胜景，春风送我上征途。

【点评】

这是一首颇见功力的作品。首先押韵规范，用的是宽韵，无论是新旧韵都可以接受，也使创作的空间更为广阔，值得提倡。其次，作者依照时间的顺序，行程的先后，从容铺叙，游刃有余。其中"不觉""始见""应知""还"和"更"等虚词犹如丝线一般将各联衔接起来，既巧妙又自然。随着作者的描摹，生动而美丽的三峡风光如同一幅卷轴画在读者面前次第铺展开来。可以看出作者驾驭七律的技巧还是比较娴熟的。整首诗气脉连贯，层次井然，遣词工丽，音节和婉，可以说是一首比较成熟的作品。

但我选择这首诗来点评，不仅是因为它有可赞之处，还因为它尚有可议之处，甚至可以说它的缺点还是比较明显的。首先是局部然而又是关键之处的音节缺乏应有的变化。比如颔联出句的尾字就应该尽量回避与韵脚相同的字，否则一连四句都在同一韵母上停顿，无论诵听，效果都不够好。明代诗人、诗评家谢榛《四溟诗话》云："凡作近体，诵要好，听要好，观要好，讲要好。诵之行云流水，听之金声玉振，观之明霞散绮，讲之独茧抽丝。此诗家四关，使一关未过，则非佳句矣。"对照这"诗家四关"，作者不妨用心体会，必有收获。另外，从立意和章法这两方面来说，立意开拓不够，全篇八句都用来写景，没有给立意留下应有的空间，如果同题参赛，这首诗肯定拿不了一等奖，而只能在二等奖或三等奖之间徘徊。所以，不妨借鉴老杜七律颈联由写景转向抒怀的章法，以后在诗的立意上多下功夫。

武立胜

军　嫂

寂寂青灯下，娇儿梦正酣。
一行边塞雁，读到月西边。

【点评】

这首五绝，最初还是刘庆霖先生推荐给我的，当时我还不认识作者其人。这的确是一首好诗，所以，我很快就推荐在本刊发表了。后来有机会结识作者武立胜，着实让我吃惊不小。作品是如此的婉转细腻，而作者本人性格粗犷，二者反差很大呀！正是从这首诗，我发现武立胜先生颇为内秀的一面。

武立胜先生是刚刚退役的军人，

估计写这首《军嫂》的时候他还在部队服役，诗里这位倚窗听雁的女主人公必然有夫人的影子。但题目既然不是《寄内》，而是普遍意义上的军嫂，那么，这首诗所反映的情感便不仅仅属于某一个人，而是一个类型。即使其原型也即激发作者创作灵感的是某一个人或某个场景，但它的所指却是具有普遍性的。而且，既然诗里非常关键的一个意象是边塞雁，而不是衡阳雁，或者南飞雁或者北归雁，那么女主人公所思念的对象就具有特定性即戍边的军人，而不是一般老百姓。所以，题作《军嫂》还是非常贴切的。

诗的语言明白如话，用不着过多阐释。写情写景都极真切，如在目前，语言流丽而又简洁。青灯寂寂，表明已然入夜，娇儿入眠，则夜已深沉。"娇儿"的称谓体现了慈母对孩子的怜爱之情，能为慈母则必是贤妻。军嫂一个人带孩子忙家务肯定非常辛苦，也只有夜深人静之际才会抽空儿思念一下远方的丈夫。但作者没有把这个意思直接说出来。而是通过有特殊象征意义的"边塞雁"这个意象间接地传达了出来。大雁有传书的功能，所以，作者用了一个"读"字，可谓整首诗的"诗眼"，如果换作其他字，效果必然要大打折扣。只有用"读"这个字，才可以表现女主人公的目光一直追随着大雁那种聚精会神的样子；而用了"读"这个字，男主人公的身影也就呼之欲出了。因为在女主人公的意识里，这只大雁正是丈夫书信的化身，大雁悠长而深情的叫声可能正在转述丈夫的心意吧！所以，她才看得这么真切，听得这么专注，直到明月西斜，她还倚在窗前追寻大雁渐飞渐远的身影和那逐渐消失的叫声。其实，大雁哪里会传书呢？这一切都只不过是女主人公的痴心想象罢了。但唯其如此，才会如此感人，也才成就了这首优美的五绝。

想是清凉无腐气, 蝶蜂款款自飞来。

刊登于《红叶》诗刊2015年第4辑（总第64辑）

魏新河点评

侯孝琼

豫西行

平山远水几家村, 好景遥观自有神。
红袖倚门闲看我, 不知已作画中人。

此诗刊登于《红叶》诗刊2015年第4辑（总第64辑）

【点评】

南宋严羽《沧浪诗话》首倡"兴趣说", 为后世所公认。作诗起于兴, 诗篇应有趣。抒情当有情趣, 描写当有景趣, 议论当有理趣, 无趣则诗不鲜活、不耐读。这首小诗含有景趣、理趣, 平山远水、好景遥观如山水画中之"平远"景趣, 后二句作者与作者眼中之人, 互相观赏, 两幅画图, 彼此关照, 你中有我, 我中有你, 趣味横生。正如著名诗人卞之琳在其诗作《断章》中所写："你站在桥上看风景, 看风景的人在楼上看你。"

姜立新

游南京清凉山观《扫叶图》感赋

僧持一帚独徘徊, 勤扫楼前残叶台。

【点评】

作诗当借助景物形象说话, 方有寄托趣味。白描直陈, 难度大, 不易工, 容易流于直白浅露。此诗写南京清凉山, 山上有清代金陵画派龚贤之扫叶楼。由此生发联想, 小中见大, 较之正面落笔, 自饶含蓄, 饱含意趣, 耐人品味。

毛文戎

夜行军遇雨

大雨铺天降, 小溪沿颈流。
摔跤难计数, 迷路再挠头。
夜暗心尤亮, 风轻雾未留。
日升相视笑, 彼此是泥猴。

刊登于《红叶》诗刊2015年第4辑（总第64辑）

【点评】

新奇的诗意, 是诗人的永恒追求。诗无新意, 便是重复, 重复的写作没有意义。涉入前人没有的境界、达到前人没达到的深度, 就有新意。此诗一起"小溪沿颈流", 便有奇意, 颈联景中含理, 末句用口语"泥猴"入诗, 生动鲜活, 趣味新奇。

蒋继辉

谒陈胜墓

我自绕坟碑自闲，松风飒飒忆当年。
天公也觉祭人少，馈送雪花当纸钱。

刊登于《红叶》诗刊2015年第4辑
（总第64辑）

【点评】

题目是谒陈胜墓，是个历史题材的大题目，若正面描写议论，则颇难立论，且不易工。而此诗可见作者匠心独运，一番经营构思，从旁入笔，借景言志，而出奇思妙想。诗心灵动，句意巧妙，耐琢磨，禁品味。所以一题在手，不要忙于动笔，先用心思想，把题意琢磨锻炼出一个好意思来，再动笔组织词句，就会是一篇好的作品。

佳作品评

里克品评

立意深远，形象鲜明

——读刘汉同志诗作

刘汉同志的诗，诗意盎然，令人回味无穷。它的主要特点是立意深远，思想深邃，又善于运用鲜明的形象来表达意境。如《石林》表面上是写景，实际上是写人。它用拟人的手法，描绘出石林的"男儿"特点，引导读者要学习石林挺腰站牢的坚贞不拔的精神。这种把思想感情（意）同外界景物（境）紧密结合的表现手法，正是中国传统诗词的一大特点和优点。刘汉同志的抒情、感事、咏史乃至政论诗作，也都有自己独特的视角，并通过具体意象加以描述，所以一点也不枯燥干巴，而是生动风趣，引人入胜。

刘汉同志诗作的另一个特点是语言准确、精练、生动。他不用深奥怪僻的词语，尽量用浅显通俗的语言来表达思想感情。如"拄杖能扶双足软，挺胸犹跳寸心红""衰年偏觉寒来早，少睡方嫌夜正长"，非常口语化，写老年生活又多么形象、生动！他律诗中的对仗极为工整，常常成为诗中的佳句、警句。"掠我图书三万卷，记他债欠一千年""亡羊告我牢应补，闻警知谁枕可安"，读起来铮铮有声，动人心魄。通过对仗，他使平常的词语增辉，枯燥的术语栩栩如生。如写石油工人"立定雄心穿大地，夺来神火照寰球"，写新时代"电子核能新世面，步枪小米旧家风"，读了令人叫绝。

刘汉同志还常在诗中运用一些典故。如塞翁失马、亡羊补牢、三折之肱，甚至"泼水倒掉婴儿"这样的语典也都用上了。这样不仅有助于形象化的表达，而且能深化诗的内涵，避开了有些不便直说的话。这同那种故作高深、生拉硬扯地滥用典故的做法，是两种完全不同的诗风。

郑明哲品评

写出特点，写出真实

——读刘振堂同志的《零下
四十度血战万金台》

零下四十度血战万金台

火障冰墙雪漫天，哀兵怒马不知寒。
血溅鹿砦梅痕叠，气夺短兵刀影三。
银甲冰须鞭手足，铁衣汗背冻枪栓。
居高火力封前路，刹那飞来"毛腿边"。
瞄准小窗投炸弹，碉楼顿哑冒黑烟。
熊罴难敌下山虎，猪突狼奔举白幡。
仇火烧心怒火旺，几人殇逝几人残。
堡群屋垒灰烟灭，担架穿梭抬不完。
战马悲鸣仰义节，排枪泣别换新天。
年年冬月金台墓，人满陵园花满篮。

刘振堂同志的《零下四十度血战
万金台》五十五年祭，是一首优秀
的军旅诗，它真实地记录了发生在
五十五年前的一场激烈的攻坚战斗，
深挚地表达了对阵亡战友的怀念之
情。（万金台位于沈阳西北方向，
1947年12月东北民主联军冒着严寒，
攻克国民党军重点把守的万金台。）
我认为这首诗的成功之处有以下几
点：

一、抓住特点。写足了"寒冷"
这个特殊的作战环境。本诗一开始就
把读者带到东北十二月份的严冬季节
之中：漫天的风雪，零下四十度的气
温，战士们银甲铁衣，冰须裂肤，生
活条件十分艰苦。严寒又增加了作战
的难度：敌人浇水冻成的冰墙又硬又
滑，攀援困难，子弹打上去只留一个
白印，步枪冻得拉不开栓……。严寒
也衬托了指战员们旺盛的斗志。"不
知寒"三字用得极好，写出了战士们
那种仇恨在胸，使命在肩，将一切艰
难困苦置之度外的精神境界！我们知
道任何事物都有共性也有个性，作
战，总的来说都是排除万难去争取胜
利，但每次战役战斗、每个地域环
境、每一种打法，都有其自身的特
点。只要每位军旅诗作者都写出自己
所熟悉的"那一仗"的特点来，就能
组成革命战争的全貌，呈现我们军人
的整体风采。

二、力求真实。既充分展示战斗
的激烈程度和战士的勇敢，又不回
避敌人的战斗力和我方伤亡的惨重。
严寒只是背景，作战活动才是主线。
这首诗写了一次战斗的全过程，如同
向我们展示了一组充满动感的电影镜
头。从炮火连天的攻城，到短兵相接
的巷战，都写得情绪饱满，气势昂
扬。尤其是在遭到严密的火力封锁
时，攻坚能手迅速赶来支援，手榴弹
准确地投入碉堡小窗户……，我们的
战士真是英气勃勃，身手不凡！作者
并没有为了突出我方的勇敢而故意降
低敌方的战斗力。敌人有坚固的工

事、密集的火力，正在作拼死的抵抗，他们是凶猛的"熊黑"，可尽管如此，终究敌不过我们的"下山虎"。在强敌面前还能显露威风夺取胜利，这样就更加衬托出我们战士的英勇善战了。作者也没有讳言战争的残酷性。此次战斗一个师伤亡近千，其中包括多名团、营级指挥员，胜利是用勇士们的血肉之躯换来的。"几人殇逝几人残""担架穿梭抬不完"，这是触目惊心的真实！"为有牺牲多壮志，敢教日月换新天！"我们的胜利来之不易，新中国来之不易，身处幸福之中的现在的人们应该知道这一点，牢记这一点！

三、巧用意象，曲折写情。这是一场士气高昂的战斗，"哀兵怒马"四个字精练而准确地表现出了战前政治动员工作的效果。诗的第二联极为精彩，以朵朵红梅来比喻战士们喷溅在鹿砦上的点点鲜血，奇丽中见崇高。"刀影三"写得更出人意表，在白刃交加的巷战中，战士打红了眼，也打花了眼，从而产生视觉上的幻象，一把刺刀恍惚成了三把！这种细节非亲临其境是绝对写不出来的。第九联"战马悲鸣仰义节、排枪泣别换新天"，前一句以马代人，后一句以枪拟人，很见写作技巧。作者面对京城少见的漫天飞雪，回顾五十五年前那个难忘的严冬，那场难忘的战斗，缅怀长眠在烈士陵园中的战友，作诗遥奠，心潮的涌动可想而知。但在诗里没有一句直说自己此刻的心情，而采取了从过去落笔，从旁处落笔的写法。如选择用当时掩埋烈士遗体这一场景来表现对死者深厚的感情和沉痛的哀悼，用陵园里的人群和花篮来表达对烈士的怀念和崇敬，而本人的感情也就蕴藏其中了！写景宜直，写情宜曲，作者注意到了这个道理。

复叠手法的运用

——从王群同志的一首词谈起

昔日见君时，曾记腮如雪。身上军衣几点红，沾有伤员血。　　今日送君时，遥见颜如铁。为战"非魔"献己身，老少齐呜咽。

王群同志这首《卜算子·悼白衣战士》刊于《红叶（增刊）》2003年第3期。

"非典"肆虐以来，很多同志作诗赞颂奋战在抗"非典"第一线的医护工作者，从各个角度描述白衣天使的感人事迹，倾诉对他们的崇敬感激的心情，读后令人感动。王群同志的这首《卜算子》更是饶有新意，引起了很多读者的注意。我觉得这首小令的成功之处很大程度上在于运用了"复叠"这种独特的表现手法。

复叠手法源于民歌。在我国最早的民歌集《诗经》中，大量出现重章叠句的结构形式。北朝民歌《木兰辞》中"旦辞爷娘去，暮宿黄河边。……旦辞黄河去，暮至黑山头。……""爷娘闻女来，……阿妹闻姊来，……小弟闻姊来，……"多次运用复叠排比句式。近体诗因忌重字，不便运用此法，但也有从复叠中化出的痕迹。如崔护的"去年今日此门中，人面桃花相映红。人面不知何处去，桃花依旧笑春风"，实际上是在第三句之前隐去了"今年今日此门中"这个复叠。在词的创作中，复叠手法多起来了，常用于下片调式相同的小令（如《生查子》《南歌子》《采桑子》《卜算子》）之中。如欧阳修（一说朱淑真）的《生查子》："去年元夜时，花市灯如昼。月上柳梢头，人约黄昏后。今年元夜时，月与灯依旧。不见去年人，泪湿春衫袖。"辛弃疾的《丑奴儿》："少年不识愁滋味，爱上层楼；爱上层楼，为赋新词强说愁。　而今识尽愁滋味，欲说还休；欲说还休，却道天凉好个秋。"又比如蒋捷在《虞美人》中也使用了复叠手法："少年听雨歌楼上，红烛昏罗帐。壮年听雨客舟中，江阔云低、断雁叫西风。而今听雨僧庐下，鬓已星星也。悲欢离合总无情，一任阶前点滴到天明。"复叠的各段之间既近似又有变化，很像一首歌曲中重复歌唱的几段歌词，可以加强抒情的效果。

复叠是一种特殊的组合形式，它通过事物或情景的对比、衬托或者强化，给人以更加鲜明、深刻的感受。比如上面所举的《生查子》，元宵之夜，有灯有月，景色美好，这一点是去年和今年相同的；而去年与恋人相会，今年却"不见人"了，欢乐与失望两相对比，更能表现出主人公悲哀惆怅的心情。而辛弃疾在《丑奴儿》一词中，上片写的是一个涉世未深的青年的寻愁觅恨，下片写的是在壮志未酬情况下免官归里后的抑郁心情，用"无愁强说愁"来衬托"愁深不说愁"，这个愁就显得更加深刻了。又如蒋捷在《虞美人》中用三个不同年龄段、三种不同的听雨环境，概括了自己的一生。从少年时的纵情浪漫，到中年时的漂泊不定，再到晚年亡宋之后的悲苦凄凉，给人以一种沉重的沧桑之感。以上复叠都是以今昔对比的方式来进行的。除此之外，还有用得更加巧妙的，如吕本中的《采桑子》："恨君不似江楼月，南北东西；南北东西，只有相随无别离。

恨君却似江楼月，暂满还亏；暂满还亏，待得团圆是几时？"这是一首写别情的诗，表面上说"恨君"，实际上是"思君"。作者利用他对"江楼月"的两种不同体验来进行复叠。"不似"与"却似"只有一字之差。上片是羡慕月亮能与人长相随，无别离，以之来反衬"君"与自己的经常别离。下片借月亮的"暂满还亏"，来比喻自己跟"君"的暂聚又别，难得团圆。通过这样多角度的比较，就能更加委婉细致地表达主人公的怨怅心情了。

王群同志这首《卜算子》写得很好。他抓住"腮如雪"和"颜如铁"这两个截然不同的容颜，进行强烈的对比，以此来表现"非典"疫魔对青春鲜活的生命的摧残，引起人们对奉献己身的白衣战士的痛惜哀悼之情。他以"身上军衣几点红，沾有伤员血"这样简约的笔墨，来描写当年战争环境下白衣战士奋不顾身救援伤员的感人情景；而今在没有炮火硝烟的抗"非典"战场上，我们的白衣战士同样忠于职守，忘我地奋斗在最危险的地方，以至贡献出自己的宝贵生命！环境不同，条件不同，白衣战士的神圣职责、崇高品质、奉献精神却是一致的。经过上片的铺垫，抗"非典"白衣战士的形象就更加丰满了！

复叠虽然可以使作品增加韵味，但作为一种写作技巧，最重要的是要运用得当，"看菜吃饭"。要根据立意和抒情的需要，巧妙、自然地加以运用；而不要随意滥用，以免使人产生重复累赘之感。

赞颂飞天梦圆的壮歌

——读张若青同志的三首词作

张若青同志在"神舟"五号发射成功之后，接连写了三首新词，从各个角度热情赞颂我国航天事业的巨大成就，读之令人感奋。我觉得这几首词作有以下几点值得称道：

一、气势雄壮，热情奔放。《六州歌头》这个词牌句短气促，一般用于表达慷慨悲壮的感情。若青同志却有所创新，用一个个短句来表示一种激情澎湃、兴奋难抑的心情，并取得了很好的效果。她用三个排比句提出三位著名的神话人物，来强调世世代代中国人民对认识太空、征服太空的渴望和追求；用"沙漠深处，赤云卷，奔雷动，起'神舟'……"等一连串充满动感、充满力度的短句来描述发射载人飞船的情景，写得有声有色，十分壮观。接着又写道"龙的骨，龙的魄，最风流"，对战斗在航天战线上的中华优秀儿女的倾心赞扬可谓达到了极致。通篇自始至终热情洋溢，奇句迭出，令人目不暇接。《南乡子》中的"谁能续春秋?霄汉直奔作畅游"，《太常引》中的"'神舟'挟日太空过，阊阖五星摩"等等，都写得气魄宏大，热情洋溢。

二、视野开阔，想象丰富。《敢问苍穹》一首贯通古今，虚实并举。上片从千年梦想写到先行者的艰苦探索，再写到我国航天工程的启动；下片着力描写发射情况及宇航员的勇气和豪情，最后扣到题中的"敢"字。可谓诗笔驰骋，波澜壮阔。在《太空问话》中，作者设想用多种方式与嫦娥对话，如同陪随一位久违了的亲人，显得格外体贴周到。这种写法，在别人作品里还没有见过。

三、善于谋篇布局，文字表现力强。一首《六州歌头》长达143字，如果缺乏调度能力，是很难完成的。

若青同志写来层次分明，铺陈得当，承转之间脉络清晰，很见功力。如"堪畅想，实难求"两句，举重若轻地起到了从神话到现实的转折作用。上下片之间的联接也很紧凑。在这三首词里面，既有"航天梦久，追溯太悠悠""路漫漫，天庭碧，银河远"这样意境优美、音韵悠扬的语句，也有"赤云卷，奔雷动""丹心壮，鼓貂裘"这样豪放的语句，还有"陪您看婆娑。带您巡千河，送您一支大风歌"这样新鲜活泼、接近口语的语句，可谓随心运用，各得其所。词中还以"勇敢的太阳鸟"来比喻航天英雄，很有现代感。

如果说词中尚有微疵的话，我觉得作者在析义用词方面还可以注意的地方。如"坐断苍穹"这个表述，很可能是从辛弃疾的《南乡子·登京口北固亭》中移植过来的。辛词中"年少万兜鍪，坐断东南战未休"，写的是孙权在三分天下形势下牢牢地占据东吴之意。至于当今的宇宙开发，是全人类共同的事业，可以说任何人都不应该也不可能"坐断苍穹"。另如"六合"，指的是天地四方。"横绝六合"，应指在一个地域范畴之内的驰骋纵横（参见李白的"秦皇扫六合"），似不宜用在航天活动上。当否？尚请商榷。

李圭品评

一字之改境界全新

——谈萧永义同志对一首抗"非典"诗的修改

今年五月中旬，国防大学诗词组拟编印抗击"非典"的诗词专页。组稿时，萧永义同志写来一首七律《癸未暮春京华纪事》。在我收到的50多首来稿中，这是一佳作。过了两天，他给我寄来一信，对该诗作了几处修改，更是精益求精。我编稿时，对该诗第7句"小汤山上旌旗舞"中的"上"字，电话同他商榷。我说：小汤山防治"非典"的专科医院，不在山上，而在山下。是否可以将"上"字改为"下"或"畔"好些，这三个字也都是仄声。永义同志说，他未到过小汤山，不知道医院的具体地点。说"山上"只表示一个地方，并非实写，"上"字形象好些。我尊重他的意见，未作改动。过了半个多小时，永义同志又来电话说："你这一个字提得好，可将'上'字改为'静'字。这样就和'旌旗舞'一动一静，互相映衬，形象更好些。"并说，"这是受毛主席《水调歌头》词中'风樯动、龟蛇静'的启发。""上"与"静"虽是一字之改，却使诗句境界全新。

更难能可贵的是，萧永义同志是红叶诗社的主编，又是野草诗社副社长、毛泽东诗词研究会顾问，并有多部专著问世。他重任在肩，工作繁忙，对自己的诗作还能这样认真推敲修改，这种虚怀若谷、从善如流的精神，值得大力提倡和认真学习。

徐行品评

流珠妙语　情意渊渊
——读邹明智词作有感

邹明智同志是桑榆诗社颇有名气的诗友，诗词写得好，写得美，含蓄委婉，情深意厚，广为传诵。她是中国运载火箭研究院的高级工程师，是搞科技工作的。因受家庭熏陶，她又十分爱好文学。退休十多年来，刻苦钻研，积极创作，取得了可喜的成绩。她的诗词作品刊登在《桑榆情》《红叶》《北京诗苑》等刊物上，有词110多首，格律诗20多首。《踏莎行·延庆赏杏花》获得2002年延庆杏花节诗词大赛二等奖。北京诗词学会《诗词园地》2003年第8期专栏选登她的10首词。她的作品从生活感受出发，意趣鲜活，自成境景，语言清丽，句法精工。我们读她的诗词是一种享受。她的诗词有什么特点呢？

第一，抒情言志，自然清新。

例如，《苏幕遮·牵手》：

苑中池，池畔柳。背影从容，轮椅悠悠走。座里伊人车后叟。晨抚霞衣，夕理银丝首。　　想当年，君记否？戍塞云乡，同品相思酒。好乘金风欢聚守。一路平安，余旅长牵手。

这首词写两位老人的夕阳晚景，

形象生动，情深意浓。又如，《一剪梅·中秋》：

　　昨夜边营昨夜星。北国霜浓，南国秋馨。两情点亮一轮明，月里重逢，醉里交盅。　　迎面吹来世纪风。江上花灯，台上歌笙。玉蟾忆否昔时情。别矣年轻，老矣婆翁。

　　这是一首很好的情歌。诗人用十五的月亮抒写当代相思之情，悠悠思恋，无怨无悔。李白的《静夜思》（床前明月光），苏轼的《水调歌头》（明月几时有），那是古人运用月亮这个意象写相思之情。邹明智同志这首《一剪梅·中秋》，还有《江城子·送别》《水调歌头·结婚四十年迁居北极寺有感》等作品，则是十分漂亮的当代军旅情歌。

　　写诗填词，首先要有深厚的感情，只有感情真切，才能打动读者。郭沫若说："诗的本质，专在抒情。"著名文学家何其芳说："诗这种文学体裁，是饱含着诗人的想象和感情的语言艺术，是诗人感情的直写。"如果要问写诗从哪里开笔？回答是，首先学会抒情。没有感情，就没有诗人，也就没有诗歌。读邹明智同志的诗词，还有一种感觉就是自然明快，诗意容易理解，有些诗句就像新诗那样自然流畅，不拘一格。"清水出芙蓉，天然去雕饰"，清新隽永。

　　第二，感时论事，形象生动。

　　在邹明智同志的诗词作品中，感时诗占有一大部分。这些作品形象生动，生活气息很浓，有新意，有韵味。例如，《满江红·抗洪》：

　　浊浪翻江，云拖雨，洪峰咆泻。南北紧，千家涛卷，三江堤决，水漫层楼城泛海，浪吞沃野乡沦泽。困汪洋，绝处降神兵，声呜咽。　　沙包重，肩肩血。溃口急，身身铁。垒兵墙似堰，将心如岳。血肉凝堤生死共，军民协力艰难越。守荧屏，夜夜到三更，终闻捷。

　　这首词炼字传神，结句定位。"守荧屏，夜夜到三更，终闻捷。"写出了抒情人的思想感情，诗中有我。

　　又如，《绮罗香·长街拾韵》：

　　舞袂连云，歌弦绕日，笑洒长安宽路。碧草红墙，一泻彩灯花树。仰城楼，绣裹金装，望广场，锦铺霞絮。似春潮那是欢呼，似春雷那是军步。　　东单谁赐妩媚！王府开街财贸，豪华商贾。绚丽西单，宛若画中仙墅。我爱你，十里长街！我爱你，国旗升处！荡五旬大庆回声，激征程战鼓。

　　还有《风入松·下岗吟》《何满子·年货》《一剪梅·走进西部》《八声甘州·参观宛平抗日雕塑园感怀》等作品，形象生动，声情和谐，有典型性，使人目不暇接。

　　诗人对当时的国家形势，根据观察到的景象，发表自己的感想，提出个人的看法，这种感想与看法是谓感时。这样的诗是谓感时诗。写这类诗词很容易流于概念化，喊口号，这是一种通病。而邹明智同志写的许多感时论事的诗词，则是形象生动，慷慨激昂，正气凛然，有很高的思想性与艺术性，可称为感时写景的佳作。

第三，语言鲜活，句法精工。

她的诗词实话实说，娓娓道来，韵味甚浓。例如，《行香子·飞天》：

代代筹谋，岁岁追求。为飞天、白了人头。高科觅路，热血探幽。品艰中苦，苦中乐，乐中忧。 茫茫浩宇，巍巍利箭，喜英雄、跃上神舟。九天奏凯，四海欢讴。任心儿醉，声儿哑，泪儿流。

这首词写神舟五号载人飞船凯旋归来的情景，形容人们高兴得尽情欢呼，把嗓子都喊哑了，语言鲜活，用词奇特，流利可唱。

又如《苏幕遮·放学》：

宝马车，皇冠轿。雅座三轮，摩托飞奔到。里外三层伸首眺。奶奶爷爷，挤缝争前靠。 小驹肥，雏燕俏。五彩时装，护卫旗开道。滚滚春潮扑怀抱。放学回家，一路听欢笑。

这首词语言活泼，形象生动，情感浓郁，生活气息很浓，读来感到非常亲切。还有《忆江南·三峡吟》（六首）七言对句很精工；《浪淘沙·九七迎春》句法奇警；《江城子·鼓浪屿之旅》（二首）口语入诗，等等。这些作品在语言修饰方面都有独到之处。

诗的语言不是平常说话，而是可以歌唱的语言。这就是所谓"诗家语"。人们在体味其内涵时，不得不赞叹其回旋往复，音韵铿锵的魅力。诗的语言又是一种艺术语言，它不仅有一种形式美，而且还有一种音韵美。即使是口语入诗，那也是经过律化了的语言。我们说，学诗要过三关：格律关、语言关、诗味关。而过语言关，较之前者难度更大。希望各位诗友要像邹明智同志那样刻苦学习，勤奋创作，写出情景交融，语言精美的好诗。

邹明智同志在诗词创作方面，所以能够取得这样优异的成绩，是与她克服种种困难，刻苦学习分不开的。她说："卸职何堪久赋闲，学诗莫叹过华年。枕堆唐宋和衣睡，厨捧珠玑佐菜酸。"她上有老，下有小，还要照顾老伴，家庭负担很重。她有心脏病，经常闹房颤。她是《红叶》《桑榆情》诗刊的编委，编辑任务很重。她还经常给诗友讲课、辅导、改诗，真正做到老有所为，孜孜不倦，受到诗友的一致赞扬。我这里赠《虞美人》一首：

芳醇使得人心醉，唐宋真情味。流珠妙语意渊渊，绮丽白描都促舞蹁跹。 自成境景谈何易，十载争朝夕。推章琢句导琴音，携酒高歌诗苑洒清芬。

李静声品评

长江后浪推前浪《红叶》新兵赛老兵

——评介王琳的《一剪梅·忆邓公》

《红叶》2004年增刊第5期，发表了100多位诗友的130多首怀念小平，歌颂小平的诗词。不少均为肺腑之言，堪称佳作。其中有首《一剪梅·忆邓公》颇为清新，令人注目。

曾记儿时迎邓贤，春满青园，舞引青鸢。领巾红透景山巅，童尽歌欢，松映慈颜。　　屈指春归愈卅年。又梦先贤，调墨春天。巨龙腾舞紫云翻，人亦情牵，民亦心宽。

这首词采用双调，句句押平声韵。作者名叫王琳，是国防大学刚刚退休的女干部，《红叶》的新诗友。词的上片，叙述了当年少先队员在景山公园载歌载舞，迎接小平同志时的欢乐情景；下片，又以40年后回首小平同志的丰功伟绩，表达了人们对他怀念和感激的无限深情。短短的60个字，缘情叙景，情景交融，情真意切，称得上是一首不落俗套的好词。其中"领巾红透景山巅，童尽歌欢，松映慈颜"和"巨龙腾舞紫云翻，人亦情牵，民亦心宽"更是颇具匠心的佳句。

听说王琳同志非常喜爱中华传统诗词，退休后又在北京海淀区老年大学诗词班学习诗词，这首词即是她的习作之一。一位涉猎诗词不久的同志就能写出这么好的作品，可见她对中华诗词爱得深沉和醉心。

对这首词，自然也还有个别可以商榷的地方。例如，"贤"、"春"和"舞"字就曾重复出现过。如果把"春满青园"改为"绿满林园"，"屈指春归"改为"斗转星移"，"又梦先贤"改为"拨正航船"，"巨龙腾舞"改为"巨龙腾跃"，可能会更好一些。这一建议是否妥当，仅供作者参考。

我们热忱地欢迎王琳同志加入《红叶》这支队伍，来共同开发和耕耘这片热土；衷心祝愿她在诗词创作方面不断进步，取得新的成就。

王文仲品评

读尹同太同志
《水调歌头·喜看孙辈爱宇航》

在2005年《红叶》增刊第4期上，有幸读到尹同太同志这篇"水调歌头"，顿觉眼前一亮，有别开生面之感。

先把全词录在这里，和大家一起吟读、欣赏：

大圣翻跟斗，十万八千奇，孙孙羡慕心切、我会在何时？喜看飞天神六，转学飞船驾驶，急于拜良师。哪位英雄汉，收我做徒儿？　　我宣誓，听命令，不调皮。虚心学习，百炼千锤苦能支。为解银河奥秘，知晓蟾宫寂寞，吃奶劲全施。宇宙期吾长，亲插五星旗。

这首长调，无生僻词语，铺叙流畅，明白好懂。当从头到尾读罢这首词时，有一个明显的感觉，就是此作立意好。大家知道，作诗填词必先立意，不可信笔凑字、凑句、凑韵。古人云："意犹帅也，无帅之兵，谓之乌合。"其实，立意并不难，而超越一般，不随大流，有深远见解，有独到之处，却需要下一番功夫。神舟六号载人飞船安全返回地面后，全国上下一片欢腾，许多诗人作家都把目光投向这一历史性的事件上。可是，写

什么，怎么写，却各有各的选择。从该期刊登的此类诗词作品看，多数是欢呼胜利、赞颂英雄、讴歌祖国……应该说，这些都是很好的选择。而尹同太同志并没有单纯沉浸在胜利的喜悦中，而是以其独到的思维方式，跳过了一代人，把耕耘之笔放在了孙辈身上，让孙孙去看、去说、去想，借此把读者的思绪引向对未来的思考上，立意高远，推陈出新，不落俗套。

确定意向后，作者以直言敷陈的笔调，从孙孙的视角切入，借孙孙之口，抒发个人对未来的企盼。词的标题是"喜看孙辈爱宇航"，可是作者不是在看孙辈，而是把孙孙推到前台，让孙孙直接开口讲话："我会在何时？""哪位英雄汉，收我作徒儿？""我宣誓，听命令，不调皮"。这样用第一人称而不是第三人称的角度，更充分地表达了作者望孙成龙的急切心情，也表达了他希望祖国宇航事业后继有人的殷殷之念。心切切，情切切。词的最后两句，把这种感情抒发到了极点，"宇宙期吾长，亲插五星旗。"

从词的开篇"孙孙羡慕心切"，到"急于拜良师"，再到"宇宙期吾长"，层层递进，步步深入。如果说"孙孙羡慕心切""急于拜良师"是主人公的个人向往，属于个人行为的话，那么，到了"宇宙期吾长"，就不是个人行为了，而是进入了一个更

高的层次，那就是宇航事业需要我学习，需要我拜师，需要我长大。作者盼孙孙长大，祖国盼孙孙长大、宇航盼孙孙长大，盼望孙孙一辈，乃至孙孙的孙孙一辈长大后，都成为宇航事业的接班人，一代又一代地把五星红旗插到无限广大的宇宙空间去，这是多么博大的胸怀呀！作者把"喜看孙辈爱宇航"这个看似很小的题目，演绎得如此深刻，不能不令人佩服。在这里，我祝贺他取得的成功。

要讲一点不足的话，就是重复字多了一点。词中的"千""心""飞""学"四字都出现两次，而"我"字则出现了三次。这在诗词写作中，似应尽量避免为好。我想，以作者的功力是可以避免的。

以上粗浅见解，谨供作者参考，有不当之处，敬请作者和广大诗友指正。

徐红品评

邹德余

望黄岩岛

秦时明月照南天，遥望黄岩夜未眠。
沙岛早留华夏印，泻湖犹记郑和船。
横行山姆搅浑水，仗势阿三抢地盘。
今日长缨手中握，岂容蟊贼染银滩。

秦时明月，久照南天；明代泻湖，犹记龙船。长缨在手，远报狼烟。遥望黄岩，诗人难眠。白居易主张"文章合为时而著，歌诗合为事而作"。军旅诗人的脉搏，总与祖国和人民同频共振。千年前，陆游临终无限感慨，"但悲不见九州同"，企盼"王师北定中原日"。而如今，面对"抢地盘""染银滩"的国际盗贼，诗人岂能失语？"没了疼痛感，诗歌便没了灵魂"。"生于忧患，死于安乐"的至理名言，军旅诗人永远铭心不忘。细读邹德余的佳作，能知红叶诗心，似闻柳营吼声。

程　敏

祝贺首届军旅诗词研讨会召开

诗坛一帜古相传，不朽军魂豪放篇。
洪韵曾同笳鼓竞，燕歌常驱铁衣寒。

昔年赴死情慷慨，当代吟风势盎然。
莫让前人居绝顶，峻峰座座待登攀。

军旅诗源远流长，自古以来在中华诗词中独树一帜。首届军旅诗词研讨会召开之际，作者浮想连翩，诗涌如泉。大吕黄钟催铠甲，军魂铁血壮诗魂。昂昂洪韵，同筘鼓竞声；萧萧燕歌，为铁衣驱寒。战场慷慨赴死，壮怀激烈；军营吟风报国，锐势盎然。"莫让前人居绝顶，峻峰座座待登攀"，是与同仁的共勉，对后人的激励。作者追昔抚今，以诗论诗，传军旅正声，发时代强音。诗风刚健，不落俗套，无一冗语，余韵不绝。

刘国范

老马咏

昔日守边关，黄沙卷牧原。
密云千里合，冷月一钩弯。
玉勒嘶空谷，银蹄踏白烟。
勿言年齿暮，伏枥梦征鞍。

《老马咏》是一篇佳作，值得品味。其特色有三。

一是以马喻人，形神皆合。标题为《老马咏》，咏的是老马，赞的是老兵。前三联写老马的历史，它曾是一匹踏雪巡边、驰骋牧原的军中战马，也是一匹看惯风云、常历星月的边塞汗马，更是一匹昂首嘶风、奋蹄绝尘的雄健骏马，尾联写的是如今之马，则是一匹壮心不已、志在千里的

伏枥老马。全诗追昔抚今，以马喻人，既生动描写了马的外在形象，更透视了人的不凡身份，恰恰正是军队离退休干部戎马生涯的真实写照。

二是形象说话，气韵生动。全诗没有"边关卫士""卸甲老兵"等现成名词，也没有"毕生奋斗""发挥余热"等空泛概念，而出现在诗中的是"黄沙""牧原""密云""冷月""玉勒""银蹄""空谷""白烟""征鞍"等鲜明生动传神的形象，以及老马（实则老兵）的精神状态。这些形象或者意象，依次围绕地理、天文、骏马和作者逐层展开，神韵自出，卓而不群。品评至此，不禁想到康有为《登万里长城》中的诗句："百万控弦嗟往事，一鞭冷月踏居庸"，回首嗟叹开弓搭箭的昔日百万守卒，策马登上冷月斜照的眼前居庸雄关，真是情景交融，感思联翩，意境高远，气韵天成。对比本诗，可谓异曲同工也。

三是用词精当，对仗工稳。作者注重锤炼字句，潜心反复推敲，下了很大功夫。例如：沙风"卷"地，使我们联想到岑参的"北风卷地白草折"，这正是边关牧原的特色；"嘶"与"踏"两个动词，简直如量身定做一般，非"玉勒""银蹄"之骏马不能用也；"密云千里合，冷月一钩弯"，也是难得的佳对，千里风云，一钩冷月，写尽边关卫士的博大胸怀和艰苦奋斗精神，堪称高人一筹。

姚飞岩品评

王子江

哨兵吟

长天一碧到沧溟，座座峰头点点青。
明月入诗当酒饮，春光啼鸟作琴听。
暮林霞彩烧红日，晨水烟云抱绿声。
裁剪人间无限意，和平总在最高层。

诗有新意。首联"起"，艺术地交代哨兵所在的位置和环境。碧空浩浩渺渺，想象它可以直到辽远的大海；群山莽莽苍苍，战士的哨所就坐落在其中的一座山峰之上。写天避熟语，"长天一碧"成为一种选择；写山用曲笔，峰青"点点"表明它的高远，诗贵曲不贵直。

颈、颔两联"承"，展示哨兵的执勤、生活和情感世界。春秋朝暮四句写足了长年累月。诗酿明月，其味自醇；鸟啭春光，其声应美！傍晚对着山林欣赏落日烧红的晚霞，色彩浓烈；清晨透过烟岚倾听树色映绿的水声，画面清幽。"烧""抱"拟生，声绿移觉。两联词丽情沛，静动浓淡相间，给人以美的享受。未用政治词汇，哨兵对祖国壮美山河的自豪与热爱之情跃然纸上！

尾联"转""合"，卒章显志。贺"剪"出，"裁"者众，但未见有"裁剪"和平者。这一"裁剪"，不仅使诗的结构得以完成，也使诗的主题得以升华。我想，在作者或那位哨兵看来，前谓酿月、听鸟种种，都是自己从大千世界的纷纭万象中"裁剪"来的，由此联想到"和平"也需要"裁剪"，而且是大"裁剪"，是"无限意"中最重要的"裁剪"，从而突显战士的宽阔胸襟和责任意识。"裁剪"之用，颇堪玩味。

魏新河品评

吴戈华

忆随总部反"扫荡"转移

山程亭午片云齐，绿叶伪装编彩迷。时躲飞机头顶掠，每闻子弹耳边啼。　湍溪冰冽扎腓骨，萦路音清奏马蹄。遥觅枫林宿营地，秋高极目太行低。

起结写景，闲闲若不关意，而喤引、放收俱佳，并见襟怀。通篇情景相生，写时事、用新词而不失传统风味，何也？一曰承古法入新境，一曰细经营善取舍。写时事而无一新词汇。盖新词汇之用，尤须审慎法度，不然易落平实浅白之地。

范志曾

川藏公路之怒江山

车辆爬行十八弯，方知进入怒江山。云间碎石常飞下，昂首蓝蓝一线天。

予尝谓，诗之作，无论情景，必得"新奇"二字之一乃可，不新则奇，否则不足作也。新者，未有也，杜牧之"东风不与周郎便，铜雀春深锁二乔"是；奇者，罕见也，岑嘉州"一川碎石大如斗，随风满地石乱走"是。此二诗从容写来，自得其奇，令人读之，不能不色变。由此观之，但有天然好材料，自不必大匠神工也。是故"行万里路"原不逊于"读万卷书"也。不读书而行，则类盲行，虽道有精金，而不能见也。

吕华强

承德茅荆坝游记

为觅秋光荆坝行，霜催红落亦多情。泉头瑟唱泠泠语，山顶风扬猎猎旌。五色斑斓不待我，一天通透望无形。闲将诗意追征雁，千里长亭复短亭。

王观堂《人间词话》云："有我之境，以我观物，故物皆著我之色彩。"我观人、物，皆以我心中之人理物理观之，则自成佳想。如此诗，斑斓五色，从无所待，而况于我；一天通透，何必有形，岂关乎望。如此写景而著我之色彩，自然工妙。而王氏又云："有有我之境，有无我之境。……无我之境，以物观物，故不知何者为我，何者为物。"然则，入我诗者，皆经过我之手眼取来，安得其中无我耶？

魏节品评

周　迈

贺空军女飞行员首飞60周年

巾帼添翼志飞高，不让须眉奋赶超。
抢险救灾云上影，造林植树雨间飙。
也曾舞彩迎嘉庆，更待弯弓射大雕。
三百木兰皆俊秀，刘洋最是队中豪①。

注：① 我国空军共培养出328名女飞行员，航天女英雄刘洋曾是其中一员。

破茧成蝶向天飞，在寂寥高远的蓝天之上，英姿笑靥如花，不让须眉。空军女飞行员首飞至今已六十年了，从那一刻，新中国人民空军蓝天方阵中增添了女飞行员的飒爽英姿。她们选择蓝天，就是把使命扛上了肩，肩并肩筑起了空中长城。

作者了解她们，诗人为她们骄傲：抢险救灾有她们的身影；植树造林她们洒雨播种；核试验中女飞行员保障是世界之首例；天安门上歼击机"雷霆玫瑰"亮相受阅创造了第一。三百木兰俊秀茁壮成长，轰炸机、直升机、喷气式飞机、歼击机造就了巾帼蓝天之旅；女试飞员、女领航员、女飞行指挥员、飞行女将军填写着空军历史的篇章。她们更是中国航天事业的储备力量。航天英雄刘洋正是从战斗机飞行员中选拔出来成为第一位飞天的中国女航天员。

我们为空军女飞行员、女航天员自豪！

陈新民

乡村军嫂情

春风习习伴轻霞，芳草萋萋接海涯。
怀抱婴儿初解语，手机万里送咿呀。

微风吹拂，草木茂盛，淡淡云霞，远接海涯。这春季的树木、日边的轻云、明朗的天空、芳香的小草，怎能不引发万里思念。军嫂借助现代通信工具手机，让怀抱中婴儿稚嫩的"咿呀"之声，传送给遥远的孩子他爸耳边。也许婴儿初解语，而嘴里只会"咿咿呀呀"，但年轻的父亲肯定全都听得懂。婴儿的"咿呀"，也是妻子的心声。

诗人以手机中几声"咿呀"，传递了夫妻、母子和父子之间的深情，显示了军功章的另一半，歌颂了军嫂之崇高，更从深层次表现了军民鱼水之情。其中，有多少担当、多少付出、多少艰辛、多少思念、多少理解，尽在不言中！

兰书臣

题黄花岗烈士墓

海含地负土凝香，七十二峰堆莽苍。
碧血黄花开不尽，白云到此总徜徉。

辛亥百年，人们不会忘记，有这样一批志士仁人，曾为着神圣的追求付出了年轻的生命。他们在黑暗和窒息的年代里，憧憬光明、自由和人格的完整；在现代中国的起点上，拒绝苟且偷生，奋起与腐朽和凶残的统治者决斗。他们就是百年前的一九一一年辛亥革命"三·二九"广州起义中、率先为中国的自由、独立和民主而捐躯的七十二英烈，他们的英灵在广州黄花岗安息，被称为"黄花岗七十二烈士"。

本诗作者怀着无限深情悼念这些中国人民永世敬仰的英雄。海容百川，地载万物，黄岗热土，幸埋忠骨。仰视英烈，如见巍然耸立于苍莽原野的七十二座山峰。鲜血化成碧玉，秋菊绽放迎风，连多情的白云飘浮至此，也总会徜徉致敬。

此诗仅二十八字，却诗情澎湃，韵味无限。"土凝香"凝聚了志士英魂之芬芳，清风习习，久难散尽；"堆莽苍"拥出了烈士精神之崇高，大野雄峰，与世长存；"碧血""黄花""白云"，则展现了黄花岗之多彩历史，使我们眼前时时回放惊天地、泣鬼神的历史场景；特别是"徜祥"的"白云"，以动态告诉人们，岁月已经流逝，以不舍告慰先烈，世人永远怀念。

孙中山先生在《黄花岗烈士事略序》中说："是役也，碧血横飞，浩气四塞，草木为之含悲，风云因而变色。"大地有无数英魂在安眠，事业由众多来者以继承。让我们与作者一同仰望石碑上烈士的英名，默读史料中志士的音容，碧血黄花永开不尽，中国文明万年不绝。